众里寻他

大宋的词与人

郭绍敏◎著

中国出版集团 | 全国百佳图书
中国民主法制出版社 | 出版单位

图书在版编目（CIP）数据

众里寻他：大宋的词与人 / 郭绍敏著 . —北京：
中国民主法制出版社，2022.8
ISBN 978-7-5162-2872-2

Ⅰ . ①众… Ⅱ . ①郭… Ⅲ . ①宋词—诗歌欣赏
Ⅳ . ① I207.23

中国版本图书馆 CIP 数据核字（2022）第 124517 号

图书出品人：刘海涛
出 版 统 筹：石 松
责 任 编 辑：张 婷

书 名 / 众里寻他：大宋的词与人
作 者 / 郭绍敏 著

出版·发行 / 中国民主法制出版社
地址 / 北京市丰台区右安门外玉林里 7 号（100069）
电话 /（010）63055259（总编室） 63058068 63057714（营销中心）
传真 /（010）63055259
http: // www.npcpub.com
E-mail: mzfz@npcpub.com
经销 / 新华书店
开本 / 16 开 710 毫米 ×1000 毫米
印张 / 16.5 字数 / 193 千字
版本 / 2022 年 8 月第 1 版 2023 年 4 月第 2 次印刷
印刷 / 三河市宏图印务有限公司

书号 / ISBN 978-7-5162-2872-2
定价 / 68.00 元
出版声明 / 版权所有，侵权必究。

序

于　涵

　　此书主讲宋词，是郭师写作转型的一次有益尝试，在汴梁城讲宋词，是有主场力加持的。陈寅恪说过："华夏民族之文化，历数千载之演进，造极于赵宋之世。"诚哉斯言。惜乎文治武功不可兼得矣。刚刚灭了后蜀本不该丧气的宋太祖都要无奈摇头，直言"此（大渡河）外非吾有也"，是不敢有而非不想有。当时，后起民族西夏都能成为北宋日后劲敌，苏轼、曾巩等人在对外关系和军事方面的上书、奏折、策论等，多是讨论李元昊和他的西夏，因其近在咫尺，危及存亡。至于南方大理等小国，民风粗蛮彪悍，北宋是无暇顾及的。还有北方更强大的对手，那更是不敢随意招惹。偏安一隅，无欲无争，正是创造卓越文化的优质土壤。南宋大儒朱熹曾不无自豪地宣称，"国朝文明之盛，前世莫及"。而宋代文化中成就最大的当属文学，尤其是散文和诗词。

　　文无第一，喜欢宋词的人各有各的理由，而不喜欢宋词的人多是觉得它过于浮艳。没有办法，文学从先秦一路走来，进步也好，退化也罢，看好和看衰的读者都要承认，它变得更加通俗和精确了（也更加烦冗）。先秦和汉代的文学，简洁高冷，字字铿锵，四言成诗，五言成句，一直到汉末，曹操的诗歌仍多是"烈士暮年，壮心不已""星汉灿烂，若出其里"，喜欢它的人觉得其气势雄壮，不喜欢它的人觉得其过于粗犷。从《诗经》、汉乐府诗发展到宋词，究竟是文学的进步还是退化？答案见仁见智。就像围棋，黑白二子，方寸之地，规则也极简单，而现在 3A 游戏中的一栋建筑或者人物建模都不知道要耗费多少算力，可究竟哪个更高明呢？答案连输给 AlphaGo（阿尔法围棋）的柯洁也未必清楚。

其实文学的发展像极了电子产品的更新迭代，表达欲驱动着一代代的文学家们开拓创新。宋代诗词不但在体例上与秦汉古诗不同，在内容上也和前朝诗歌大迥，年代较近的唐诗仍然专注于表情达意、抒发感慨。也许是因为字数更多了，体例也更丰富了，宋代诗词竟主动承担起文章才有的义务，开始试图说理了。"横看成岭侧成峰，远近高低各不同。不识庐山真面目，只缘身在此山中。"这首诗阐述的道理涉及物理学和哲学，对比乐府诗《江南》，应该是高明多了，毕竟"鱼戏莲叶东，鱼戏莲叶西，鱼戏莲叶南，鱼戏莲叶北"，讲的不过是鱼在东南西北四处游戏的事情，根本没有特殊的意义，也不阐发什么道理。但我们不能因此而忽略其在艺术和美学上的价值。文学的价值不在于谈意义、讲道理，而在于艺术性和美感，过分关注文本的意义，本身就是毫无意义的。

宋词给人以浮华艳丽的观感，主要是由于它继承了六朝文的绮靡婉丽。同为大一统余绪下的偏安政权，东南西北，强敌环伺，异族于宋，正如古罗马之于古希腊，"以物力则臣仆之，而以文教则君师之"。力有不逮，战不能胜，终始意难平。只好无奈地面对现实，感时伤物，怀恋辽阔的北方，继而沉湎于物欲的纠萦，以麻醉身心。"武功既致太平，人遂得闻而尚学文，于是壮心勇力为书卷所消磨"，文学的鼎盛，实肇于此。

除了浮艳，生活化、情趣化也是宋词区别于传统诗歌的一大特征。这不但体现于文字本身，也体现于选材和内容。比起文章和诗歌，词曲更接地气、更贴近生活，也更显细腻。词与诗，就像流行曲和古典乐，两者风格差异明显，却都不可或缺。就像孔子删述《六经》，对《诗》进行剪薙，宋代的士大夫继承了历代文人"诗以言志"的传统，他们在汇编整理平生诗文时，一般也会把词曲剔除或者单列。欧阳修在自编《六一居士集》时，就舍弃了他的全部词作和致仕后闲适纵乐的诗文，苏轼盛赞此举有"挽救斯文"之功。正是由于文人着意对诗、词区分对待，认为两者不容"勾兑"，才使词逐渐承担起诗不便承担的内容，走上更加偏重情感表达的通俗道路。在此之前，普罗大众的情感表达唯靠诗歌，而诗歌才不堪任，对通俗只是偶有照拂而始终无法尽顾。

宋代文风鼎盛，文坛领袖代代不绝，《众里寻他：大宋的词与人》这本书重点论述的有三人。一是苏轼。王安石曾说："世间好言语，已被老杜道尽；世间俗言语，已被乐天道尽。"（《陈辅之诗话》）不想在当时，就有东坡降世，文章亦张亦弛，亦疾亦徐，亦俗亦雅，亦庄亦谐。苏轼是天才、仙才、人才、鬼才，还是全才，诗书词画皆精通。"东坡先生以文章余事作诗，溢而作词曲，高处出神入天，平处尚临镜笑春，不顾侪辈。"（王灼《碧鸡漫志》）苏轼的诗词，有很多我们都耳熟能详，至今传颂，如"人生到处知何似，应似飞鸿踏雪泥""枝上柳绵吹又少，天涯何处无芳草"等。郭师讲苏轼着墨最多、篇幅最长，不只因其文字，还因其为人的洒脱与旷达。

二是"书有未曾经我读，事无不可对人言"，对文采无比自负的欧阳修。他的那首词《生查子·元夕》脍炙人口，"月上柳梢头，人约黄昏后"，寥寥几字，道尽人世相思。顾随在《驼庵诗话》中赞美欧阳修对词曲的"开创"之功，他认为"一种文学到了只能'继往'，不能'开来'，便到了衰老时期了"。幸而有欧阳修，他不但善于开创，还时刻不忘提携后进。他很看重文坛晚辈苏轼，曾这样评价他："读轼书，不觉汗出，快哉快哉！老夫当避路，放他出一头地也。"

三是一个有才的帝王——宋徽宗。在金庸小说中，宋徽宗和宋钦宗一起，成了《倚天屠龙记》故事的源起："徽钦"被掳，岳元帅怒发冲冠，继而是《武穆遗书》的传闻和多年后倚天剑、屠龙刀重现江湖。《后汉书》中韩歆曰："亡国之君皆有才，桀纣亦有才。"有才似乎成了帝王的原罪。苏轼在《放鹤亭记》中谈道："《易》曰：'鸣鹤在阴，其子和之。'《诗》曰：'鹤鸣于九皋，声闻于天。'盖其为物，清远闲放，超然于尘埃之外，故《易》《诗》人以比贤人君子。隐德之士，狎而玩之，宜若有益而无损者；然卫懿公好鹤则亡其国。周公作《酒诰》，卫武公作《抑戒》，以为荒惑败乱，无若酒者；而刘伶、阮籍之徒，以此全其真而名后世。嗟夫！南面之君，虽清远闲放如鹤者，犹不得好，好之则亡其国；而山林遁世之士，虽荒惑败乱如酒者，犹不能为害，而况于鹤乎？"安享生活之意趣，则不能负担政治社会之重责。因为勇心已被文雅驯服，斗志已遭书卷消磨，且"多言速穷"，才气愈大、作品愈多则亡国愈速，萧绎、李煜等以才华傲世者皆不得免。由此看来，帝王将相不得不割舍生活中的百般滋味情趣，不若常人自由洒脱。

一直以为《第九次沉思》将是作者写作的一大高峰，要好久方可超越，不想这么快就在灯火阑珊之处，读到了《众里寻他：大宋的词与人》。郭师文章，非徒罗致书简，更兼妙笔巧思。透彻明理处，拨云见日；用典精妙，如羚羊挂角，不着痕迹。其书《大一统的史诗——三国新解》《第九次沉思》皆是此类代表作，后者因后出而转精。而《众里寻他：大宋的词与人》较之前作又有不同，这本书的一大特点是，作者坦诚叙述了一些情感经历，虽然篇幅很少，但足够解释书名的由来。

王夫之称曹丕、曹植兄弟的文章有"仙凡之别"，比起华丽的辞藻和虚浮的表象，他更称许这种沉郁感和它背后的真实。记得和郭师探讨过所谓的"仙凡之别"，前者有着后者并不具备的文章直觉和艺术天赋。曹丕的言行无不表现出其对无常世事的深刻体认和洞察，在《营寿陵诏》中他说："自古及今，未有不亡之国，亦无不掘之墓也。"此语很平常，但出自一位帝王之口，就不再寻常。《世说新语》中记载了一则典故："王仲宣好驴鸣。既葬，文帝临其丧，顾语同游曰：'王好驴鸣，可各作一声以送之。'赴客皆一作驴鸣。"想象一下，这是什么场面呢？叶嘉莹称曹丕的文章以感取胜，所以对人心的渗透力量推进较迟较缓，却也更耐久。"你不一定需要遭受什么重大挫折或悲欢离合，仅仅是平时一些很随便的小事，都能够给你带来敏锐的感受，也就是诗意。"

曹丕的《与朝歌令吴质书》，文风朴素，像唠家常，与曹植华丽的辞赋是完全不同的风格。其开篇有一大段浮白，像极了戏剧的幕前铺垫："浮甘瓜于清泉，沉朱李于寒水。白日既匿，继以朗月。同乘并载，以游后园。舆轮徐动，参从无声，清风夜起，悲笳微吟。"初读之下，觉得平淡且质朴，但只要多读几遍，很快就能发现字里行间流露的沉郁气氛，那种说不清道不明但又无比强大的感染力穿越时空，竟让两千年后的我们受到极大触动。刘勰在《文心雕龙》中谈道："然子建思捷而才俊，诗丽而表逸；子桓虑详而力缓，故不竞于先鸣……但俗情抑扬，雷同一响，遂令文帝以位尊减才，思王以势窘益价，未为笃论也。"郭师的作品，自《第九次沉思》以降，更多摒弃表面的文采，追求迟缓的深力，用内收外化的沉郁，写出打动人心的文字。由此看来，《众里寻他：大宋的词与人》不但是郭师写作手法通俗化的有益尝试，也是其对文风由激进到保守、由外放向内敛的一种变革。

朱光潜说过："艺术所用的情感并不是生糙的而是经过反省的。蔡琰在丢开亲生子回国时绝写不出《悲愤诗》，杜甫在'入门闻号啕，幼子饥已卒'时绝对写不出《自京赴奉先咏怀五百字》。这两首诗都是'痛定思痛'的结果。艺术家在写切身的情感时，都不能同时在这种情感中过活，必定把它加以客观化，必定由站在主位的尝受者退为站在客位的观赏者。一般人不能把切身的经验放在一种距离以外去看，所以情感尽管深刻，经验尽管丰富，终不能创造艺术。"

郭师有着对艺术的高度自觉、对文学的高度自信，文艺之于郭师是天作之合。郭师是艺术的宠儿，当然也是其牺牲者。这世上少有人有此资格。我心疼且羡慕着。

题　词

量子物理学大师约翰·惠勒说过："要想了解一个新的领域，就写一本关于那个领域的书。"之于包括我在内的国人而言，宋词似乎称不上一个新领域，我们谁不能背上几句甚至很多句，并熟谙豪放派与婉约派之分呢？但是，它可能与《西游记》一样，是"熟悉的陌生人"（我发现，读过《西游记》的人很少）。卡尔维诺说："经典作品是这样一些书，我们越是道听途说，以为我们懂了，当我们实际读它们，我们就越是觉得它们独特、意想不到和新颖。"宋词有什么独特、意想不到和新颖之处呢？

我写宋词，不是为了载道，亦非做文学批评——那太严肃甚至沉重，超过我的能力和负荷。我只是好奇，觉得好玩。若说功利考量，那就是提升我可怜的情商指数。李劫说得好："诗为心声，词乃情物。"既然宋人如此可爱、风雅、有情趣，写下这么多美好的文字，我们何不大大方方地品一品、学一学呢？匮乏共情能力，不会受人待见。我有时怀疑自己的人格是否完整。

何谓完整人格？从柏拉图到伍尔芙都暗示过：雌雄同体。就像范仲淹写"先天下之忧而忧"时很正经，但写起词来，却和女人一样善感——词人一写词，都像女人一样。①既能经略天下、决战官场商海，又能"暖香惹梦""画船听雨眠"，才是丰沛的、值得过的人生吧！如此说来，我

---

①　木心讲述、陈丹青笔录：《文学回忆录》（全2册），广西师范大学出版社 2013 年版，第 1 页。

的一生注定单薄了。但我仍执（这犯了佛家的忌），决定沿着脚下这条李煜、李清照、晏殊、欧阳修踏过的小园香径，走下去试试看，不徘徊。若能捕捉到他们的倩影，我幸；不能，我命。

最后，我不擅长讲故事，也不懂什么叙事技巧，这是需要特别说明的。

目　录

001　没有晚唐，何来大宋

018　词中之帝李后主

033　奉旨填词柳三变

053　风流顽童张三影

067　心长焰短二晏词

083　范仲淹与欧阳修

103　天地之间一东坡

128　山抹微云秦少游

142　丹青有约宋徽宗

162　顶笠披蓑李清照

180　真实诗人陆放翁

195　猛虎嗅薇辛弃疾

217　附：逍遥斋主人词话

247　后　记

没有晚唐，何来大宋

1. 印象

我当年博士论文写的是清末立宪研究，翻检资料时，对哈佛大学华人教授王德威的一种说法"没有晚清，何来五四"，印象深刻。我们同样可言：没有晚唐，何来大宋？日本《讲谈社·中国的历史》丛书中关于宋朝的部分，从安史之乱写起，认为唐朝后半期是"一个巨大恐龙逐渐走向衰亡的过程"，而大宋是在唐帝国的废墟上诞生的，是对五代乱世的超越和克服。日本汉学家内藤湖南倡导的"唐宋变革论"也提醒我们，勿随意割裂历史的连续性，亦即说"断代不断"。

词在宋朝达巅峰，这没错，但如俞陛云所言，"世之习词者，群奉瓣香于两宋，而唐贤实为之基始，采六朝乐府之音，以制新律"。盛唐的李白已发其端，他的《忆秦娥·箫声咽》《菩萨蛮·平林漠漠烟如织》二首，我们耳熟能详。①

---

① 杨慎《词品》："《忆秦娥》《菩萨蛮》二首为诗之余，而百代词曲之祖也。"

《忆秦娥·箫声咽》

箫声咽，秦娥梦断秦楼月。

秦楼月，年年柳色，灞陵伤别。

乐游原上清秋节，咸阳古道音尘绝。

音尘绝，西风残照，汉家陵阙。

《菩萨蛮·平林漠漠烟如织》

平林漠漠烟如织，寒山一带伤心碧。

暝色入高楼，有人楼上愁。

玉阶空伫立，宿鸟归飞急。

何处是归程？长亭更短亭。

李白之后的大家是晚唐的温庭筠、韦庄，南唐的冯延巳、李煜。

王国维在《人间词话》里对温、韦、李三人的评价是："温飞卿之词，句秀也。韦端己之词，骨秀也。李重光之词，神秀也。"

此处不对这一评价再予以评价，我只是想起一点往事。2006年9月，我刚到南京读博士，一位师姐在汉口路的饭馆请我吃饭，闲聊时她谈及诗词和叶嘉莹。说来惭愧，那时我对叶嘉莹尚无概念。后来读叶嘉莹的《唐五代名家词选讲》《唐宋词十七讲》《叶嘉莹说汉魏六朝诗》等著作，才渐渐被带入门。叶嘉莹是长者、先生，以弘扬中华诗教为己任，可亲、可敬、可佩，但我总觉得读她的文字不若读顾随（叶嘉莹的老师）、李劼的文字痛快，她是学者，而非诗人或艺术家（尽管她也写诗）。她的情感细腻、琐碎，相比前者，罕有太高明的见识，趣味也稍显单调。张定浩评曰："她总是用'唐宋词'这个自家的趣味，看待所有的诗。故而无论三曹、七子，还是太白、工部，抑或清真、梦窗，在她笔下，竟然都似同侪。"可谓一针见血。

2020 年 7 月上映的纪录片《掬水月在手》讲的是叶嘉莹，我没有去看。但我重温了她的《唐五代名家词选讲》。在序言中读到这样一句："我是在极端痛苦中曾经亲自把自己的感情杀死过的人。"我被深深击中了，差一点"破防"。或许，这才叫真性情和诗词精神吧。从中，我看到宋徽宗式的愁苦，一位真正艺术家的"范儿"。未曾长夜哭恸过，不足以语人生。总有人，比其文更具诗意。

阮步兵诗曰："夜中不能寐，起坐弹鸣琴。"我也偶尔失眠，却没有弹琴，而是焦虑自己的书能否写得有特色，忧心女儿高考能否考上我的母校，默默祈祷明天股市反弹。失眠之际，我期盼弄过碧波、掬过月的纤纤十指轻抚我正与时间缠斗的一天比一天沧桑的脸。《红楼梦》十二支仙曲之《晚韶华》唱道："镜里恩情，更那堪梦里功名！那美韶华去之何迅！再休提绣帐鸳衾。"一个夜不能寐的失意者、失恋者或失眠者（比如我），忆一忆镜里的恩情，提一提绣帐鸳衾，讲一讲晚唐的美韶华、大宋的暗黎明，大概具有正当性。

2. 美丑

你能想象"萱草绿、杏花红""画罗金翡翠""钗上双蝶舞""千里玉关春雪""玲珑骰子安红豆"等美词竟出自一位丑男之手吗？

不错，我说的正是温庭筠。关键是，他的名字还如此有诗意、如此美。

因相貌奇丑，温庭筠多了一个雅号——"温钟馗"。可能他还不如钟馗好看，且他的丑，殃及后人。据宋初孙光宪《北梦琐言》卷二十记：

> 有温颎者，乃飞卿之孙……无它能，唯以隐僻绘事为克绍也……旋游临邛，欲以此献于州牧，为谒者拒之。然温氏之先貌陋，时号"钟馗"。颎之子郢，魁形克肖其祖，亦以奸秽流之。

温庭筠的孙子因貌丑找不到工作，其重孙更惨，"以奸秽流之"。遗传基因太强大，真是坑孙子。倘若贾宝玉也长这副模样，纵使比温庭筠、曹雪芹和莎士比亚还有才，林妹妹也不会爱他。《红楼梦》第四十九回，史湘云道："是真名士自风流。"然而，貌丑之人，哪怕是名士，似乎也与风流挂不上边。唐伯虎风流，能追求秋香，能为苏州名妓沈九娘钟情一生，除了因其琴棋书画无不精通外，恐怕还与他清秀俊逸、倜傥不群的姿容有关。传统小说里每每夸赞公子生得漂亮，总说他赛潘安、胜宋玉。想来柳下惠也"颜值极高"，否则，不会有女子主动"坐怀"诱之，而他也无缘赢得"不乱"美名。我的一个毕业多年、依旧是单身的男学生对我说（有点愤愤地说），现在相亲，女孩子选择男孩子的首要标准是高帅，若富，更佳。反之亦然，哪个男人不想娶个貂蝉回家呢？诚如木心所喟叹："形象的吸引力，惨酷得使人要抢天呼地而只得默默无言。"鲜有男人，遑论名士，像诸葛亮那样，愿选有才但貌丑的女子为妻。

意大利小说家、符号学家翁贝托·艾柯写过一本很有意思的书——《丑的历史》。刘东也写过一本《西方的丑学》。但中国人向来缺乏审丑的传统，避之不及。美学著作琳琅满目（宗白华的《美学散步》、李泽厚的《美的历程》、高尔泰的《论美等》），却鲜见研究"东方丑学"的著作。中国人画的钟馗，其实并不怎么丑，亦不怎么可怖。

丑，难道不谈就不存在了？套用鲁迅先生的话，真正的艺术家，敢于直面丑陋的事物，敢于正视阴森的气氛。被视作"日本鲁迅"的芥川龙之介，有一篇小说《地狱变》，就用平稳的笔调素描了可怖的地狱、人性的地狱——骷髅、怪鸟、饥渴的野兽、鲜血淋淋的生肉、烈焰焚身、火燎的头发、捆绑着铁链不停挣扎的身体、凝重的黑暗……芥川龙之介的美学观深受波德莱尔影响，他曾感慨：人生还不如波德莱尔的一行诗。而波德莱尔恰恰是一位"恶魔诗人"。其代表作《恶之花》有很多译本，我推荐文爱艺的译本（作家出版社 2011 年版），它的亮点是全译且带有彩色插图，但也有大量让人看后极感不适、甚至感到恶心的插图。

波德莱尔以地狱、午夜、墓地、腐尸、幽灵、深渊、猫头鹰、骷髅舞、舞蛇、骸骨、撒旦、毒药、恶僧、杀人犯、异教徒、吸血鬼入诗，并非不知美为何物，而是"以丑为美，别出心裁""发掘恶中之美"，属于另类美学。郭宏安评论说："《恶之花》是伊甸园中的一枚禁果，只有勇敢而正直的人才能够摘食，并且消化。"当代中国，也有诗人采摘"恶之花"，结果却成了"屎尿屁"。

晴晴喊

妹妹我在床上拉屎呢

等我们跑去

朗朗已经镇定自若地

手捏一块屎

从床上下来了

那样子像一个归来的王

——贾浅浅《朗朗》

这是美人写丑诗，而温庭筠是丑人写美词。

一个人欠缺什么，就对什么敏感。商人最怕别人说他没文化。温庭筠貌丑，对外表肯定极其敏感。但他自信：我很丑，可是我很温柔，还写得一手好词。

3. 画眉

《菩萨蛮·小山重叠金明灭》

小山重叠金明灭，鬓云欲度香腮雪。

懒起画蛾眉，弄妆梳洗迟。

照花前后镜，花面交相映。

新帖绣罗襦，双双金鹧鸪。

这首词为《花间集》之首，亦为温词之首。它是温庭筠最有名、最美、最具现代性的一首词（木心说，古典的好诗都是具有现代性的）。它描述的完全可以是一个相当现代化的场景——

周日，晨。不上班，也不用加班。某一线城市，一幢单身公寓内，一个名叫谢道韫的女郎悠悠醒来。她不想起，但再也睡不着。天光穿透厚厚的窗帘，明暗之间，来回变幻——恰如最近的情绪。三周前，她和男友分手了，现在独处幽居，慵懒颓废，干什么都没劲。乌黑如云的鬓发掠过她雪一般白皙的脸颊，她在被窝里磨蹭了好久，直到快十点，才起床梳洗弄妆。她犹豫是否画眉。画得再好，给谁看呢？还是画一下吧，早已成习惯，不画，总觉得有什么事没做似的。花了快十分钟才画好眉，她觉得自己还是挺漂亮的。打开衣柜门，她穿上刚从网络平台购得的绮罗短马甲

（因为心情不佳，她最近在网络平台上疯狂购物），衣服上成双成对的金鹧鸪图案撩起她相思的柔情。她定了定神，站到衣柜门上的镜子和墙上的镜子之间，凝视着那一层又一层的镜像，通过镜子尽可能地把视线延伸到远方。

这一幕很熟悉，不是吗？很多单身白领就有如此"颓废"之态。

但在现实生活中，女子少有真正颓废的，颓废的多是男人，别忘了，《菩萨蛮·小山重叠金明灭》是温庭筠这一大男人所写。阿城说："女子在世俗中特别韧，为什么？因为女子有母性。因为要养育，母性极其韧，韧到有侠气，这种侠气亦是妩媚，世俗间第一等的妩媚。我亦是偶有颓丧，就到热闹处去张望女子。"我是最近才了悟此道，开始自觉地张望女子，欣赏女子的韧劲、侠气和妩媚，尤其是爱观察女子的眉。

"眉"通"媚"，与"美"谐音。《诗经·卫风·硕人》曰："齿如瓠犀，螓首蛾眉。"眉式有八字眉、愁眉、桂叶眉、青黛眉、连头眉、鸳鸯眉、小山眉、分梢眉、倒晕眉、广眉、一字眉等。就历史变迁言，画眉先用石黛，后用螺黛，再用烟墨，故眉也称"黛"。《红楼梦》第三回，贾宝玉初见林黛玉，即注意到她的眉，在得知她无字后，就送她一妙字"颦颦"（颦，皱眉之意），并解释道："《古今人物通考》上说，西方有石名黛，可代画眉之墨，况这林妹妹眉尖若蹙，用取这两个字，岂不两妙！"眉美不美，直接决定一个女人是否风情万种。女人的眉是会说话的，能勾起男人微妙的欲望、复杂的思绪，而读懂眉语，则是高情商男人的基本技艺。日本诗人石川啄木写道：

对故土麦香的思念，

凝结在女人的眉上。

木心定然被女人深深伤过，才会写下如此深情、怨诽、无奈的句子：

《眉目》（节选）

你的眉目笑语使我病了一场

热势退尽，还我寂寞的健康

如若再晤见，感觉是远远的

像有人在地平线上走，走过

只剩地平线，早春的雾迷蒙了

所幸的是你毕竟算不得美

美，我就病重，就难痊愈

你这点儿才貌只够我病十九天

第二十天你就粗糙难看起来

我是读了上面两首诗后，决定给爱人买一盒眉笔的。她美滋滋地给我讲了一个举案齐眉的典故，说是从《后汉书》读来的。我装作不知，问她是否还记得金庸小说《倚天屠龙记》中赵敏和张无忌的第三个约定，并提醒她这在小说的最后一章。她嫣然一笑，说道："我的眉毛太淡，你给我画一画。这可不违反武林侠义之道吧？"我提起眉笔来，笑道："从今而后，我天天给你画眉。"

4. 士不遇

清代的张惠言以为，温庭筠的《菩萨蛮·小山重叠金明灭》是"感士不遇也"，其"篇法仿佛《长门赋》，而用节节逆叙。此章从梦晓后领起。'懒起'二字，含后文情事；'照花'四句，《离骚》初服之意"。陈廷焯的看法类似，他说，"飞卿词全祖《离骚》，所以独绝千古""所谓沉郁者，意在笔先，神余言外。写怨妇思夫之怀，寓孽子孤臣之感。凡交情之冷淡，身世之飘零，皆可于一草一木发之。而发之又必若隐若现、欲露不露，反复缠绵，终不许一语道破，匪独体格之高，亦见性体之厚。飞卿词，如'懒起画蛾眉，弄妆梳洗迟'，无限伤心，溢于言表"。①

屈原不遇，成《离骚》，自沉汩罗江。董仲舒不遇，撰《士不遇赋》，终得汉武帝倚重，献"天人三策"。陶渊明不为五斗米折腰，写《感士不遇赋》，诵给南山下的菊花听；他抱朴守静，"击壤以自欢""拥孤襟以毕岁，谢良价于朝市"②。那温庭筠属于哪一类士、哪一类"不遇"呢？

温庭筠没有自沉，不愿"谢良价于朝市"，但也不受朝廷重用，只做过小官。这与其性格或者说性情有关。《旧唐书》中说他"士行尘杂，不修边幅"，《新唐书》中称其"薄于行，无检幅"。用今天的话说就是，不羁放纵爱自由，是个十足的浪子。他"思神速，多为人作文"，经常替人写文章。他在参加科举考试时曾"救数人"（即做"枪手"，暗中帮助左右考生），搅乱了科场，"执政鄙其为"。温庭筠写词时，情商"开挂"；混官场，却幼稚得要命，像个三岁小孩。据《北梦琐言》卷四记："宣宗爱唱《菩萨蛮》词，令狐相国假其新撰密进之，戒令勿他泄，而遽言于人，由是疏之。温亦有言云：'中书堂内坐将军。'讥相国无学也。"令狐相国即令狐绹。代相国捉刀，本是一次大好的奉承机会，温庭筠做就做了，事后却大肆渲染，唯恐天下人不知。更何况，他还讥讽相国不读书，是个大老粗。没有一个领导会喜欢这样的下属，他的不遇是必然的。

---

① 《白雨斋词话》卷一。

② 《感士不遇赋》。

如此性情，本不适合当官，偏偏温庭筠的官瘾颇大。唐宣宗对他的评价是："孔门以德行为先，文章为末。尔既德行无取，文章何以补焉？徒负不羁之才，罕有适时之用。"一个人应该干最契合自己性情的事，如苏格拉底所言：认识你自己。不适合从政，何必从政？不适合经商，干吗经商？不适合读书，亦不必勉强，并非每个人都要考上清华大学（亦不可能）或成为大学者、名作家。人固然可塑，但基本的性情很难改变。正所谓本性难移，性格决定命运。皇帝冷落和放逐温庭筠其实是对他的保护。诗人只需把诗写好即可，不必蹚官场的浑水。歌德说："谁要是能够为自己与生俱来的才能而活，那他就由此找到了最美好的人生。"朝廷不缺温庭筠这样一个官员，中国却少不得他这样一个诗人。

温庭筠的不遇，是士不遇，更是诗不遇、诗人不遇。

但并非所有诗人都不遇。张九龄、王维、晏殊、欧阳修，官就做得很大。我羡慕鱼与熊掌兼得的人，仰望"独倚望江楼"的人。

5. 纵被无情弃

晚唐五代词史上，温庭筠与韦庄齐名，并称"温韦"。夏承焘先生分析二人之异道："温词较密，韦词较疏；温词较隐，韦词较显。"对此，我不大赞同。我更青睐陈廷焯《白雨斋词话》所言的"韦端己词似直而纡，似达而郁，最为词中胜境"。以韦庄的《思帝乡·春日游》为例：

> 春日游，杏花吹满头。
> 陌上谁家年少，足风流。
> 妾拟将身嫁与，一生休。

纵被无情弃，不能羞。

此词似直、显，不像温庭筠的词那么"隐"，但其中的情意是真挚动人的，思想是深刻沉郁的。"妾拟将身嫁与，一生休。纵被无情弃，不能羞"，字字斩钉截铁！换一个通俗的说法是"嫁鸡随鸡，嫁狗随狗"。固然有点封建，但这种从一而终的品质，因日益罕见而显得尤为可贵。一项统计显示，2020年中国的离结率是39.33%，亦即说，每十对夫妻结婚，就有四对离婚。其中，吉林省的离结率是71.51%，全国最高；最低的是西藏自治区，为15.98%。在现代快节奏生活中，合则聚，不合则散，绝不委屈自己，再也不是"从前的日色变得慢，车、马、邮件都慢，一生只够爱一个人"（木心《从前慢》）那样的古典罗曼蒂克了。

牛峤的"须作一生拼，尽君今日欢"，柳永的"衣带渐宽终不悔，为伊消得人憔悴"，与韦词意蕴相似，但我总觉得不若"纵被无情弃，不能羞"有力、令人动容。

《中庸》曰："诚之者，择善而固执之者也。"《离骚》曰："亦余心之所善兮，虽九死其犹未悔。"我们爱一个人，追求事业和理想，都要有九死不悔的精神，不计较短期的得失、世俗的成败。苏力说"发现你的热爱"，又说"责任高于热爱"。追求理想，不只为成就自己，更含孕了一种对社会、对国家、对人类和宇宙的责任心，不辜负上天恩赐给自己的才华。不辞镜里朱颜瘦。不以物喜，不以己悲。梵高说："我不追求地位和金钱，不会为世俗去改变我的性格。我热爱生活，只要我牢固地抓住了生活，我的作品就会得到人们的喜爱。"但梵高的作品在他生前并没有得到人们的喜爱，他被人们和生活"无情"地"抛弃"了。他深陷困厄之中，只能靠弟弟的接济过活。然而他"纵被无情弃，不能羞"，并没有因此放弃艺术追求。他在给弟弟的信中写道："我的作品是冒着生命危险画的，我的理智已经垮掉了一半。这都没什么。"

"纵被无情弃"——无情的可能是人，但更可能是冷酷的宇宙本身。韦庄有一首诗，很能看出他关于宇宙之冷酷和无情的哲思。

《台城》

江雨霏霏江草齐，六朝如梦鸟空啼。

无情最是台城柳，依旧烟笼十里堤。

台城柳最无情，根本不在意艺术家的生活如何窘迫，亦不在乎城头变幻大王旗，就那样年复一年地绿啊绿。

近似木心所说的，"在'桃园三结义'中你演什么角色？我演桃花"。

宇宙如此冷酷无情，奈何？难道就此厌世、躺平、随波逐流或随遇而安？不，要抗争，要奋斗！此之谓"权力意志"。尼采说："扩张、吞并和增长就是与阻力对抗，运动在本质上是和痛苦状态联系在一起的。"

宇宙的尽头可以是编制，可以是"香灯半卷流苏帐"，也可以是村上春树隐居其中的冷酷仙境（计算、进化、性欲）。

6. 遇酒且呵呵

诗人离不开酒，但酒后的神态各不相同，笔下的酒也风姿万千。酒品即诗品，酒品即人品。且看韦庄笔下的酒：

《菩萨蛮五首·其四》

劝君今夜须沉醉，尊前莫话明朝事。

珍重主人心，酒深情亦深。

须愁春漏短，莫诉金杯满。

遇酒且呵呵，人生能几何。

"遇酒且呵呵，人生能几何"应该是化自曹操的"对酒当歌，人生几何"。曹操是英雄，气场是豪放、慷慨的，可以对酒而"歌"；而韦庄不过一介文人，更多的是无奈、无力感，只能"呵呵"。尽管韦庄留下《秦妇吟》这一极具史诗性的叙事诗，但就其史诗性而言，无论如何也没法同曹操的北征乌丸、赤壁之战和横槊赋诗相比。相比于史诗性文字，史诗性行动是更伟大的诗。

与李白也不同。太白诗曰："五花马，千金裘，呼儿将出换美酒，与尔同销万古愁"（《将进酒》），"抽刀断水水更流，举杯消愁愁更愁"（《宣州谢朓楼饯别校书叔云》）。韦庄不说这种大话，也不故作潇洒，他只是淡淡地说"须愁春漏短，莫诉金杯满"。应珍惜当下，此刻，不要嫌酒倒得太满，须知，这样的喝酒机会不多甚至没有了。中国人说"酒逢知己千杯少"，又说"感情深一口闷"（即"酒深情亦深"）。但现在，"感情深一口闷"在酒桌上成了劝酒词，自己喝好，对方更要喝好。酒一旦需要劝，就变味了，成了"打酒官司"，应酬是最没意思的了（注意：韦词中的"劝"，与此处的"劝"，不是一码事）。若真的感情深，自然一饮而尽，毋庸劝。

"呵呵"，韦庄很俏皮，也很大胆，什么都能入词。

"呵呵"还有不屑、冷讽之意。和人网聊，我最怕收到"呵呵"。

韦庄"遇酒且呵呵"，是在表达不屑，对时空的不屑。既然时间和宇宙对我们冷酷，那就以彼之道，还施彼身。

7. 四月十七

总有些日子，我们无法忘记。比如说国庆日，结婚日，自己、爱人和孩子的生日，或其他具有特殊意义的日子。韦庄的《女冠子二首·其一》曰：

> 四月十七，正是去年今日，别君时。
>
> 忍泪佯低面，含羞半敛眉。
>
> 不知魂已断，空有梦相随。
>
> 除却天边月，没人知。

韦庄念念不忘的"四月十七"，是他上一年和恋人离别的日子。而我念念不忘的是"七月十四"——2001年7月14日。那时，我刚刚大学毕业，即将进入研究院攻读硕士学位。一个有点波斯人气质的温婉女孩坐火车来看我。我们是初中同学，她因家庭原因转学到洛阳，后来考到南方一个离家很远的城市读大学。我们中间好几年未见，但经常通信（指书信，那时手机属于奢侈品，我们穷学生用不起），在信中讨论林徽因、海子、《傲慢与偏见》、足球、刘德华、张曼玉、怀素、舒伯特、杜尚、熵、性、薛定谔、爱因斯坦……总之无话不谈。我们像有默契似的，一直不见面，也不说"Love"，觉得那样才够浪漫。2001年7月14日，她没提前打招呼，就突然来看我了。我欣喜、激动，又有点不知所措。吃完晚饭，我们在大街上漫无目的地闲逛，快凌晨十二点了都没有分别的意思。路上几无行人，天边的月亮默默地跟着我们走。我们走，月亮走；月亮走，我们走。终于，我们在学校附近的小宾馆开了房，拥抱在一起。她"含羞半敛眉""半羞还半喜"，而我紧张得要命，手忙脚乱地爱了一夜，却并没有越过最后的雷池。非她不愿，实在是我的身体不配合（紧张所致），无能闯入禁地。只差临门一脚，现在想来有点丢人，也有点遗憾。畅销书作家传授经验时说道，小说中的女主角不到最后不可失身。她那晚没有失身，翌晨离开时也"欲去又依依"，我们的故事却并没有下一章，更没有最后一章。魂已断，空有梦相随。现在智能手机早已普及，大学生不再写信了，而我，偶尔把以前的书信偷偷翻出来瞅一瞅（"咫尺画堂深似海，忆来惟把旧书看"），无限惆怅。不知她惆怅否？

无法忘记 7 月 14 日，还有一个"高大上"的理由：它是法兰西共和国国庆日。1789 年 7 月 14 日，巴黎群众攻占巴士底狱。

我好读史，且对法兰西文学情有独钟。

那蓝白红三色旗，那茶花女，那梅里美、比才和卡门，那在法兰西勤工俭学的领袖，永远引领我们飞升。若茶花女到中国来，韦庄请她喝绍兴花雕酒；若卡门来，我请他喝北京二锅头。

8. 悲剧精神

陈廷焯《白雨斋词话》云："冯正中词，极沉郁之致，穷顿挫之妙，缠绵忠厚，与温、韦相伯仲也。"冯正中即冯延巳。陈廷焯对他评价甚高，认为他的词与温庭筠、韦庄的词在伯仲之间。叶嘉莹先生说，在晚唐五代词人的作品中，她最喜欢冯正中的词。对他，我谈不上多喜欢（当然，也没有不喜欢），但我相信，世人（尤其是热恋中的情侣和新婚夫妇）一定喜欢他的那首《长命女·春日宴》：

> 春日宴，绿酒一杯歌一遍，再拜陈三愿。
>
> 一愿郎君千岁，二愿妾身长健，
>
> 三愿如同梁上燕，岁岁长相见。

太喜庆了。古人云：欢愉之辞难工，穷苦之言易好。但这首词确实好，我很难说出怎么个好法。叶嘉莹先生有一个词"真切劲直"，评之绝佳。有时我想，只有具备悲剧精神的人才能写出如此欢愉喜庆的词。周星驰在银幕上搞笑、无厘头，但平时很严肃，甚至有点忧郁，并不爱笑。冯延巳大概亦如此。陈廷焯说他"极沉郁之致"，读他的《鹊踏枝·谁道闲情抛掷久》，才能感受到这一点：

> 谁道闲情抛掷久。每到春来，惆怅还依旧。
>
> 日日花前常病酒，敢辞镜里朱颜瘦。
>
> 河畔青芜堤上柳。为问新愁，何事年年有。
>
> 独立小桥风满袖，平林新月人归后。

现在到处"内卷"，就拿我任教的这所大学来说，大学生们为了争奖学金、保研、考研、考公、直博，真是拼了。举目皆是"拼命三郎"和拼命的姑娘。考试前夕，稍微晚一点儿去自习，图书馆就没位置了。即使在周末或假期出游，也是急匆匆的，因为到处都是人，难得有真正的闲情和逸致。很多时候，出游简直是受罪。在这样一个充满焦虑的时代，闲暇和闲情成了奢侈品，惆怅和哀愁则显得做作。此之谓"闲情抛掷久"。

但冯延巳这首词提示我们，闲情和惆怅是我们的"天赋人权"。

忙碌之余的出游、品茗、练书法，是一种闲情逸致，但冯延巳词中所言又远不止此，最起码应涵括"独立小桥风满袖"。想象一下，寂静的凌晨或夜半，一个人独立桥头，任乍起的凉风吹满袖①，一股淡淡、无名的哀愁在心中升起。曹丕《善哉行·其一》云："高山有崖，林木有枝，忧来无方，人莫之知。"这一哀愁说不清来由，亦无法向人言说或诉说。凡能言说或诉说的，或许就不是真正的哀愁了。我想，你肯定和我一样，有过莫名发呆和出神的体验。我还有一个比较特别的癖好（女孩子不要模仿），即经常半夜十二点独自出门散步，只为享受那份特别的寂寥。

冯延巳和哈姆雷特一样，始终被无名的哀愁包围和裹挟着，这是一种悲剧精神，也是一种哲学精神。叶嘉莹先生说，冯延巳是"晚唐词人最富悲剧精神的人物""悲剧的精神有两点特色，一是要奋斗挣扎的努力；二是要有知其不可为而为之的精神"。冯煦《阳春集序》云："周师南侵，国势岌岌，中主既昧本图，汶暗不自强……翁负其才略，不能有所匡救，危苦烦乱之中，郁不自达者，一于词发之。"冯延巳官居南唐宰相，眼瞅着国势日衰，知其不可为，有才干却无以扭转乾坤。他肯定对哈姆雷特的沉重叹息心有戚戚焉："这是一个颠倒混乱的时代，唉，倒霉的我却要负起重整乾坤的责任！"②

哈姆雷特死了，死于毒剑之下。我忘了是哪一年。

冯延巳也死了，是寿终正寝，在公元960年。那一年，发生了陈桥兵变，大宋建立。

---

① "风乍起，吹皱一池春水"是冯延巳的名句，参见《谒金门·风乍起》。

② ［英］莎士比亚：《哈姆莱（雷）特》，朱生豪译，人民文学出版社1978年版，第27页。

词中之帝李后主

1. 粗服乱头

在中国，曹植和李煜被视作才子和唯美主义的典范——"中国的王尔德"，但他们两个温柔敦厚，不像王尔德那样乖张毒舌。他们两个生前也比王尔德幸运些，盛年处于宫室，最多伤心时"中夜起长叹""无言独上西楼"，而可怜的王尔德只能躺在肮脏的监狱和阴沟里仰望星空。

李煜称得上是宋词开山之祖，宋词发展到他那里，才真正成熟。明代胡应麟的《诗薮》曰："后主目重瞳子，乐府为宋人一代开山。盖温、韦虽藻丽，而气颇伤促，意不胜辞。至此君方是当行作家，清便宛转，词家王、孟。"木心干脆称李煜为"亡国之君，词中之帝"。

有一个关于李煜的说法，争议颇大。清代周济的《介存斋论词杂著》云："毛嫱、西施，天下美妇人也，严妆佳，淡妆亦佳，粗服乱头，不掩国色。飞卿，严妆也。端己，淡妆也。后主则粗服乱头也。"王国维认为"周介存置诸温、韦之下，可为颠倒黑白矣"。但静安先生显然误解了周济，因为周济在前文已强调"粗服乱头，不掩国色"，重心在"不掩国色"，并未将李煜置于温庭筠和韦庄之下。问题在于，李煜是粗服乱头吗？

木心认为，这一说法"似乎中肯"，然而并不对："几时乱了头、粗了服？自然界从来没有'乱头粗服'的花，李后主是'天生丽质'，和别人一比，别人或平民气，或贵族气，他是帝王气。"木心和李煜有点相似，生于江南富贵之家，活得优雅、精致，无法忍受粗服乱头的说法，是可以理解的。

叶嘉莹先生对粗服乱头的解释是，李煜的词"不矫揉造作忸怩作态，而自然有倾国倾城的美丽，所以他的词的特色也便在于其本质的纯真"。

李煜赤子之心（下一节有进一步分析），后主词纯粹纯真，这一点毫无疑问，但用粗服乱头形容之，我总感觉不太精当。西施起于民间，说她粗服乱头并不违和，但李煜毕竟生于帝王家，不可能"粗服"，他是公众人物，在人前也不可能"乱头"。既然用粗服乱头来形容其不够精当，那用哪个词好呢？

没有这个词。任何形容都伧俗，都等而下之。

李煜是亡国之君，隋炀帝也是亡国之君。明代沈际飞评曰："后主、炀帝辈，除却天子不为，使之作文士荡子，前无古，后无今。"

奈何生在帝王家！但并非生在帝王家就一定做帝王。李煜是南唐元宗李璟第六子，本来继承皇位的希望并不大。由于李璟的次子到第五子均夭折，故李煜的长兄李弘冀为皇太子时，李煜是事实上的次子。李弘冀为人猜忌多疑（有点像曹丕），李煜惧之，为人低调，不与政事，自号"钟峰隐者""莲峰居士"，意在表明自己志在山水，无意争夺大位。但李弘冀的意外暴卒，使李煜不得不继承帝位。

沈际飞为何将隋炀帝和李煜并称？难道隋炀帝也是诗词高手？

不错。和李煜一样，真实的隋炀帝是才华横溢的美男子。且看他的一首诗《饮马长城窟行》：

> 肃肃秋风起，悠悠行万里。
>
> 万里何所行，横漠筑长城。
>
> 岂合小子智，先圣之所营。
>
> 树兹万世策，安此亿兆生。
>
> 讵敢惮焦思，高枕于上京。
>
> 北河见武节，千里卷戎旌。
>
> 山川互出没，原野穷超忽。
>
> 撞金止行阵，鸣鼓兴士卒。
>
> 千乘万旗动，饮马长城窟。
>
> 秋昏塞外云，雾暗关山月。
>
> 缘严驿马上，乘空烽火发。
>
> 借问长城侯，单于入朝谒。
>
> 浊气静天山，晨光照高阙。
>
> 释兵仍振旅，要荒事万举。
>
> 饮至告言旋，功归清庙前。

"肃肃秋风起"，一股肃杀之气。"秋昏塞外云，雾暗关山月"，好句！预示了李白的《关山月》。

隋炀帝和李白、李煜当然不是一个重量级，但他这首硬朗的诗，绝对秒杀当下一众自我感觉良好的所谓"诗人"。

隋亡，可溯源于帝国的过度扩张（多次对高句丽用兵，高句丽即今朝鲜）。扩张有其边界，一旦太过，就可能反噬自身。

南唐并非强大的帝国，只是偏安一隅的弱国。李后主给人的印象是一个只会吟诗弄词、听乐观舞，面对政治灾难就哭哭啼啼的羸弱君主。但真实的历史是，他并非不作为，面对强宋，他"外示畏服，修藩臣之礼，而内实缮甲募兵，潜为备战"。无奈南唐国力兵力太弱，亡国乃无可逃避的宿命。恰如"二战"时，丹麦无论其统治者如何振作，都绝非德国之敌。开战仅四个小时，丹麦就投降了。而南唐，好歹抵抗了一年。

2. 童心

王国维深受叔本华思想的影响，他的《〈红楼梦〉评论》多引叔本华的论述，他还撰写过题为《叔本华之哲学及其教育学说》《叔本华与尼采》的论文。叔本华在谈论天才的童心时说道：

"每个天才都在某种程度上是一个孩子""赫尔德和其他几个人对歌德颇有微词，说他总是像个大小孩。他们当然说得很对，但他们对此挑剔却是没有道理的。人们也说莫扎特整个一生都是一个小孩。舒利希格罗尔在悼词中这样形容莫扎特：'在艺术上他很早就是一个成年人，但在其他所有方面却始终是一个小孩。'"

王国维将这段话意译为：

"天才者，不失其赤子之心者也""昔海尔台尔（Herder）谓格代（Coethec，今译歌德）曰：'巨孩。'音乐大家穆差德（Mozart，今译莫扎特）亦终生不脱孩气，休利希台额路尔谓彼曰：'彼于音乐，幼而惊其长老，然于一切他事，则壮而常有童心也。'"

在王国维看来，李煜是和歌德、莫扎特一样常有童心的艺术天才："词人者，不失其赤子之心者也。故生于深宫之中，长于妇人之手，是后主为人君所短处，亦即为词人所长处。"但我总觉得，李煜的赤子之心是天生的，与"生于深宫之中，长于妇人之手"关系不大，难道他生于农家或商贾之家，就没有赤子之心了？

童心即初心。"童子者，人之初也；童心者，心之初也。"（李贽语）套用一句现在的时髦话，即诗人和艺术家应不忘初心，牢记使命。《西游记》中孙行者又称心猿，如第十四回回目为"心猿归正　六贼无踪"，第八十三回回目为"心猿识得丹头　姹女还归本性"。修道即修心，所谓行者，就是在漫漫长路上战胜杂念，觉悟"空"之哲理。可以说李煜是孙行者之前的孙行者。

童心即真心。天才和孩子相似首先显现为突出的天真和淳朴。刘毓盘《词史》云："（李后主）于富贵时能作富贵语，愁苦时能作愁苦语，无一字不真，无一语不俊。"元好问诗曰："豪华落尽见真淳。"李煜在繁华与萧条时，在繁华落尽时，是同样的既真且淳，看透了"聚散浮生"，做到了贾宝玉所言的"无贪无忌"（《红楼梦》第一百一十八回）。可以说李煜是贾宝玉之前的贾宝玉，也是、更是真宝玉。

3. 渔父

李煜在成为皇太子之前，活得战战兢兢，最羡慕自由自在的渔父生活。他有两首《渔父》，写得欢快：

其一

浪花有情千里雪，桃李无言一队春。

一壶酒，一竿身，快活如侬有几人。

其二

一棹春风一叶舟，一纶茧缕一轻钩。

花满渚，酒盈瓯，万顷波中得自由。

《渔父》，本名《渔歌子》。最有名的《渔歌子》来自张志和。"西塞山前白鹭飞，桃花流水鳜鱼肥。青箬笠，绿蓑衣，斜风细雨不须归。"张志和是唐代著名隐士。《新唐书·张志和传》称其"居江湖，自称烟波钓徒""每垂钓，不设饵，志不在鱼也""善图山水，酒酣，或击鼓吹笛，舐笔辄成。尝撰《渔歌》，宪宗图真求其歌，不能致"。

"烟波钓徒"让我想起一位朋友，在西安某高校任教的名教授，十几年前，他在博客上自称"边城酒徒"。他酒量大，人豪爽，真酒徒也。但西安却非边城，现在不是，从前更不是。他如此出色，却自甘边缘化，恰是洒脱的表现。与他交往，若饮醇醪，不觉自醉，比读沈从文的《边城》、张爱玲的《重访边城》和郁达夫的《春风沉醉的晚上》，比与大周后、小周后①还漂亮的女人鬼混，比喝了酿造三十年的茅台，还令人沉醉。一次，我问他，汝垂钓否？答曰：志不在鱼，在乎山水之间也。又

---

① 小周后是大周后（周娥皇）之妹。大周后病逝后，小周后成为国后。

问，汝识姜太公否？答曰：愿者上钩。再问，汝识飞将军否？答曰：桃李不言，下自成蹊。

我知，我的境界是永远赶不上他了。当然，更赶不上与屈原对话的渔父。

> 屈原曰："安能以身之察察，受物之汶汶乎！宁赴湘流，葬于江鱼之腹中；安能以皓皓之白，而蒙世俗之尘埃乎！"
>
> 渔父莞尔而笑，鼓枻而去，乃歌曰："沧浪之水清兮，可以濯吾缨；沧浪之水浊兮，可以濯吾足。"

据说阎真当年受这段对话启发，思如泉涌，在很短的时间内写下小说《沧浪之水》。它是我年轻时的两部启蒙小说之一，另一部是陈忠实的《白鹿原》。《沧浪之水》帮我初识官场和人性，《白鹿原》则引导我领会一个民族潜意识中的性、故土神话和海德格尔意义上的源初力量。海德格尔说，"我深信，没有任何本质性的精神作品不是扎根于源初的原生性之中的""开端依然存在着，它并不像某个很久以前存在过的事物那样位于我们后面，而就站在我们面前……开端已经闯入了我们的未来"。另一位德裔哲学家保罗·蒂利希也说："任何神话都是关于本源（origin）的神话。"

为了追寻神话、屈原和渔父的踪迹，我于 2017 年来到传说中的汨罗江，在江畔邂逅了一个正宗的湘妹子（吃辣，够辣，才叫正宗）。她带我吃了煲仔饭和当地最美味的蛋糕，并在汨罗一中（她的母校）和屈原祠留下两个手印、N 个脚印。疯玩几天之后，我们一起乘车赴长沙，打算拜访在中南大学文学院任教的阎真教授。虽感觉有点冒失，但我们还是勇敢地去了。人，尤其是虚荣心强的作家，总不会拒绝崇拜者和"朝圣者"

吧。中南大学的文学院和法学院在同一栋大楼。我轻轻叩门，门徐徐展开，先是一道缝儿，然后一个长发女生走出来说："阎老师不在。"乘兴而来，败兴而归。其实之于我，也算不上败兴而归，毕竟有一美女相陪。

既然到了长沙，岳麓山和岳麓书院是必须要去的，橘子洲也是必须要去的。毛主席词曰："独立寒秋，湘江北去，橘子洲头。看万山红遍，层林尽染；漫江碧透，百舸争流。"但我们去时并非万山红遍的寒秋，而是花满渚的暖春。必须承认，长沙的暖春比开封的暖春暖和多了。那是我度过的最暖的春。

那天，阳光明媚，橘子洲游客如织，她的手机却丢了，是被偷了。

更要命的是，湘妹子也丢了。人太多，我们走散了。我后来怎么都联系不上她。我倏地明白，她是故意的，不想再和我有什么瓜葛。我们都只是对方生命中的一个过客。哎，人生就是这样，走着走着，一起走的人就失了散了不见了。我终于明白李煜所言"人生愁恨何能免，消魂独我情何限"的含义了。

但我并未因此看破红尘，也拒绝上终南山隐居。

听说，因为想去终南山隐居的人太多，那里一间土坯房的月租已从三百元涨到一万元，实在"隐"不起。

4. 焚曲

《木兰花·晓妆初了明肌雪》

晓妆初了明肌雪，春殿嫔娥鱼贯列。

笙箫吹断水云间，重按霓裳歌遍彻。

临春谁更飘香屑？醉拍阑干情味切。

归时休放烛花红，待踏马蹄清夜月。

宋代洪刍的《香谱》曰："后主自制帐中香，以丁香沉香及檀麝各一两，甲香一两，皆细研成屑，取鹅梨汁蒸干焚之，芬郁满室。故下段首句云'风飘香屑'，殆即帐中香也。其'清夜月'结句，极清之致。"明代沈际飞的《草堂诗余正集》曰："此驾幸之词，不同于宫人自叙。……侈纵已极，那得不失江山？"清代吴任臣的《十国春秋》曰："因亦耽嗜，废政事。"清代陈廷焯的《云韶集》曰："风雅疏狂，失人君之度矣。"

李煜是否"侈纵已极""失人君之度"非我所关心，我只想陪他观赏《霓裳羽衣曲》。

唐开元年间，河西节度使杨敬忠将霓裳舞曲的初谱进献给玄宗。玄宗立足于传统的清商乐，融合《婆罗门曲》进行加工，并制作歌词。白居易的《琵琶行》曰："轻拢慢捻抹复挑，初为霓裳后六幺。"清代洪昇《长生殿》中有闻乐制谱的情节，此曲是联络唐玄宗与杨玉环感情的纽带。安史之乱后，其音绝。一个偶然机缘，李煜获其旧谱，但已残缺不全。他与精通音律的大周后加以增补，开元遗音由是复传于世，清越可听。所以词中是"重按霓裳歌遍彻"。

南唐亡国后，李煜焚了曲谱。可他焚的哪里只是一纸曲谱呢？他焚的是曲，是心，是可待成追忆的历史。黛玉焚稿时，是否想到了李煜焚曲？这当然不可能，黛玉乃虚构人物。但有一点是肯定的，曹雪芹没有焚《红楼梦》，马克斯·勃罗德也没有焚卡夫卡的遗稿，否则，我们就不知黛玉为谁，卡夫卡也不是现在的卡夫卡了。人生成一巨作，足矣；人生得一知己，足矣。

5. 留待舞人归

《喜迁莺·晓月坠》

晓月坠，宿云微，无语枕频欹。

梦回芳草思依依，天远雁声稀。

啼莺散，余花乱，寂寞画堂深院。

片红休扫尽从伊，留待舞人归。

这首词写于李煜归宋被软禁之后。"无语枕频欹"，连个说话的人都没有，躺在床上翻来覆去难以入眠。"梦回芳草思依依"，"梦回"二字点出李煜情感和记忆的翻腾，"依依"之情只能在梦里再现了。"坠""微""稀""散""乱"，一片悲凉之气。"寂寞画堂深院"，越发寂寞了。"片红休扫尽从伊，留待舞人归"，任落花满地也不清扫，留待舞者归来，将其当作红毯，在上面翩翩起舞。

大周后是李煜喜欢的舞者。但斯人已逝，"留待舞人归"是不可能了。李煜曾撰《昭惠周后诔》哀悼她："双眸永隔，见镜无波。皇皇望绝，心如之何？墓树苍苍，哀催无际。……岁云暮兮，无相见期。情瞀乱兮，谁将因依！……天漫漫兮愁云嘻，空暧暧兮愁烟起。……夜寤皆感兮，何响不哀？"

伊莎多拉·邓肯是我喜欢的舞者。邓肯喜欢飙车，享受速度带来的快感。一次，她佩戴的长丝巾缠到小汽车车轮的钢条上，颈骨被瞬间拉断，刚被送到医院，医生便宣告了她的死亡。这位现代舞之母，这个自称"狂野不羁的酒神祭女""生命和艺术属于大海"的奇女子，就以这种残酷的方式告别了她深爱的人间。

有一次回老家时，我独自坐在旧宅院的石墩上读完《我的爱，我的自由：邓肯自传》一书。我在旧宅院里长大，后来搬入大道旁的新宅，旧院就不再住了，只是栽点竹、养点花、种点菜。每次从城里回老家，我都一个人在里边待好久，沉入回忆中不愿出来。伴着老屋、落叶和片红，有一种荒凉而热烈的史诗感。我很早就告诉父母，不必打扫旧院，保持自然状态就好。他们不太理解，但还是照做了。昨晚我又在梦中回到老家，我对着站在旧宅院大门外的邓肯和李煜背诵了一段古文："诗者，志之所之也，在心为志，发言为诗，情动于中而形于言，言之不足，故嗟叹之，嗟叹之不足，故永歌之，永歌之不足，不知手之舞之，足之蹈之也。"

李煜道："何不背'花径不曾缘客扫，蓬门今始为君开'？"

我说："有更好的一句——片红休扫尽从伊，留待舞人归。你们就是我等了一百年的舞人哪！"

6. 破阵子

《破阵子·四十年来家国》

四十年来家国，三千里地河山。凤阁龙楼连霄汉，玉树琼枝作烟萝，几曾识干戈？

一旦归为臣虏，沈腰潘鬓消磨。最是仓皇辞庙日，教坊犹奏别离歌，垂泪对宫娥。

李煜的词并非一味婉约，亦有豪放的一面。这首词，词牌名是豪放的（辛弃疾那首《破阵子·醉里挑灯看剑》更有名），亦自豪放始（"四十年来家国，三千里地河山"），却以婉约终（"垂泪对宫娥"）。

袁文《瓮牖闲评》曰："苏东坡记李后主去国词云：'最是仓皇辞庙日……'以为后主失国，当恸哭于庙门之外，谢其民而后行；乃对宫娥听乐，形于词句！余谓此决非后主词也，特后人附会为之耳。观曹彬下江南时，后主豫令宫中积薪，誓言若社稷失守，当携血肉以赴火。其厉志如此。后虽不免归朝，然当是时更有甚教坊，何暇对宫娥也！"在袁文看来，李煜挺有血性的，并非那么软弱，不会在去国时"奏别离歌""垂泪对宫娥"，这首词当属后人附会。然而，尤侗不同意袁文的推断，其《西堂杂俎》曰："不独后主然也。安禄山之乱，明皇将迁幸。当是时，渔阳鼙鼓惊破霓裳，天子下殿走矣，犹恋恋于梨园一曲，何异挥泪对宫娥乎？"既然开创了开元盛世的一代雄主李隆基都不免恋恋梨园一曲，李煜挥泪对宫娥又算什么呢？大丈夫能伸能屈，能硬能软。毛先舒《南唐拾遗记》曰："此词或是追赋。倘煜是时犹作词，则全无心肝矣。至若挥泪听歌，特词人偶然语。且据煜词，则挥泪本为哭庙，而离歌乃伶人见煜辞庙而自奏耳。"似乎，毛先舒的看法更为客观、平实。但，只是似乎。

即令李煜辞庙时命伶人奏别离歌、垂泪对宫娥，且当场写下此词，难道他就毫无血性、全无心肝了？李煜毕竟是男人，是掌握一国最高权力的男人，不可能毫无血性。再说，有没有血性，在很大程度上靠实力支撑，美国总统性格再软弱，看上去也很有血性。"垂泪对宫娥"恰恰表征了李煜的悲悯——对宫娥，对一己，对尘世的悲悯。悲悯和软弱不能画等号，王国维也说，李煜"有释迦、基督担荷人类罪恶之意"。

李煜或许同意魏文帝曹丕的睿断："自古及今，未有不亡之国，亦无不掘之墓也。"或许同意尼金斯基所言："政治就是死亡，不管是它内在的还是外在的方面。"在李煜看来，政治乃必要之恶，人性中永远藏着幽暗，而哲人——大诗人一定是哲人——必须拥有超越、悲悯的眼光。宋太宗赵光义多次凌辱小周后，尽管李煜以泪洗面，却照样直面不怯。"后主的承受能力非凡到什么程度，只消假设一下贾宝玉倘若面对薛蟠一次次地强奸林黛玉便可知晓，那是何等的定力。有人想不通，后主夫妇为何不自杀？须知这恰好不是勇敢，而是示弱。什么叫作死都不怕还怕活么？这就是。"①这叫精神和心灵上的以柔克刚。李煜词作的品格可概括为"柔性史诗"。

《破阵子·四十年来家国》这首词，让我想到清代的纳兰性德。由于"人生若只如初见，何事秋风悲画扇""一生一代一双人，争教两处销魂"等词句在网络和社会上的流行，纳兰性德被打上婉约的烙印。但和李煜一样，他并非那么婉约或只是婉约。他的《长相思·山一程》（"山一程，水一程"）、《忆秦娥·山重叠》（"山重叠，悬崖一线天疑裂"）、《浣溪沙·万里阴山万里沙》（"万里阴山万里沙，谁将绿鬓斗霜华"），可以说非常之苍凉悲壮。知名度来自误解，李煜和纳兰性德不怕被误解——误解得好。

7. 永恒之约

李煜词曰："芦花深处泊孤舟。"那芦花，那孤舟，是远离尘嚣的隐喻吧。汪曾祺的短篇小说《受戒》，轻逸而唯美，讲了一个受戒的小和尚和一个名叫小英子的少女的故事，堪谓"倾'庙'之恋"②。孤舟上，小英子趴在小和尚耳旁小声地说："我给你当老婆，你要不要？"小和尚眼

---

① 李劼：《唐诗宋词解：诗为心声，词乃情物》，上海三联书店 2018 年版，第 291 页。
② 毕飞宇：《小说课》，人民文学出版社 2017 年版，第 151—177 页。

睛鼓得大大的，小声说："要——"两支桨飞快地划起来，划进了芦苇荡。惊起一只水鸟，擦着芦穗，扑噜噜飞远了。受戒，破戒；有爱，有欲，却毫无俗气。李煜就是那个小和尚。

李煜词曰："人间没个安排处。"既然人间不属于他，没他的容身之处，那他就只能属于天上了，恰如释迦牟尼，恰如基督，恰如萧峰。《天龙八部》第五十回，萧峰自杀前，对众人说自己无颜立于天地之间。到底谁无颜立于天地之间？真是莫大的讽刺。公元978年，李煜被宋太宗派人鸩杀，终于回归该去之处。天上不会"车如流水马如龙"，也没有"帘帏飒飒秋声"。

李煜词曰："梦里不知身是客。"依弗洛伊德的释梦理论，梦并非无意义，亦不荒谬，而是欲望的满足，但梦中人并不知自己身处梦中。那么，眼下，此刻，客观存在的、清醒的你我，是否正身处别人（朋友、上帝或外星人）的梦中呢？李煜在梦里亦知身是客，只是，这梦是白日梦。诗、词、诔、赋、曲、小说……古今中外的所有文学，都是一场场白日梦而已——不断接力的大梦。

李煜词曰"晓妆初了明肌雪"，又曰"春花秋月何时了"。他喜用"了"（liǎo）字。《红楼梦》中有"好了歌"。跛足道人对甄士隐道："好便是了，了便是好，若不了，便不好；若要好，须是了。"但这话不够彻底，因为好是了，不好亦是了；了是好，亦是不好，并非"了"了，就一定好。其实，世上本无所谓的好与不好，亦无所谓的了与不了，一切都只是语言游戏罢了。只要张口，只要书写，必落言筌。这道理既然我懂，李煜自然也懂。但，仍要言，要写，要鸣，直至肉体"了"了。否则，就真的如一片落叶，被一江春水冲走了，再也找不到一点痕迹。

写到此处，我耳畔忽然传来爱尔兰歌手恩雅的空灵歌声 *Amarantine*

（《永恒之约》）。

李煜和永恒有个约定，和谢了的林花有个约定，和被寂寞锁住的一江春水有个约定；而我，和李煜的词有个约定。

奉旨填词柳三变

1. 周易起名

和永恒有约的，不只词中之帝李后主，还有奉旨填词的柳三变。

柳三变即柳永。柳永原名三变，字景庄，人到中年以后才改名永，字耆卿。"三变"二字取自《论语》和《周易》。《论语·子张》："君子有三变：望之俨然，即之也温，听其言也厉。"《周易·革卦》曰："大人虎变，其文炳也；君子豹变，其文蔚也；小人革面，顺以从君也。""三"是多的意思，并非实指数字。《道德经》也说："道生一，一生二，二生三，三生万物。"孙悟空的七十二变其实是多变的意思，并非指只有七十二种变化。"三变"的寓意是，一个人想成为君子、大人物，就必须不断地洗心革面，"日日新，又日新"（《礼记·大学》），"如切如磋，如琢如磨"（《诗经·卫风》），要不断磨砺自己，正所谓"玉不琢，不成器"。这也符合现代唯物辩证法发展和变化的原理。

从中可看出父亲对柳永的期望。这名字起得极好。

2012 年夏，我到河南省汤阴县羑里城游玩，门票 50 元（不知现在涨价没有）。羑里城是当年周文王被囚、推演八卦处。太史公曰："文王拘而演周易。"羑里城东墙一侧有一排简易的小屋子，门口都悬个"卦"字，里面坐着卦师，或穿道袍，或穿便服，等顾客上门。对于周易算卦、起名之类，我向来不信，因为我认真研读过《周易》，知道命是无法算的。果若能算，则拿破仑和希特勒事先请一个中国卦师算一卦，滑铁卢战役和第二次世界大战兴许就打不起来了——既然注定战败，那还打什么。诸葛亮神机妙算只是小说家的演义（鲁迅评诸葛亮"多智而近妖"），并不符合真实的历史。至于起名，只要自己翻翻《周易》，就能给孩子起个不错的名字，无须请卦师或其他高人帮忙。

作家张定浩说，中专毕业的妹妹请他给自己刚出生的孩子起名，他和一个正儿八经中文系的高才生朋友冥思苦想（张定浩本人也是中文系高才生，复旦大学的硕士），翻完《诗经》翻《周易》，列了好几个自觉有深意的名字，却被其家庭"联席会议"一一否决，"好不尴尬"。最后还是他妹妹自个儿给孩子想了个名字，叫"雨辰"，一是因为孩子在雨天早晨出生；二是她刚看的一本言情小说里边，男主人公便叫雨辰，她觉得好听。张定浩说："这般通俗，真让当时的我觉得有些泄气，而如今，这名字早已成长为一个漂亮伶俐的小男孩，整日唤来唤去，竟也不曾觉得俗气。"

我弟弟初中毕业，在老家县城的一家工厂打工，他的两个儿子先后出生时，都请我这个拥有博士学位的大学教授给起名。我也是翻《周易》，翻各种文史经典，冥思苦想，最后起的两个名字分别叫炎灏、允灏。"炎"取自炎黄子孙、顾炎武（就是那位说"天下兴亡、匹夫有责"的大思想家）。"灏"，假借为"浩"（浩大、浩瀚），水无边际之意，且和"颢"（宋代有位大思想家叫程颢）谐音。"允"，信也（《说文解字》），又，《尚书·大禹谟》曰"允执厥中"，《中庸》曰"致中和，天地位焉，万物育焉"，圣人之道，中而已矣。这两个名字颇具深意，均被采纳了。现在想来，这两个名字真的就比"雨辰""浩宇""欣怡""二狗""红梅"这些常见的名字高雅和更好吗？我那两个侄子，难道会因为有个"好名字"而成长为安邦之梁、具有定国之才？前一段时间我因为有事回了趟农村老家，看着五岁的小侄子有模有样地整理刚从地里刨出的红薯，将大的和小的分开摆放，觉得他真真可爱极了，至于他以后能否成才，一点儿都不重要了。

但柳永被父亲寄予厚望。他排行老七，出生时，父亲柳宜已经四十六岁了。柳宜曾担任南唐监察御史，入宋后任县令、国子博士，官终工部侍郎，"识理体而合经义"，属于典型的儒家士大夫。他给儿子起了一个极具寓意的名字，就是期望他三变而成君子，踏上仕途，光宗耀祖。但这名字并未给柳永带来多少好运，他数次落榜，一直考到五十一岁才进士及第，之后担任的也都是小官。及第前，柳永当然没有闲着，亦不会浪费自己的才华，他成为或者说是沦为一个走红的歌词写手，有点像已经去世的中国香港音乐人黄霑。黄霑的《上海滩》《我的中国心》《沧海一声笑》《笑看风云》《男儿当自强》《万岁千山纵横》《长路漫漫伴你闯》曾激荡我的心，伴我度过混沌的青少年时期。黄霑虽然是现代人，却以文言笔法写词，词风颇慷慨、苍凉、大气、正能量（当然，也有悱恻缠绵的，如《流光飞舞》；《倩女幽魂》则略带阴气），而柳永创作的大多属于俗词艳曲，风格上更接近林夕。叶梦得《避暑录话》说柳永"为举子时，多游狭邪，善为歌词。教坊乐工，每得新腔，必求永为辞，始行于世，于是声传一时"。柳永还经常出入妓院，赢得青楼多情种的"美誉"。他在市井之间赢得声名，"凡有井水饮处，皆能歌柳词"，却为统治者所不喜。胡仔《苕溪渔隐丛话》引《艺苑雌黄》记载说：

> 柳三变喜作小词，然薄于操行。当时有荐其才者，上曰："得非填词柳三变乎？"曰："然。"上曰："且去填词。"由是不得志。日与儇子（注：轻薄浮浪之徒）纵游倡馆酒楼间，无复检约，自称云："奉圣旨填词柳三变。"

竟然"自称"！不以为"耻"，反以为"荣"，颇有破罐子破摔的味道。吴曾《能改斋漫录》有类似记载：

> 仁宗留意儒雅，务本向道，深斥浮艳虚华之文。初，进士柳三变好为淫冶讴歌之曲，传播四方。尝有《鹤冲天》词云："忍把浮名，换了浅斟低唱。"及临轩放榜，特落之。曰："且去浅斟低唱，何要浮名？"景祐元年方及第。后改名永，方得磨勘转官。

柳永得官时已五十多岁，再加上他"名声在外"，注定在仕途上难有大的作为。他并非完全不识时务，写过谀圣词，向高官献过媚，但就是种种不顺。丑小鸭变天鹅，只发生在童话故事里，与仕途无涉，与柳永无关。尼采所言的精神的三种变形——一变而为骆驼，再变而为狮子，三变而为婴儿——也没有发生在柳永身上，他没有骆驼和狮子的气质，亦非李后主那样的赤子（婴儿）。他只是一个有点任性的浪子，"非我族类，其心必异"，他很难真正融入任何一个群体，尤其是主流士大夫群体。皇上不喜欢他，士大夫（个别除外）不待见他，他爱过、宠过、亵玩过的女人（妻子、歌姬和妓女），不可能理解他。所以他在词中感叹"一生赢得是凄凉"。晚年的柳永有点像塔可夫斯基执导的电影《乡愁》中的诗人，他强烈意识到自己"作为一个局外人，只能在某种距离之外观看别人的生活，使他被过往的种种回想，被那些亲爱的人的容颜击垮"，这一切都"袭击着他的记忆"。柳永不是在写词，而是在雕刻不可逆的时光。

2. 洞房以及"剩女"

和我一样，柳永也年轻过。他少时随父在汴京生活，富有而烂漫，后来回忆道："帝里风光好，当年少日，暮宴朝欢。"①回老家福建崇安后，柳永的日子过得也惬意，家人给他娶了一房媳妇。虽始于父母之命、媒妁之言，但柳永的婚姻却非常幸福和圆满，且看他笔下的洞房花烛夜：

《斗百花·满搦宫腰纤细》

满搦宫腰纤细，年纪方当笄岁。刚被风流沾惹，与合垂杨双髻。初学严妆，如描似削身材，怯雨羞云情意。举措多娇媚。

争奈心性，未会先怜佳婿。长是夜深，不肯便入鸳被。与解罗裳，盈盈背立银釭，却道你但先睡。

柳永写得细致入微，简直不能再真实了。写闺房之乐，能与柳永媲美的恐怕只有清代的沈复了。沈复《闺房记乐》写道："伴妪在旁促卧，令其闭门先去。遂与比肩调笑，恍同密友重逢。戏探其怀，亦怦怦作跳，因俯其耳曰：'姊何心春乃尔耶？'芸回眸微笑，便觉一缕情丝摇人魂魄，拥之入帐，不知东方之既白。"

---

① 《戚氏·晚秋天》。

柳永和妻子就这样恩恩爱爱度过了几年。但为了功名和前途，柳永不得不离开故乡，作别妻子。"惨离怀，嗟少年易分难聚，佳人方恁缱绻，便忍分鸳侣。""洞房记得初相遇。便只合、长相聚。何期小会幽欢，变作离情别绪。"然而，柳永在汴京备考期间，却突然收到妻子病逝的噩耗（沈复之妻也年纪轻轻就病逝了）。那时没有尸体冷冻术，也没有高铁。路途遥远，柳永即使赶回去也没法见妻子最后一面了。他本可不回，但还是立刻动身，回去祭拜亡妻。"最苦是、好景良天，尊前欢笑，空想遗音""彩云易散琉璃脆""永作天涯隔"是他悼词中的句子。悲莫悲兮生别离。

柳永之妻和沈复之妻的早逝纯属意外，但这两对夫妻的婚姻无疑都十分幸福，尽管是基于父母之命、媒妁之言，而非自由恋爱。自由恋爱一定会导向幸福的婚姻，甚至婚姻吗？

以往，诗词、戏曲、小说甚至是意识形态的舆论都渲染，甚至是有点过分地渲染封建婚姻对女性的压迫，现在倒好了，大量女性无法步入婚姻，即所谓的"剩女"问题。当然，"剩男"问题也严重。农村"剩男"多（女性少，人口结构失衡；彩礼高，娶不起），城市"剩女"多（有条件找，但往往比较挑剔，找不到合适的，就只好单身了）。不只大城市如此，小县城亦如此。江西财经大学两位老师的一项调查显示，在中部某县体制内存在大量"剩女"。2008 年以来，该县共招聘 2993 人，其中女性 1895 人，占比 63.3%；30 岁以上的未婚女性 248 人，占女性总人数的 13.1%。①之所以"剩"下，一个重要原因是这些女性找伴侣时首选对象也是体制内的，但体制内并没有那么多年轻男性。我也有类似的观察。我教过的在公检法系统工作的学生，有几个三十多岁了（其中两个已经三

---

① 欧阳静，马海鹏：《县域体制内的"剩女"——基于中部 D 县的调查》，《中国青年研究》2019 年第 10 期。

十九岁）依旧单身。女性，尤其是优秀的女性，在找伴侣时坚持向上兼容，适合她们的男性并不多。而且，适合她们的男性往往宁愿娶学历低的年轻女性，不太接受同龄、大龄的优秀女性（若不优秀，就更不考虑了）。我任教的大学，近几年研究生中女生的比例越来越高。西安某"双一流"大学 2021 年的入学数据显示，在研究生中，男生 1512 人、女生 2510 人，女生比男生多了近一千人。以后，除非女硕士、女博士能接受嫁给比自己学历低的人，甚至是蓝领工人，否则，"剩女"问题很难解决。

除了极少数不婚主义者外，我相信大部分女性是渴望走进婚姻的。而且，年轻时崇尚不婚，不等于以后——比如说三十五岁、四十岁以后——依旧如此。人是会变的。我并非顽固的保守主义者（相反，在婚恋问题上我很现代化），我尊重每个人的选择自由，也无意惹怒女权主义者，更不认为传统婚姻必然比现代婚姻更容易幸福（幸福是主观的，很难量化，且是可以调适的），而是希望大家冷静思考和认真对待传统婚姻制度的某些合理性。传统，正因为失去了，才显得可贵。

如果婚姻基于父母之命而非自由选择，我相信不会有"剩女"问题。

过多的选择，等于没有选择。自由的代价，只能是自由。

一个过了三十五岁甚至四十岁的"剩女"（以及"剩男"），在婚姻问题上，还能有多少选择、多少自由？

当然，公交车有最后一班，恋爱和婚姻没有终点站——在抵达人生终点之前。

3. 云雨

爱妻病逝后，柳永彻底"放飞了自我"，在苏杭沾花，在汴京惹草，风流无限。与他共度迢迢良夜的都是妓女，在他词中留下芳名的有好几位：虫娘、佳娘、酥娘、琴娘、秀香、楚楚、英英。其中，虫娘（虫虫）是他的最爱，两人一度到了谈婚论嫁的地步。

《木兰花·虫娘举措皆温润》

虫娘举措皆温润，每到婆娑偏恃俊。

香檀敲缓玉纤迟，画鼓声催莲步紧。

贪得顾盼夸风韵，往往曲终情未尽。

坐中少年暗消魂，争问青鸾家远近。

《集贤宾·小楼深巷狂游遍》（节选）

就中堪人属意，最是虫虫。

有画难描雅态，无花可比芳容。

待作真个宅院，方信有初衷。

《征部乐·雅欢幽会》（节选）

但愿我、虫虫心下，把人看待，长似初相识。

待这回、好好怜伊，更不轻离拆。

北宋时期，市民生活多姿多彩，包括倡馆在内的娱乐消费业发达。孟元老《东京梦华录》卷二记："凡京师酒店，门首皆缚彩楼欢门，唯任店入其门，一直主廊约百余步，南北天井两廊皆小阁子。向晚，灯烛荧煌，上下相照，浓妆妓女数百，聚于主廊槏面上，以待酒客呼唤，望之宛若神仙。"周密《武林旧事》卷六记："每楼各分小阁十余，酒器悉用银，以竞华侈。每处各有私名妓数十辈，皆时妆袨服，巧笑争妍，夏月，茉莉盈头，春满绮陌，凭槛招邀，谓之'卖客'。"

说回柳永。读柳词时，我发现"洞房""云雨"字样反复出现。

何以"洞房"字样反复出现？

我的理解是，柳永把每一次欢好（尽管是同妓女），亦看作新婚一般。"恰如年少洞房人。"

何以"云雨"字样反复出现？

柳永固然是在素描自己的本真生活，但还要从创作心理和潜意识角度析之。柳永是词人、艺术家，他的嫖娼行为与常人既相同又有区别。他并非仅仅停留在皮肤滥淫层面，还有《红楼梦》第五回所言的意淫成分："好色即淫，知情更淫。是以巫山之会，云雨之欢，皆由既悦其色，复恋其情所致也。"情到深处必主淫，文学和艺术是性的升华。美国诗人惠特曼说："性包含一切，身体，灵魂……"法国作家莫里斯·布朗肖说，他不是滚床单，而是"滚动在伟大的秘密中"。以《百年孤独》闻名于世的加西亚·马尔克斯曾转述威廉·福克纳的话说，"作家最完美的家是妓院，上午寂静无声，入夜欢声笑语"。2001 年，奈保尔荣膺诺贝尔文学奖时，公开感谢那些陪伴他的妓女们，这简直有点惊世骇俗了——尽管惊不了柳永，亦骇不了我。

其实没什么，因为就连"性本爱丘山"的伟大隐士陶渊明也曾想入非非。"愿在衣而为领，承华首之余芳""愿在裳而为带，束窈窕之纤身""愿在丝而为履，附属足以周旋"（《闲情赋》）。难道陶渊明和西门庆一样，是个恋足癖？最优雅的性描写在《西厢记》："春至人间花弄色。将柳腰款摆，花心轻拆，露滴牡丹开。"（"柳腰"的意象也频繁出现于柳永词中)鲁迅和张爱玲亦有精彩描写:"我也渐渐清醒地读遍了她的身体,她的灵魂。"(鲁迅《伤逝》)"有一会儿并不痛。海上的波涛在轻柔地摇晃她,依然是半梦半醒。他们的船已经出海,尽是诡异的一大片灰蒙蒙。"(张爱玲《少帅》)

当然,这些更多属于情色而非色情范畴。情色和色情不能画等号。

木心说,"伟大的情人就是诗人""一个人如果在一生中经历了艺术的极峰,思想的极峰,爱情的极峰,性欲的极峰,真是不虚此生"。柳永知道自己不虚此生了。

4. 窥柳以及窥宋

"云雨"典出宋玉《高唐赋》:"旦为朝云,暮为行雨,朝朝暮暮,阳台之下。"江晓原教授有本性学专著即题为《云雨:性张力下的中国人》,是一本充满趣味的资料大全。我喜欢读字典、百科全书和资料大全,远比废话太多的学术论著有意思。《红楼梦》第六回前半部分回目为"贾宝玉初试云雨情"。与贾宝玉一样,宋玉"转盼多情""天然一段风骚",但他拒绝用下半身思考,不轻易受美色诱惑。宋玉《登徒子好色赋》曰:"东家之子,增之一分则太长,减之一分则太短;著粉则太白,施朱则太赤;眉如翠羽,肌如白雪;腰如束素,齿如含贝;嫣然一笑,惑阳城,迷下蔡。然此女登墙窥臣三年,至今未许也。"这一典故被柳永写进词里:

忆情牵。粉墙曾恁,窥宋三年。

柳永在绮罗丛中偎红倚翠,被无数青楼女子"窥"视。窥柳的美人肯定比窥宋的多多了。时有民谣曰："不愿君王召，愿得柳七叫；不愿千黄金，愿得柳七心；不愿神仙见，愿识柳七面。"这当然是夸张的说法，就像"才子词人，自是白衣卿相"一样是夸张的说法。白衣就是白衣，卿相就是卿相，卿相从来不把身为白衣的才子词人视作卿相，是才子词人自视为卿相罢了。再说，才子词人何必是卿相呢，安安分分地做个词人（诗人）、做个艺术家不也挺好？

柳永被窥，同时又在窥。他既窥美色，又窥大宋朝，以及隐于其后的政治逻辑。柳永有几首词深深震撼了拥有政治学博士学位的我：

《巫山一段云·其二》

琪树罗三殿，金龙抱九关。

上清真籍总群仙，朝拜五云间。

昨夜紫微诏下，急唤天书使者。

令赍瑶检降彤霞，重到汉皇家。

《巫山一段云·其四》

阆苑年华永，嬉游别是情。

人间三度见河清，一番碧桃成。

金母忍将轻摘，留宴鳌峰真客。

红猊闲卧吠斜阳，方朔敢偷尝。

这两首讲的是宋真宗时期的"天书降临和封禅"事件。1005 年，与辽朝议和（澶渊之盟）使宋真宗深感屈辱，他决心重振和宣扬皇威，于是策划实施了一系列活动，其中最重要者莫过于天书降临和封禅。景德五年（1008）正月，皇宫门楼屋顶挂有不知从哪儿飘来的黄帛，上书"赵受命，兴于宋，付于恒"。"恒"即宋真宗本名。宋真宗马上召集臣下说，去年十一月的一个夜晚，曾出现一个神人对他说："在宫中做一个月黄教道场，就会有天书大中、祥符降临。"现在既然应验了，天书已经降临，那就马上改元，年号干脆就叫"大中祥符"（现在河南省开封市有一个区叫祥符区，祥符调是最正宗的豫剧唱腔）。接着，民众、士子、文臣、武将甚至和尚道士，纷纷"自发"请愿，请求宋真宗封禅。既然天意民心如此，宋真宗自然只好顺之应之，于是有了中国历史上最后一次封禅。不久，陕州（今河南省三门峡市）地方的官员连连给皇帝奏报"黄河水清"，给天书之事锦上添花，因为"黄河清，圣人出"。我2015年去过一次陕州，那里的黄河水真的很清，颠覆了我对黄河的印象和想象。

自古代尤其是汉武帝时期以来，天降祥瑞就不是什么稀罕事，真真假假，假假真真。或许今天有人斥责这是"演戏"，但从政治哲学角度言之，仪式（或形式）就是内容，演戏、制造神话有时是必要的。《淮南子·要略》曰："观天地之象，通古今之事，权事而立制，度形而施宜。"董仲舒曰："天人之征，古今之道也。孔子作《春秋》，上揆之天道，下质诸人情，参之于古，考之于今。"柳永是真正究天人之际、通古今之变的人，既深刻地认识到"天书降临和封禅"的政治哲学意涵，"重到汉皇家"（因此他不是对政治颟顸的"愤青"），又冷眼旁观，"红猊闲卧吠斜阳"。他犹如一只红猊（以红毛为主的杂毛狗），闲卧着"吠斜阳"。他的所谓"吠"，就是写词而已，"斜阳"则隐喻了一种超越现实政治的宇宙观。"斜阳"意象还出现在他另一首谈论王霸政治的词中：

《双声子·晚天萧索》

晚天萧索，断蓬踪迹，乘兴兰棹东游。三吴风景，姑苏台榭，牢落暮霭初收。夫差旧国，香径没、徒有荒丘。繁华处，悄无睹，惟闻麋鹿呦呦。

想当年、空运筹决战，图王取霸无休。江山如画，云涛烟浪，翻输范蠡扁舟。验前经旧史，嗟漫载、当日风流。斜阳暮草茫茫，尽成万古遗愁。

柳永谈王霸，和"以霸王道杂之"的汉宣帝，和认为"王道"和"霸道"是兄弟的鲁迅，和《原霸：霸权的演变》一书的作者佩里·安德森（英国思想家），有的一拼。柳永是熟谙经史之人（"验前经旧史"），并非仅凭感觉写诗填词。他表面上是写吴越，实则是借历史酒杯，浇心中块垒。窥吴越为表，窥宋为实；窥宋为表，窥宇宙为实。"斜阳暮草茫茫"，柳永依旧是那只悲戚地闲卧吠斜阳的杂毛狗。"香径没、徒有荒丘"则让我想起林黛玉的《葬花吟》和弗兰克·赫伯特的科幻小说《沙丘》。柳永对于政治和宇宙人生，如静安先生所言，既入乎其内，又出乎其外。

这还是那个以写咏妓词闻名于世，低吟"杨柳岸，晓风残月"的柳永吗？

为什么不是？人看人，不能只见其所欲见。柳永很复杂的。这也给了我解读或者说是一本正经地胡扯的空间。

5. 岁月静好

张舜民《画墁集》卷一记：柳三变既以词忤仁庙，吏部不敢改官。三变不能堪，诣政府。晏公（晏殊）曰："贤俊作曲子么？"三变曰："只如相公亦作曲子。"公曰："殊虽作曲子，不曾道'彩线慵拈伴伊坐'。"柳遂退。此处的"彩线慵拈伴伊坐"，原文为"针线闲拈伴伊坐"，出自柳永的《定风波·自春来》：

> 自春来，惨绿愁红，芳心是事可可。日上花梢，莺穿柳带，犹压香衾卧。暖酥消，腻云亸。终日厌厌倦梳裹。无那！恨薄情一去，音书无个。
>
> 早知恁么，悔当初、不把雕鞍锁。向鸡窗、只与蛮笺象管，拘束教吟课。镇相随，莫抛躲。针线闲拈伴伊坐，和我，免使年少光阴虚过。

这首词以妓女的口吻写成，语言自然要切合她的口吻和身份，没有书卷气和学究气。尤其是"芳心是事可可""恨薄情一去，音书无个""镇相随，莫抛躲。针线闲拈伴伊坐，和我"等，用语通俗浅近，接近口语，符合主人公的口吻、性格和心理特征。柳永此词保持了来自民间的曲子词新鲜活跃的生命力，有着明显的"逆雅化"倾向，因此为士人（雅人）之首的晏殊所不齿，亦在情理之中。

不排除文人相轻。就像今天，音乐系教授瞧不上流行歌词的写手，学院派史家不喜民间撰史者，总觉得他们的东西太通俗了，格调不高（格调高的确实很少）。而后者则嫌前者太学究、太虚伪。

柳永非不能雅，而是也能俗，且俗得动人。相信不少女孩子和我一样，喜欢"针线闲拈伴伊坐"这一句——包括张爱玲。张爱玲曾与胡兰成"签订终身，结为夫妇""愿使岁月静好，现世安稳"。"针线闲拈伴伊坐"不正是古代的"岁月静好，现世安稳"吗？纵使如张爱玲这般有才华的女子，也想安静地坐在男人身边，做做女红。陪伴是最长情的告白。

因为欣赏张爱玲的才情，我对胡兰成一直无甚好感，何况胡兰成于大节有亏。一个人，一个民族，骨头必须硬，否则不仅被鄙夷、看不起，且无以存身。

张爱玲之爱胡兰成，属于同道中人的惺惺相惜。但张爱玲的才华远远超过胡兰成，只是她初始把自己看低了，"低到尘埃里"。她后来当然看明白了，若看不明白也就不是张爱玲了。其实不爱了，也就看明白了，毕竟，女人在恋爱时智商近乎为零。张爱玲后来流亡到美国，智商再度变为零——爱上一个比胡兰成年龄还大的德国老头（胡兰成大她近十四岁，赖雅大她二十九岁）。张爱玲似有恋父情结（或许源于她童年生活的不幸），终生都未放弃对"岁月静好，现世安稳"的追求。她太孤独了，赖雅成了她的救命稻草。然而赖雅给她带来的更多是负担，而非"静好"和"安稳"。

生活的不幸不仅没有消减张爱玲的文学和美学价值，反而更使她成了传奇。恰如柳永。

如果用一个词来概括张爱玲的文字，那就是"苍凉"。张爱玲说："苍凉之所以有更深长的回味，就因为它像葱绿配桃红，是一种参差的对照。"亦如柳永。

如果张爱玲生活在宋朝，可以嫁给柳永，可以"针线闲拈伴伊坐"。

也可以让柳永穿越到 1955 年美国的秋天（张爱玲于 1955 年秋抵达美国），与她一起研读《红楼梦》，并将之译成英文。

6. 雨霖铃

《雨霖铃·寒蝉凄切》

寒蝉凄切，对长亭晚，骤雨初歇。都门帐饮无绪，留恋处，兰舟催发。执手相看泪眼，竟无语凝噎。念去去，千里烟波，暮霭沉沉楚天阔。

多情自古伤离别，更那堪，冷落清秋节！今宵酒醒何处？杨柳岸，晓风残月。此去经年，应是良辰好景虚设。便纵有千种风情，更与何人说？

这首《雨霖铃·寒蝉凄切》是柳永最有名、被讨论最多的词。沈谦《填词杂说》曰："词不在大小深浅，贵于移情。'晓风残月''大江东去'，体制虽殊，读之皆若身历其境，惝恍迷离，不能自主，文之至也。"柳永此词，能移人之情，读起来就很好，好到任何分析都显得多余、没有意思。十几年前，我的一位学声乐的老乡对我说："一首歌，一支曲子，判断其好坏，好听不好听就是标准，不需要进行分析。"虽然这话肯定是片面的，但我一直记忆犹新。我至今还记得她在自己的毕业独唱音乐会上唱的一首《藏羚羊的诉说》，我不懂，就是觉得好听、让我感动，怎么都忘不了。

沈谦将"晓风残月"和"大江东去"并列，可见在他那里，柳永和苏轼在同一档。俞文豹《吹剑续录》记：东坡在玉堂，有幕士善讴，因问："我词比柳词何如？"对曰："柳郎中词，只好十七八女孩儿，执红牙拍板，唱'杨柳岸，晓风残月'；学士词须关西大汉，执铁板唱'大江东去'。"面对柳永，苏轼似乎并不是太自信，否则何来此问？若瞧不上对方，连名字都不会提。

关于柳永此词，更有趣的逸闻来自《宋人轶事汇编》卷十：

邢州开元寺僧法明，落魄不检，嗜酒好博。每饮至大醉，惟唱柳永词，由是乡人莫不侮之。或有召斋者则不赴，有召饮者则欣然而从。酒酣，乃讴柳词数阕而后已。如是十余年，里巷小儿皆目为风（疯）和尚。一日忽谓寺众曰："吾明日当逝，汝等无出，观吾往焉。"众僧笑曰："岂有是哉！"望日晨起，法明乃摄衣就座，遽呼众曰："吾往矣，当留一颂而去。"众僧惊愕，急起听之。法明曰："平生醉里颠蹶，醉里却有分别。今宵酒醒何处，杨柳岸晓风残月。"

《水浒传》中的鲁智深简直是法明的翻版。他也是酒肉和尚，也被众僧嘲笑，也预知到自己的死期。鲁智深圆寂是《水浒传》中最动人的一幕。这位关西汉子忽听得江上潮声雷响（钱塘江潮信），忽然想起师父智真长老对他说的一句偈言"听潮而圆，见信而寂"，他知道自己离开的日子到了。他笑对众僧，换了一身僧衣，要来纸笔，写下一篇颂子（"钱塘江上潮信来，今日方知我是我"），放在禅床上，自叠起两只脚，左脚搭在右脚上，自然天性腾空。当年我读到这段情节，心情久久不能平静，宛若我自己死了。但我知我不会走得这么潇洒，极有可能在病床上，在奄奄一息中绝望而无奈地死去。我恐惧死亡，最起码现在恐惧死亡。

鲁智深在钱塘江畔圆寂，想来他定然望过柳永望过的海潮（柳永有词《望海潮·东南形胜》）。

鲁智深是关西汉子，想来他定然执过铁板，唱过"大江东去"。

其实，若鲁智深唱"有三秋桂子，十里荷花"，林黛玉唱"乱石穿空，惊涛拍岸，卷起千堆雪"，那才更绝。

7. 苒苒物华休

蝉有一种令人吃惊的特性，它们变成成虫的时间，通常和"13"或"17"这样的质数（所谓质数，就是只能被"1"和其本身两个数字整除的整数；意大利有位名叫保罗·乔尔达诺的粒子物理学家写过一本名为《质数的孤独》的小说，他用质数这一数学概念来形容人的孤独状态）年份同步。蝉在地下度过生命的绝大部分时间，爬出地面后，以极快的速度蜕变、成长、交配和死亡。

《雨霖铃·寒蝉凄切》首句为"寒蝉凄切"。蝉的意象在柳词中不止一次出现，如"残蝉渐绝""高柳乱蝉栖""正蝉吟败叶""蝉嘶败柳长堤暮"。蝉折射了柳永凄凉而孤独的一生——"被多情、赋与凄凉""独自个、千山万水，指天涯去"。对柳永而言，悲蝉是悲己，悲秋亦是悲己。柳永喜欢宋玉不是没有缘由的，宋玉《九辩》首句即为"悲哉，秋之为气也"，悲秋总是与宋玉相联系。柳词曰"动悲秋情绪，当时宋玉应同""当时宋玉悲感，向此临水与登山""晚景萧疏，堪动宋玉悲凉""更休道、宋玉多悲，石人、也须下泪"。

这些词句不由得让我想起杜甫的"摇落深知宋玉悲""万里悲秋常作客"，戎昱的"宋玉亭前悲暮秋"，吴融的"悲秋应亦抵伤春，屈宋当年并楚臣"，范成大的"悲秋人去语难工，摇落空山草木风"，陆机的"悲落叶于劲秋"，李商隐的"楚天长短黄昏雨，宋玉无愁亦自愁"，刘禹锡的"自古逢秋悲寂寥"，马致远的"夕阳西下，断肠人在天涯"，《礼记·乡饮酒义》中的"秋之为言愁也"，《白虎通·五行》中的"秋之为言愁亡也"，张爱玲的诗《落叶的爱》（"叶子尽量慢着，装出中年的漠然"），里尔克的诗《秋日》（"谁此刻孤独，就永远孤独"），加缪的散文集《西西弗的神话》（"真正严肃的哲学问题只有一个，那就是自杀"），海子的诗《秋天》（"小花死在回家的路上"），以及法国诗人魏尔伦的《秋歌》（"秋风萧瑟，琴声呜咽，余音长；单调无力，令人悲戚，心忧伤。……秋风无情，东西飘零，伤离别"）——如此不胜其烦地引用，有卖弄之嫌了。卖弄得不好，乃三流货色；卖弄得好，就成了大师。柳永最好的悲秋词是《八声甘州·对潇潇暮雨洒江天》：

> 对潇潇暮雨洒江天，一番洗清秋。渐霜风凄紧，关河冷落，残照当楼。是处红衰翠减，苒苒物华休。唯有长江水，无语东流。
>
> 不忍登高望远，望故乡渺邈，归思难收。叹年来踪迹，何事苦淹留。想佳人妆楼颙望，误几回、天际识归舟。争知我，倚栏杆处，正恁凝愁。

苏东坡曾言"霜风凄紧，关河冷落，残照当楼"诸语，"于诗句不减唐人"。但我更喜欢"苒苒物华休"一句。

"苒苒"，渐渐之意；"物华"，万物的芳华。"苒苒物华休"，指宇宙间美好的东西都渐渐地消亡了。依循理论物理学的熵增原理，"没有东西可以挽救宇宙免遭万劫不复的热寂之难"，世界和宇宙末日是"无法逃避的"！①

---

① ［澳］保尔·戴维斯：《宇宙的最后三分钟：关于宇宙归宿的最新观念》，傅承启译，上海科学技术出版社1995年版，第9页。

哲学家罗素在《为什么我不是基督教徒》一书中悲观地写道："一切时代的结晶，一切信仰，一切灵感，一切人类天才的光华，都注定要随着太阳系的崩溃而毁灭。人类全部成就的神殿将不可避免地会被埋葬在崩溃宇宙的废墟之中。"太阳系和宇宙毁灭的过程也许需要几十亿、几百亿年，甚至更长的时间，但这一天终将到来。

因此，"苒苒物华休"一句，有着宏大的宇宙观。

当然，这是我的过度解读，柳永的宇宙观再宏大，也没有上述的那么宏大。在"苒苒物华休"之后，还有一句"唯有长江水，无语东流"，这宇宙观就不够彻底了。若彻底，则连长江都不存在了，还怎么无语东流呢？柳永毕竟是爱因斯坦生活时代之前的人，其宇宙观不如我这个爱因斯坦生活时代之后的人彻底。我终于找到自己强于柳永之处了。

风流顽童张三影

1. 逸闻不逸

张先，字子野，别名张三影、张三中、张四影、"云破月来花弄影"郎中、"桃杏嫁东风"郎中。何以别名如此之多，且怪？后文再讲。这里先说说他的逸闻。

一则逸闻是（这则逸闻在网络上广为流传），张先在八十岁高龄时，娶了一位十八岁的女子为妾。宴席上，他春风得意，赋诗一首："我年八十卿十八，卿是红颜我白发。与卿颠倒本同庚，只隔中间一花甲。"苏轼在一旁调侃，附赠一首："十八新娘八十郎，苍苍白发对红妆。鸳鸯被里成双夜，一树梨花压海棠。"但我阅遍张先和苏轼的诗词全集，亦未找到这两首诗。可见纯属后人杜撰，以讹传讹。"一树梨花压海棠"应该是化自唐代诗人元稹的"一朵梨花压象床"（《白衣裳二首》）。

张先确实在高龄纳了妾，但他那时不是八十岁，而是八十五岁了，苏轼也确实写诗相赠：

《张子野年八十五尚闻买妾述古令作诗》

锦里先生自笑狂，莫欺九尺鬓眉苍。

诗人老去莺莺在，公子归来燕燕忙。

柱下相君犹有齿，江南刺史已无肠。

平生谬作安昌客，略遣彭宣到后堂。

若我参加张先的婚宴，会这样调侃这位风流老顽童："子野先生啊，天圣八年（1030）你四十岁，刚中进士，而你的爱妾要到二十七年后的嘉祐二年（1057）才出生。想象一个画面，在咱汴京城的一条街道上，你看到一个三岁的小女孩。你蹲下来，慈祥地对小女孩说：'小姑娘，你好啊！你，不，你将来生的女儿，是我的爱妾，你先认识一下我这个女婿若何?'子野先生，你简直是'禽兽'！"

上述逸闻为假，但说的事却是真的。老少配、爷孙恋在现实中并不罕见。在《射雕英雄传》中塑造了老顽童周伯通这一经典形象的金庸先生就娶了一位比自己小二十九岁的夫人（第三任妻子林乐怡）。老顽童重心在顽、在童，不在老；老顽童永远不老。金庸就是老顽童，恰如福楼拜是包法利夫人。万科集团创始人王石比第二任妻子田朴珺大三十岁（商人娶少妻的情形十分常见，再如白居易邂逅的琵琶女就嫁给了巨贾）。至于杨振宁先生和翁帆女士的婚恋，更是人们津津乐道的话题。杨先生当然不在意俗人的议论，他说，"跟一个年纪很轻的人结婚，很深刻的感受是，这个婚姻把自己的生命在某种方式上做了延长""三四十年后，大家一定认为这是罗曼史"。①杨振宁先生之所以高寿，在于他永葆一颗浪漫心灵。浪漫可用于研究万物之理，亦可用于爱情。阿根廷大诗人博尔赫斯娶了比自己小三十八岁的玛利亚·儿玉，他们就像他们的两只猫，一起享受着穹隆似的时间的庇护。俄罗斯大作家陀思妥耶夫斯基娶了比自己小二十五岁的安娜（第二任妻子），颠沛流离了大半辈子的他因此才过上幸福安定的生活。安娜"意识到自己是一位伟大作家的伴侣，她的爱情减轻了他的日常生活的重负""这是真正伟大的奇迹，她把自己奉献给他，独自承担一切艰难困苦，犹如出家修行的修女，永远坚贞不拔，为的是履行一种曾经对她具有崇高价值的义务"②——我每读到这一段，就不禁哽咽，内心渴慕陀思妥耶夫斯基式的幸运。

文学作品也有此类刻画。马尔克斯的小说《苦妓回忆录》开篇即是"活到九十岁这年，我想找个年少的处女，送自己一个充满疯狂爱欲的夜晚"。在马尔克斯的另一本小说《霍乱时期的爱情》（我心目中最伟大的爱情小说）中，男主人公弗洛伦蒂诺·阿里萨在七十多岁时仍然和一个只有十五岁的女学生沉溺于性与爱，并且"两人契合至极"。"她表现的就是她本来的样子，一个在一位饱经风霜、对一切司空见惯的可敬男人的引领下，准备好去了解生活的姑娘；而他则有意识地扮演起他原本最怕成为的角色：一位年老的恋人。"③纳博科夫笔下的洛丽塔则是一个只有十二岁的女学生："洛丽塔是我的生命之光，欲望之火；同时也是我的罪恶，我的灵魂。"根

① 杨振宁：《曙光集》，翁帆编译，生活·读书·新知三联书店 2008 年版，第 392、394 页。

② ［美］马克·斯洛尼姆：《陀思妥耶夫斯基的三次爱情》，吴兴勇译，广西师范大学出版社 2003 年版，第 275 页。

③ ［哥伦比亚］加西亚·马尔克斯：《霍乱时期的爱情》，杨玲译，南海出版公司 2012 年版，第 313 页。

据小说改编的同名电影的另一译法为"一树梨花压海棠"（电影中洛丽塔的年龄改为十五岁）。小萝莉的叫法即源自"洛丽塔"（Loli 是 Lolita 的缩写）。我除了有中译本《洛丽塔》，还买过一本英文版，并记住了其中某个在此处不便描述的英文词。多年前，这本英文版图书不小心遗落在朋友家里，我干脆就送给她了。

前述逸闻中小妾的年龄为何设定为十八岁？

因为，男人有一点永远不变，那就是：不管是十八、二十八还是八十岁的男人，都喜欢十八岁的姑娘。十八岁是现在的成人年龄，其实古代女子出嫁的年龄更小一些。"十四为君妇，羞颜未尝开"（李白《长干行·其一》），古代大部分女子十四岁就嫁人了。"小女子年方二八"，"二八"的意思是十六岁。唐初的法定婚龄为男二十岁、女十五岁，开元之后改为男十五岁、女十三岁。宋代继承了唐代的规定，"男年十五，女年十三以上，并听婚嫁"。张先娶的小妾说不定还不到十八岁。

2. 尼姑之恋

另一则逸闻准确来说并不是逸闻，因为有历史记载，讲的是张先与一个小尼姑的私情。皇都风月主人《绿窗新话》卷上引《古今词话》云："张先，字子野，尝与一尼私约，其老尼性严，每卧于池岛中一小阁上。俟夜深人静，其尼潜下梯，俾子野登阁相遇。临别，子野不胜惓惓，作《一丛花》词以道其怀。"老尼姑看得再严，也挡不住小尼姑怀春、窃情。歌德说，哪个少男不多情，哪个少女不怀春？

《一丛花令·伤高怀远几时穷》

伤高怀远几时穷？无物似情浓。离愁正引千丝乱，更东陌、飞絮濛濛。嘶骑渐遥，征尘不断，何处认郎踪！

双鸳池沼水溶溶。南北小桡通。梯横画阁黄昏后，又还是、斜月帘栊。沉思细恨，不如桃杏，犹解嫁东风。

因为有词的加持，张先与小尼姑的私会成了美好的情事。

金庸小说《笑傲江湖》中，小尼姑仪琳深爱令狐冲，却以单相思告终。我至今对这个可爱的小尼姑仍念念不忘，好像她还活着。

在兰陵笑笑生笔下，尼姑的私情可就不那么美好了，但却真实、原生态。《金瓶梅》第五十一回讲了一个叫薛姑子的尼姑的故事。薛姑子并非自幼出家，早年曾嫁人，在广成寺前以卖蒸饼为生，生意不太好。她与寺里的和尚们调嘴弄舌，眉来眼去。她的"付出"换来和尚们的丰厚回报。他们把寺里供奉的火烧、馒头、栗子，寺里的布，甚至施主施舍的银子拿出来给她。其丈夫积劳成疾，得一场大病死了，她不仅不难过，反而高兴。她与众和尚商议后，在附近的地藏庵出了家，以方便与和尚们鬼混。她除了包揽经忏外，还帮一些不长进、要偷汉子的女人穿针引线。所以西门庆一听说薛姑子被其妻吴月娘叫到家里来了，就气得大骂："贼胖秃淫妇，来我这里做甚么！""你问她有道行一夜接几个汉子？"并说了她的一件丑事："你还不知她弄的乾坤儿哩！她把陈参政的小姐，七月十五日，吊在地藏庵儿里，和一个小伙阮三偷奸……她知情，受了三两银子。"（明朝时无"她"字，通用"他"，我改成现代用法）明朝时的一两银子约等于今天的六百元，三两银子就是一千八百元，不少了，薛姑子不过是提供了个苟合之地，堪谓"生财有道"。

尼姑、和尚的世界，并不那么清净。

鲁迅的《阿Q正传》中，阿Q摸小尼姑的头，并说："秃儿！快回去，和尚等着你……""和尚动得，我动不得？"阿Q固然猥琐，但他所说，未尝不是反映了一般民众对尼姑与和尚"乱来"的潜意识认知。小尼姑把阿Q大骂一顿："这断子绝孙的阿Q！"如果摸小尼姑头的是令狐冲或周润发这样的超级大帅哥（周润发演过令狐冲），她还舍得骂？说不定暗自窃喜、心猿意马。当然，令狐冲虽风流，却不会摸小尼姑，最多说"一见尼姑，逢赌必输"；而周润发深爱妻子，人品高贵，更不会如此猥琐。

不要忘了武则天当过尼姑。贞观二十三年（649），李世民驾崩，武则天依例与部分没有子女的嫔妃们一起入长安感业寺为尼。她是有史以来最有野心、最有战略、"逆袭"最成功的尼姑。

记得歌手李娜（她已于1997年皈依佛门，法号"昌圣"）唱过一首《女人是老虎》，歌词如下：

> 小和尚下山去化斋，老和尚有交代
>
> 山下的女人是老虎，遇见了千万要躲开
>
> 走过了一村又一寨，小和尚暗思揣
>
> 为什么老虎不吃人，模样还挺可爱
>
> 老和尚悄悄告徒弟，这样的老虎最呀最厉害
>
> 小和尚吓得赶紧跑：师父呀……坏坏坏
>
> 老虎已闯进我的心里来，心里来

歌词写得幽默风趣，传达的感情本真美好。但在《水浒传》中，则是

另一番情形，"原来但凡世上的人情，惟和尚色情最紧""一个字便是僧，两个字是和尚，三个字鬼乐官，四字色中饿鬼"。绰号"病关索"的杨雄被戴了绿帽子——他的老婆潘巧云与和尚偷情。愈戒，愈色；得不到的，反而更让人躁动和疯狂。

施蛰存 1931 年发表的小说《石秀之恋》重写了这段故事，大意是借住在杨雄家里、窥得潘巧云偷情的石秀也对她有意思。他因得不到，也觉得自己不应得到潘巧云（朋友妻不可欺），愤而杀死偷情的和尚，并怂恿杨雄杀妻，这更残忍。施蛰存后来给友人的信中写道：他与施耐庵写的是同一个石秀，施耐庵写的是"表"，而他写的是"里"——石秀其实也是和尚，且是心灵阴暗和扭曲的和尚。梁山好汉很多都是事实上的和尚，不近女色，好像远离女人才够义气。这违反人性，我总觉得不真实。娶了扈三娘的矮脚虎王英、《西游记》中好色的猪八戒、面对女儿国国王心神荡漾的唐僧，真实。

我有时想，现在的和尚听到《女儿情》的曲子，是否会胡思乱想？好在寺庙里不放此曲，放的是佛曲梵音。然而，据权威词学家的研究，佛曲梵音是词体兴起的一个重要温床。《高僧传》卷三曰："东土之歌也，则结韵以成咏；西方之赞也，则作偈以和声。"《宋高僧传》卷二十五曰："康所述偈赞，皆附会郑卫之声，变体而作。非哀非乐，不怨不怒，得处中曲韵。譬犹善医，以饧蜜涂逆口之药，诱婴儿之入口耳。"木心评奥古斯丁《忏悔录》一书是"神学的靡靡之音、宗教的滥情"，与"附会郑卫之声"有点类似。我任教的河南大学，老校区紧邻开宝寺（其中有一座千年铁塔），我看书、写作累了，就进去走走，听听佛曲梵音，放松，自在，惬意。我喜欢女歌手王菲，就是因为她唱的《心经》最动我心，她的声音清净、空灵而自由。我喜欢女歌手萨顶顶，就是因为她的歌曲带有一种古老的梵音唱法，嗓音细腻又通透。

3. 别名

张先《一丛花令·伤高怀远几时穷》中的名句是"不如桃杏,犹解嫁东风",他因此获得一个别号:"桃杏嫁东风郎中"(张先曾任尚书都官郎中)。范公偁《过庭录》记:

> 张子野《一丛花》词云:"不如桃杏,犹解嫁东风。"欧阳永叔爱之。子野谒永叔,永叔倒屣迎之,曰:"此乃桃杏嫁东风郎中。"……世但知子野以"三影"自夸,否则称为"张三中"而已。

永叔即欧阳修,为参知政事(宰相)。张先拜见欧阳修,本可以摆摆架子的欧阳修却"倒屣迎之",可见在雅人丛集的宋代,一首妙词、一个好句子就是最好的拜门贴、敲门砖。在今天,只有诺贝尔奖才有这么大的能量。诺贝尔化学奖得主凯利·穆利斯说,一旦得了诺贝尔奖,就能打开世界上所有办公室的门。我们能记住一些诗词,不正是因为其中的好句、警句、名句令人很难忘记吗?一个人会先爱上几行文字,然后爱上一页书,最后爱上一个作家。张先最有名的句子尚不是"不如桃杏,犹解嫁东风",而是"云破月来花弄影",出自《天仙子·水调数声持酒听》:

> 《水调》数声持酒听,午醉醒来愁未醒。送春春去几时回。临晚镜,伤流景,往事后期空记省。

沙上并禽池上暝，云破月来花弄影。重重帘幕密遮灯。风不定，人初静，明日落红应满径。

王国维《人间词话》将这一句与宋祁的"红杏枝头春意闹"并称："'红杏枝头春意闹'，著一'闹'字而境界全出。'云破月来花弄影'，著一'弄'字而境界全出矣。"据说有一次，宋祁（时任工部尚书）倾赏张先的才华，就遣人过去说，宋尚书想拜见一下"云破月来花弄影郎中"，是否方便？张先惊呼"得非'红杏枝头春意闹尚书'耶？"由是两人置酒尽欢，大醉一场。据《苕溪渔隐丛话》《古今词话》等书记载，时人送张先一个别号"张三中"，"谓能道得心中事，眼中景，意中人也"。张先不以为然，说："何不曰'张三影'？'云破月来花弄影''帘压卷花影''随风絮无影'，吾得意句也。""张三影"这一别号和美称是他自己先叫出来的。清代的李调元认为，应加上"无数杨花过无影"一句，合称"四影"。清代的许宝善也主张改"张三影"为"张四影"，不过，他看中的是另外一句："隔墙送过秋千影。"

然而，相比于"云破月来花弄影"，另几个"影"句尽管好，却不够经典，也不太为今人所知。

"云破月来花弄影"这一句，也不是人人皆以为好，宋代的王安石和清代的沈谦都说其不如李冠的"朦胧淡月云来去"。但我觉得，"云破"句写景灵动，而"朦胧"句则太平直了，实在看不出有多好。

还有人否定张先的原创性。宋代的吴曾认为，"云破月来花弄影"本出自古乐府《唐氏瑶暗别离》之"风动花枝月中影"（这句写得确实不错）；明代的叶盛则认为，这是用了白居易《三游洞序》的"云破月出"之句。这未免太苛责了。实际上，几乎所有的诗、词、句甚至理论、观点，前人都有过近似的表达（诗词本来就是文字的排列组合，近似和借鉴在所难免，除非后人不读书；即使不读书，也不排除"英雄所见略同"），不应因此否定后来者的创造性或独创性。在爱因斯坦提出相对论之前，洛伦兹和庞加莱提出过近似的看法，但如数学家、哲学家怀特海所言："科学的历史告诉我们，非常接近真理和真正懂得它的意义是两回事。每一个重要的理论都被它的发现者之前的人说过。"杨振宁也指出："洛伦兹有数学，但没有物理学；庞加莱有哲学，但也没有物理学。正是二十六岁的爱因斯坦敢质疑人类关于时间的原始观念，坚持同时性是相对的，从而打开了通向微观世界的新物理之门。"所有诗人写的是同一首诗（这首诗永远写不到最后一行，诗人自杀是愚蠢的做法），所有物理学家发现的是同一个万物之理。

4. 时间的秩序

《天仙子·水调数声持酒听》中有明确而暧昧的时间秩序。"午醉"，午也；"暝"，黄昏、暮色；"密遮灯"，夜也。时间依次变换，自午至晚，自晚至夜，因此是明确的。而空间也从"午醉醒来"的室内，转向"送春""伤流景"的花园，再回到"重重帘幕"的室内。"风不定"，屋外风凄凄；"人初静"，人暂时平静下来；"明日落红应满径"，心绪又起，想到明日肯定花落一地，不由得戚戚然（迥异于"落红不是无情物，化作春泥更护花"中的热烈）。"明日落红应满径"，是在猜度明日，指向未来的时间。而前文有句"往事后期空记省"，这是在追想往事、追忆似水年华。由是，此刻、过往、未来"三位一体"了（时间的秩序变得暧昧）。人到晚年，回忆往事，会觉得像刚刚发生过一样，而自己已年老体衰，"气息奄奄，日薄西山"，说不定就看不到明天的太阳了。生命的消逝真的只是一瞬间，昨天、今天和明日（未来）穿插互嵌，并无时钟意义上的明确界限，所以爱因斯坦说，"过去、现在和未来之间的区别仅仅是一种顽固而持久的幻觉"。

《金刚经》曰："一切有为法，如梦幻泡影；如露亦如电，应作如是观。"

张先定然对这句感悟甚深，否则，他不会写出如此多的"影"句，不会"临晚镜""惜恐镜中春"，不会把自己视作"镜里游人"，不会"相看还到断肠时"，更不会"心似双丝网，中有千千结"。

电影《心有千千结》（1973年上映）根据琼瑶同名小说改编（可推断琼瑶喜欢张先的词），讲的是一对因误解结仇的父子在护士雨薇的帮助下重归于好的故事。雨薇负责照顾脾气暴躁古怪的耿老先生（他是一个非常有钱的董事长），她原本不看好自己的忍耐度，没想到老先生偏偏喜欢她的伶俐个性和顶嘴功夫。她渐渐收获老先生的信任，并巧妙地化解了老先生和小儿子的积怨。雨薇有着琼瑶小说中女主人公的所有品质：美丽、善良、敏感、多情。当然，雨薇也有烦恼，老先生看出来了，开导她说："心似双丝网，中有千千结。我们每个人的心都像双丝网一样，有千千万万的结。如果能把这些个心结一个一个地打开，人就可以没有烦恼了。"

我原来总搞不懂为何琼瑶小说如此受女性欢迎，现在似乎有点明白了。和我们生活于其中的这个世界一样，女性的心思是一个有着千千结的矛盾之网，只有懂得了女性，才能懂得这个复杂的世界。"世界并不像一个指挥官指挥着一个排的士兵同时前进，它是一个由彼此影响的事件组成的网络""事物交织在一起，以不同的韵律舞蹈""单一量'时间'消融于时间之网中"。①"直男"（涵括学术"直男"）的问题即在于"直""线性思维"，看不见"网"的存在，缺乏与女性和世界共情的能力。一旦触网，自然被无情弹回，狠狠摔落在地。天哪！我终于开窍了。

5. 虚拟的对话

我：张（先）老师您好！

张：郭同学你好！

我：李劼说您有点类似清代的才子李渔，因为太过富贵，所以才华没能尽情绽放。您觉得是这样吗？

张：那是因为李劼他本人活得苦、不如意，才这么说。映射往往是折射，扭曲真实。再说，没有一个人的才华能尽情绽放，杜甫也不能。

我：那李渔……

张：我昨天刚读完他的《闲情偶寄》，我可不写"终身不二色者，何难作背城一战"那种句子。

我：那您默认"风流顽童"的雅号了？

张：我讨厌一切别号和标签，当然，我自封的"张三影"除外。最了解自己的，永远是自己。人心与人心是很难相通的。

我：李渔说"声色者，才人之寄旅；文章者，造物之工师"，又说"文章者，天下之公器，非我之所能私；是非者，千古之定评，岂人之所能倒"，您以为如何？

张：和魏文帝的"盖文章，经国之大业，不朽之盛事"在伯仲之间。

---

① ［意］卡洛·罗韦利：《时间的秩序》，杨光译，湖南科学技术出版社2019年版，第9—10页。

我：如何进入真实与虚幻之间的"梦仙乡"？

张：你应该去问曹雪芹或博尔赫斯，弗洛伊德就算了。

我：您父亲因您封了官，称得上父以子贵，听说周密《齐东野语》卷十五是这样记载的："以子封至正四品"。

张：孟母不也以子为贵嘛，若非孟子名闻天下，没人知道孟母是谁。

我：嗯，孟母三迁。孟母是个伟大的母亲！

张：我只觉得孟家挺有钱的，买得起学区房。你想想啊，孟母数次搬家，只为给儿子找个好邻居，怎样才叫好邻居？非富即贵，对吧？最起码也得是个文化人，比如说名牌学府的教授。

我：您的解读很有意思。

张：我只是说出一个常识罢了。在这个日益复杂的世界中，常识和希望一样，是最宝贵的东西。

我：我特别喜欢您那句"昨日乱山昏，来时衣上云"，体物微妙，太绝了！

张：比李太白的"云想衣裳花想容"如何？

我：这……

张：说真话！

我：好像差了点……火候，但您的"云破月来花弄影"绝对比得上。

张：其实那句"隔墙送过秋千影"才真正道尽我的忧伤。我经常坐在花园的秋千上，荡来荡去，一待就是半夜。

我：Down by the salley gardens my love and I did meet.

张：这是什么意思？

我：爱尔兰诗人叶芝的诗句，译成中文为：曾几何时邂逅，柳园通幽。

张：欺我不懂英文?!

我：Sorry！对不起，我又说英文了。

张：叶芝也有恋而不得的女人吗？就像我日思夜想在"飞絮无多少"的花园里"逢谢女"一样？

我：是的。他有一首诗《当你老了》，就是献给那个恋而不得的女人的。

张：这样说来，外国人也懂我的词？

我：当然。您那句"重重帘幕密遮灯"，德国哲人海德格尔有一个意境相似的说法，"我们遇见的以及遇见我们的每一在者，都以这种奇妙的对立方式出场：在出场的同时，它总是又把自己扣留在遮蔽之中。在者处于其中的开放空间本身同时又是遮蔽。遮蔽正以一种双重方式在众在者中间支配一切""在者的无蔽——它绝对不仅仅是一种实在的状态，而是一种发生"。

张：遮蔽，无蔽，他这话有点绕，不过我听得懂。

我：您觉得自己幸福吗？

张：一个对光影和时间敏感的人，怎么可能幸福？

我：您觉得自己不幸福吗？

张：耄耋之年还纳了一个小妾，怎么可能不幸福？

我：您当年在宿州任职的时候，最喜欢吃那里的什么美食？

张：萧县面皮、羊肉汤、蛙鱼、小蒸包，对了，还有砀山酥梨，每逢梨花开，我就想起"一树梨花压海棠"的典故。

心长焰短二晏词

1. 龙生龙

中国史上，父子都是著名诗人或艺术家的不少，但也不算多："三曹"（曹操、曹丕、曹植），"二王"（王羲之、王献之），"南唐二主"（李璟、李煜），"三苏"（苏洵、苏轼、苏辙），以及此处要谈的"二晏"（父晏殊，字同叔；子晏几道，字叔原）。

常有人把"二晏"与"南唐二主"媲美，如近代江西派词人夏敬观（1875—1953）评曰："晏氏父子，嗣响南唐二主，才力相敌，盖不特词胜，尤有过人之情。叔原以贵人暮子，落拓一生，华屋山邱，身亲经历，哀丝豪竹，寓其微痛纤悲，宜其造诣又过于父。山谷谓为'狭邪之大雅，豪士之鼓吹'，未足以尽之也。"又曰："殊父子词，语浅意深，有回肠荡气之妙；几道殆过于父。"

我不认为"几道殆过于父"。南唐二主，父不如子；大宋二晏，子不如父。

但"二晏"父子皆为词中龙凤，曾经飞龙在天、凤凰涅槃。忽然想起一句俗话：龙生龙，凤生凤，老鼠生来会打洞。

中国还另有一套与"龙生龙，凤生凤"相反的说辞：王侯将相，宁有种乎？汉末魏晋南北朝时期，士族把持政权，但这并不代表士族子弟皆优秀，其中大部分人相当平庸，并非"龙生龙"，而是"龙生蛇""龙生鼠"。王、谢两族是出了些人才（王羲之、王献之、谢安、谢灵运、谢朓），但那纯属偶然，而且，"旧时王谢堂前燕"早已"飞入寻常百姓家"。宋代重视科举，录取人数倍增，且朝廷给远道赴京考试的贡士提供旅费补助（以防家贫者无法赴考）。在宋代登第任官比唐代容易得多，"朝为田舍郎，暮登天子堂"。宋代的精英循环越发畅通，富贵不过三代，皇帝与士大夫共治天下，中国进入具有现代性的平民社会。

既然王侯将相"宁有种乎"，那么，诗词才艺就更是"宁有种乎"了。仕途，父辈或许还能帮帮忙，诗词才艺，怎么帮？没天分就是没天分，逼不出来的。一位北大教授在网络上吐槽女儿太平庸，"我教孩子改天逆命，女儿教我认命""我奋力托举你当'学霸'，你势不可当成'学渣'"。如此说来，爱因斯坦、爱迪生和莫扎特的父亲简直太幸运了，做不了天才，却生了一个天才儿子。而作为父亲的晏殊更幸运，第七子（小儿子）晏几道亦是杰出词人，尽管另外六子资质平平，毫无名气。

哪一位家长不望子成龙、望女成凤？我在皖北的穷乡村长大，小时觉得镇里县里的孩子都高我一等，更不用说北京和上海的孩子了。我曾为自己不是含着金汤匙出生而愤愤不平，凭什么我奋斗二十年，才能和别人一起喝咖啡？后来工作了（在河南），我又为自己没有勇气和能力去北京、上海谋一份差事而对孩子有愧，她不得不直面河南高考的地狱模式。而今，人到中年我才想明白，在哪里奋斗都是奋斗，未必不成功。京沪两地的孩子考大学相对容易些，但能否考上北京大学或复旦大学并有一番作为，也难讲。

2. 达而后工

古人言：穷则独善其身，达则兼济天下。"穷"与"达"相对。欧阳修《梅圣俞诗集·序》曰"非诗之能穷人，殆穷者而后工也""盖愈穷则愈工"。

诗确实能使人穷。诗人是无用的。"在这个无处不有用的世界上，只有诗无用。我们知道，画家、小说家和电影导演，他们的艺术可以在市场上派个用场，卖个价钱，只有诗是唯一的例外。诗不能使任何事情发生，叶芝说。"①美国一则报道说，在美国三亿多人口中，只有区区一千人愿意花一点点钱买一本诗集。中国是传统诗词大国，不像美国那么追求功利和实用主义，这个数字要好看得多。但现实确为（依我出版诗集的经验）诗人养活诗，而非诗养活诗人，靠写诗谋生近乎天方夜谭。

真的是"穷而后工""愈穷愈工"吗？例子当然有，如司马迁受宫刑，发愤著书；曹雪芹被抄家，写《红楼梦》，不胜枚举。但相反的例子亦不少，如晏殊、歌德、普鲁斯特。晏殊官拜集贤殿大学士、同平章事兼枢密使（宰相），晏府肯定是楼阁庭院。歌德担任魏玛公国枢密顾问，薪水很高，并获赠带花园的大房子。普鲁斯特生于富裕家庭——买得起私人飞机，从不为钱而发愁。他们是典型的"达而后工"。马尔克斯说："我认为，一般地说，各种条件舒适，能够写得更好。有一种浪漫主义的神

---

① 江弱水：《诗的八堂课》，商务印书馆 2017 年版，第 178 页。

话，说是作家要想进行创作，必须忍饥挨饿，必须经受磨难，这我根本不相信。"叶嘉莹也说："忧愁患难固然可以成就一个英雄豪杰，成就一位伟大而深刻的诗人，但也同样可能毁灭一个诗人，一个英雄豪杰。无论是成就或是毁灭，对于一个诗人而言，是否经历了忧愁患难，实在是没有什么必然关系的。"若果真是诗人，则穷亦好，达亦好，都能写出好诗来。若非诗人（或只是小诗人），则穷亦未必工，说不定其心性和意志力太弱，受不了穷而自杀了。古今中外，因穷而自杀的诗人还少吗？

然而长期以来，"穷而后工"成了诗论中的成见。李劼就认为晏殊官气太重，对其名句"昨夜西风凋碧树，独上高楼，望尽天涯路"的评价是："大家手笔，高官腔调。晏殊在这首《蝶恋花》里的登高，虽说是因为'欲寄彩笺兼尺素，山长水阔知何处'的离恨，但实在看不出有什么儿女情长。这'独上高楼'上得与其说是离恨深重，不如说是放不下首长架子。"还说晏殊"骨子里并非是个词人""内心深处自然以社稷庙堂为重，填词不过是闲兴而已"。似乎不"穷"，就称不上真正的词人，晏殊身居高位，享受富贵，其词品亦大打折扣了。李劼这一看法当然十分武断，是个人喜好在作怪。他不喜晏殊，对同样官居宰相的冯延巳的评价却是"虽然也官至宰相，但骨子里就是个词人，而非官家""相比'独立小桥风满袖'的潇洒，'独上高楼，望尽天涯路'呈现的是冷漠，再'欲寄彩笺兼尺素'，也是冷漠"。为何说晏殊是冷漠，而非静观或理性呢？非要比较晏冯二人的高下，也不好比较。风格不同而已，我都喜欢。

刘勰《文心雕龙·才略》曰："俗情抑扬，雷同一响，遂令文帝以位尊减才，思王以势窘溢价。"意思是说，人们同情郁郁不得志的才子曹植，导致其"溢价"，而曹丕因为在政治斗争中胜利，当上皇帝，才华被人为贬低。但这属于"俗情"，即流俗看法。同样，晏殊也不应"以位尊减才"。更何况，晏殊曾两次被罢相、遭贬谪，"同是天涯沦落人"，并非总是官运亨通。

3. 小径红稀

《踏莎行·小径红稀》

小径红稀，芳郊绿遍，高台树色阴阴见。春风不解禁杨花，蒙蒙乱扑行人面。

翠叶藏莺，朱帘隔燕，炉香静逐游丝转。一场愁梦酒醒时，斜阳却照深深院。

"小径红稀"，"红稀"并非在静态地表达花不多，而有动态的感觉。就在漫步于小径的当下、此刻，花在落、在干枯，"红"越来越"稀"了。"芳郊绿遍"，"绿"也是动态的，漫步时能感觉到青草正渐渐地覆盖整个原野。花由多变少，而草由少变多。"高台树色阴阴见"，高处的树荫越来越浓郁，宣告晚春正逝，盛大的夏日将临。"春风不解禁杨花，蒙蒙乱扑行人面"，杨花不是指杨树花，而是指柳絮。古诗词中的杨柳意象（如《诗经》之"杨柳依依"、庾信之"二月杨花满路飞"、苏轼之"杨花著水万浮萍"），不是指杨树和柳树两种树，而是特指柳树，一般指垂柳。柳絮漫天飞舞，预示春日短暂、时光匆匆（朱自清先生有一篇很有名的散文《匆匆》）。叶嘉莹先生说，柳絮实在是大自然里最不幸的花，一开即落。"春风不解禁杨花"是埋怨春风不懂风情，没有把杨花禁止住，还把柳絮吹起。"蒙蒙乱扑行人面"，"扑"，且是"乱扑"，画面感强。这句固然含蓄地表达了作为旁观者的词人伤春的缭乱心情，却也充满生机，伤感而又热烈。世界是混沌的，诗人心境也是混沌的。

"翠叶藏莺"写的是室外。杜甫诗曰"两个黄鹂鸣翠柳"，翠叶藏鹂也藏莺。"朱帘隔燕"写的是室内，帘子把燕子隔在外。"炉香静逐游丝转"，化自杜甫诗"炉烟细细驻游丝"（《宣政殿退朝晚出左掖》），但比杜甫诗的意象生动。"游丝"是视觉，"炉香"是嗅觉。"逐""转"是动态的，但又是"静逐"，不紧不慢，诗人的心境闲适而忧郁。"一场愁梦酒醒时"，还是饮酒吧！即使举杯消愁愁更愁，即使愁梦伴枕。晏殊词曰"劝君莫作独醒人"，但如此说的，恰恰是独醒人。屈原说"众人皆醉我独醒"，晏殊比他含蓄多了。诗人是醉亦醒，醒亦醒。"斜阳却照深深院"，夕阳近黄昏，却是无限好。院子是幽深的，诗人的思想也是幽深的，因静观而幽深。

由上可见，晏殊的感觉非常之锐敏，思想非常之深刻，需细心体会和领悟。余秀华近似晏殊，如她的诗：

《你没有看见我被遮蔽的部分》

春天的时候，我举出花朵，火焰，悬崖上的树冠
但是雨里依然有寂寞的呼声，钝器般捶打在向晚的云朵
总是来不及爱，就已经深陷。你的名字被我咬出血
却没有打开幽暗的封印
那些轻省的部分让我停留：美人蕉，黑蝴蝶，水里的倒影
我说：你好，你们好。请接受我躬身一鞠的爱
但是我一直没有被迷惑，从来没有

如同河流，在最深的夜里也知道明天的去向

但是最后我依旧无法原谅自己，把你保留得如此完整

那些假象你还是不知道的好啊

需要多少人间灰尘才能掩盖住一个女子

血肉模糊却依然发出光芒的情意

"捶打在向晚的云朵""你的名字被我咬出血""需要多少人间灰尘才能掩盖住一个女子/血肉模糊却依然发出光芒的情意"，这是多么锐敏的感受和深刻的感情。"我一直没有被迷惑，从来没有/如同河流，在最深的夜里也知道明天的去向"则已是非常深刻的哲思了。再如余秀华其他感觉锐敏的诗句，"在月光里静默的麦子，它们之间轻微的摩擦"（《麦子黄了》）；"我会在某个塌方前发出尖锐的警告，摇晃着蛇信子/那些在我心脏上掏煤的人仓皇逃出"（《我的身体是一座矿场》）；"一匹狼在我的体内溺水，而水/也在我的体内溺水"（《溺水的狼》）——这让我想起博尔赫斯的句子"水消逝在水中"，博尔赫斯是冷静的，余秀华是热切的。

"静逐游丝转"的"炉香"让晏殊惆怅无限，而一块玛德琳蛋糕的香味则让普鲁斯特浮想联翩：

这口带蛋糕屑的茶水刚触及我的上腭，我就浑身一震。我感受到一种美妙的愉悦感，它无依无傍，倏然而至，其中的缘由让人无法参透。这种愉悦感，顿时使我觉得人生的悲欢离合算不了什么，人生的苦难也无须萦怀，人生的短促更是幻觉而已。……如此强烈的快感，是从哪儿来的呢？我觉着它跟茶和点心的味道有关联，但又远远超越

于这味道之上……我放下茶杯,让思绪转向自己的心灵。只有在内心才能找到真谛。可是怎么找呢?心灵是个探索者,同时又正是它所要探索的那片未知疆土本身,它的本领在那儿根本无法施展;我没有丝毫把握,总觉得心有余而力不足。只是探索吗?不仅如此:还得创造。……即使物毁人亡,即使往日的岁月了无痕迹,气息和味道(唯有它们)却在,它们更柔弱,却更有生气,更形而上,更恒久,更忠诚,它们就像那些灵魂,有待我们在残存的废墟上去想念,去等候,去盼望,以它们那不可触知的氤氲,不折不挠地支撑起记忆的大厦。

尘世的"气息和味道",更柔弱却更有生气、更形而上。我从晏殊词中读到的,除了冷寂,更有"生气";除了感觉,更有思想。

普鲁斯特的作品是小说写法,是哲学沉思,故而喋喋不休。但他和晏殊一样,皆由对外在的静观转向内心的探索、恒久的创造。

普鲁斯特是贵族的,晏殊是平民的。

4. 心长焰短

余秀华抱怨这个世界没有看见她被遮蔽的部分,但每个人,尤其是诗人,注定有"被遮蔽的部分"无法被人看见。而且,诗就是要语浅意深,言有尽而意无穷,就是要留有余地和神秘感,甚至需要主动制造神秘感。叶芝说,把我们对崇高事物的想法同神秘分开是不可能的。奥登也说,每一个创造性的天才,不论是艺术家还是科学家,都带有几分神秘感,就像赌徒或灵媒。若全部敞开,毫无遮蔽,诗就成了一碗白开水,诗人也蜕变为学者，"诗无达诂"的诗论也就没有存在的必要了。晏殊词《撼庭秋·别来音信千里》曰：

> 别来音信千里，怅此情难寄。碧纱秋月，梧桐夜雨，几回无寐。
>
> 楼高目断，天遥云黯，只堪憔悴。念兰堂红烛，心长焰短，向人垂泪。

"心长焰短"，红烛的心（芯）是长的，焰却是短的。焰可见，焰中的那一点点心可见，但红烛中更长的心是不可见的，即"被隐蔽的部分"。诗人的心越长、功底越深，则其诗的生命力就越持久。诗不仅是情感的产物，还是、更是智力的产物。叶芝说："正是借助智性，同想象区别，我们才能扩大体验范围，把它同自身分开，同幻象分开，同记忆分开。"

拜伦自称不读书，他死后，人们发现其藏书里满是注解，真是天纵英才。木心旅居美国时，一边写诗、画画，一边给一群华人画家讲世界文学史。听课的画家中，有一个现在很有名的人叫陈丹青，认真做了听课笔记。这部笔记后来公开出版（即《文学回忆录》），我读后，直叹木心怎么读过那么多书（涵盖文学、哲学、宗教、历史、化学、天文物理……无所不包），不信不行，不服不行。

海明威的"冰山理论"讲的其实是"心长焰短"：冰山在海里移动很是庄严宏伟，这是因为它只有八分之一露在水面上。海明威刻意把有些小说写得极简、玄乎，让读者去猜。他是一个有趣的家伙，喜欢跟读者较量智力。毕飞宇在评价他的"冰山理论"时说，一篇小说，有八分之七都在水下是不太可能的，因为"小说有它的硬指标、硬任务，这是由小说的性质决定的"，但"诗歌可能，散文可能"（这里的散文应指散文诗，或曰诗化散文）。而晏殊恰好是写诗（词）的。

"念兰堂红烛，心长焰短，向人垂泪"化自杜牧《赠别二首·其二》："蜡烛有心还惜别，替人垂泪到天明。"小晏（晏几道）词《蝶恋花·醉别西楼醒不记》也曾化用这一句：

> 醉别西楼醒不记，春秋梦云，聚散真容易。斜月半窗还少睡，画
> 屏闲展吴山翠。
> 衣上酒痕诗里字，点点行行，总是凄凉意。红烛自怜无好计，夜
> 寒空替人垂泪。

唐圭璋《唐宋词简释》曰："'自怜''空替'等字，皆能于空际传神。二晏并称，小晏精力尤胜，于此可见。"但叶嘉莹先生不同意小晏精力尤胜的看法，她说："晏小山所写的蜡烛，不过是见到人的离别而'自怜'，没有好的办法相助，白白流泪的一支红烛而已；晏殊所写的蜡烛，则实在已不复仅是一支蜡烛，'心长焰短'四个字，象喻非常之多，可以给人丰富的联想。"我同意叶嘉莹先生的意见。初读起来，会觉得"红烛自怜无好计，夜寒空替人垂泪"感人，那是因为它是长句且诗化了，但细品则会觉得"心长焰短，向人垂泪"的意味更长，似绵绵不尽。

小晏最触动我的是他在写《蝶恋花·醉别西楼醒不记》这首词时对父亲的追念。晏殊去世那年（1055），作为小儿子的晏几道才十七岁。因此可以推断，小晏写这首词时，父亲已经不在人世了。作为一名词人，他不可能不读父亲的作品。他写词时化用父亲化用过的诗句，不可能不想到父亲，不可能不追念父亲。"春秋梦云，聚散真容易"，天下没有不散的

筵席，再也没有父亲教他读书、陪他玩耍，甚至训斥他了。"衣上酒痕诗里字，点点行行，总是凄凉意"，酒点点，字行行，敲打他的心扉，"悲凉之雾，遍布华林"（鲁迅评《红楼梦》语），此刻的小晏成了"呼吸而领会"的贾宝玉，成了追忆似水年华的普鲁斯特，成了追忆随父亲读书时光的魏文帝。曹丕《典论自序》曰："上（曹操）雅好诗书文籍，虽在军旅，手不释卷。每定省从容，常言'人少好学则思专，长则善忘。长大而能勤学者，唯吾与袁伯业耳'。余是以少诵诗论，及长而备历《五经》《四部》，《史》《汉》诸子百家之言，靡不毕览。"曹丕深受父亲"雅好诗书文籍"的影响，成长为一位文人皇帝。曹丕是一个感情非常深沉的人。曹氏兄弟，曹植哀而不悲，曹丕悲而不哀，他俩我都欣赏，但更欣赏秉烛夜游的曹丕。

此刻我想到自己的父亲。他从小就没了爹娘，无比坚毅——比普罗米修斯还坚毅。

不可像某些词学研究者那样，仅仅把小晏的《蝶恋花·醉别西楼醒不记》视作爱情受挫之作，他的爱很宽，他的情很广。

5. 楼高目断

大小晏都喜欢写高楼，如"独上高楼""楼高目断""凭高目断""高楼目断"（大晏，即晏殊），"楼台高锁""醉别西楼""碧玉高楼""楼倚暮云初见雁"（小晏，即晏几道），除了透露出晏家有高楼、地位显赫之外，还表征着一种站得高、看得远，参透了无常的超远视野。大晏是积极的，"望尽天涯路"，大隐隐于朝，类似诸葛亮。小晏是消极的，"楼台高锁"，类似把自己锁在大观园的贾宝玉，一旦走出大观园，唯有出家一途——出家是出家，在家亦是出家。大晏登高的思绪是"人事有代谢，往来成古今"（孟浩然《与诸子登岘山》），小晏登高的心情是"万里悲秋常作客，百年多病独登台"（杜甫《登高》）。大晏"独上高楼，望尽天涯路"尽管比不得陈子昂"念天地之悠悠，独怆然而涕下"的恢宏苍茫，但也绝非李劼所批评的"放不下首长架子"。

大晏词中常出现菊花意象，进一步佐证他的自我定位是在朝隐士，如"忆得去年今日，黄花已满东篱""高梧叶下秋光晚，珍丛化出黄金蕊""芙蓉金菊斗馨香，天气欲重阳""菊花残，梨叶堕，可惜良辰虚过""数枝金菊对芙蓉，摇落意重重""槛菊愁烟兰泣露，罗幕轻寒，燕子双飞去"。①

大晏写到东篱菊时，眼前不可能没闪过陶渊明的影子。大晏既是诸葛亮，又是陶渊明，一个异常矛盾、复杂的人。他不是在南山下，而是在晏府花园里种菊、赏菊、叹菊。

菊花是开封市的市花，每年十月，开封市都会举办菊花节。每次到龙亭公园赏花，我都会在熙熙攘攘的人群中看到大晏。你问他是否看到我？这不重要，我看到他就行了。

大晏既然在朝，就必有在朝的烦恼，如政治博弈和人事斗争。有胜利，也有失败。《山亭柳·赠歌者》就写于他被贬、知永兴军时：

> 家住西秦，赌博艺随身。花柳上，斗尖新。偶学念奴声调，有时高遏行云。蜀锦缠头无数，不负辛勤。
>
> 数年来往咸京道，残杯冷炙谩消魂。衷肠事，托何人？若有知音

---

① 《破阵子·忆得去年今日》《菩萨蛮·高梧叶下秋光晚》《诉衷情·芙蓉金菊斗馨香》《更漏子·菊花残》《诉衷情·数枝金菊对芙蓉》《蝶恋花·槛菊愁烟兰泣露》。

见采，不辞遍唱阳春。一曲当筵落泪，重掩罗巾。

永兴军，即永兴军路，治京兆府（今陕西西安），所以词中出现"西秦""咸京道"字样。《论语·阳货》提出"诗可以怨"。大晏这首词即以歌女口吻宣泄失意时的愤懑，与他平常珠圆玉润的风格大不相同。大晏自小有"神童"之称，十四岁参加殿试，被宋真宗赐同进士出身，是靠"博艺随身"一步步登上高位的。"尖新"乃出类拔萃之意，"斗尖新"是说敢同任何人比试，自信不输于任何人。"高遏行云"，声调之高可以留住天上的行云（《列子·汤问》曰"抚节悲歌，声振林木，响遏行云"），用今天的话说就是"最强男高音"，堪比意大利的帕瓦罗蒂。可最终也只落得个"残杯冷炙谩消魂"的下场。"衷肠事，托何人"，满腹心事，无人诉说。大晏总想找个人诉说心事，想身有所托（良臣择主而事），这与"托身已得所，千载不相违"的陶渊明相比，境界就差远了，大晏的慎独功夫不如陶公。大晏期盼"知音见采""不辞遍唱阳春"，而陶渊明是"栖栖失群鸟，日暮犹独飞"，即使失群，即使日暮，也要独自飞！

但对大晏不宜过于苛责，凡人皆有情绪、牢骚，陶渊明也有不为五斗米折腰的愤慨时刻。

牢骚发得最多的是屈原，一发成《离骚》。

我郁郁不得志时，先读大晏此词宣泄情绪，再读屈大夫的《离骚》和陶公的《饮酒》超拔自己。

6. 情感教育

大晏《浣溪沙·一向年光有限身》词曰"满目山河空念远"。山河，既可指泰山、黄河，亦可指代江山（庙堂、朝廷、国家）。"念远"是说有战略眼光，思虑长远，如近代学人陈澹然（1859—1930）所言的"不谋万世者，不足谋一时；不谋全局者，不足谋一域"。那么，"念远"是"空"的、毫无意义的吗？当然不是，任何政治社会共同体都需要前瞻性的政治家未雨绸缪，为天地立心，为生民立命，纵使开不了万世太平——万世太平是不可能的。对此，既然我看得清，大晏肯定也看得清。但切身的宦海沉浮、阅史心得和作为诗人的超越气质又使他觉得这一切皆为虚幻，"不如怜取眼前人"。如果眼前人突然逝去呢？大晏一生经历过三次婚姻，前两任夫人皆年寿不永，"无可奈何花落去"。木心说，对人一生转变有重要影响的事件，有如下几类：死亡，最亲爱的人的死亡；爱情，得到或失去；大病，病到几乎要死；旅行，走到室外，有钱的旅行和无钱的流浪。大晏虽不是爱情至上主义者，却也是至情至性之人。面对爱侣的逝去，他只能"小园香径独徘徊"。他看到"燕子双飞去"就生出"明月不知离恨苦"之叹，看到燕子飞来就觉得似曾相识，"似曾相识燕归来"。大晏内心是悲恸的，但写词时却很克制，并未让情感之河恣肆泛滥。他照旧寻乐子，以打发闲时光。该出游就出游，该喝酒就喝酒，该听曲就听曲，"酒筵歌席莫辞频"。他又娶了第三任夫人王氏，在夫人生日时作寿词《拂霓裳·庆生辰》：

> 庆生辰。庆生辰是百千春。开雅宴，画堂高会有诸亲。钿函封大国，玉色受丝纶。感皇恩。望九重、天上拜尧云。
>
> 今朝祝寿，祝寿数，比松椿。斟美酒，至心如对月中人。一声檀板动，一炷蕙香焚。祷仙真。愿年年今日、喜长新。

"至心如对月中人"，写得好！这就是一个大宋至人的至心，一位儒家士大夫的人间富贵（我想起了郭子仪）。除了天上，还有人间；除了凄凉，还有人生何处不相逢。秉此心境，大晏的词句在我眼中变得温暖起来，如"阳和二月芳菲遍，暖景溶溶"，变得与宇宙万物齐一，如"花不尽，柳无穷，应与我情同"，变得更加诗味隽永，如"万转千回思想过""一曲新词酒一杯"。诗教之温柔敦厚，莫过于此吧。尽管小晏也深情，却大异于其父，"真古之伤心人也"（冯煦语）。

《临江仙·梦后楼台高锁》

梦后楼台高锁，酒醒帘幕低垂。去年春恨却来时。落花人独立，微雨燕双飞。

记得小蘋初见，两重心字罗衣。琵琶弦上说相思。当时明月在，曾照彩云归。

《蝶恋花·卷絮风头寒欲尽》

卷絮风头寒欲尽。坠粉飘红，日日香成阵。新酒又添残酒困，今春不减前春恨。

蝶去莺飞无处问。隔水高楼，望断双鱼信。恼乱横波秋一寸，斜阳只与黄昏近。

"落花人独立"，何等的寂寞！尤其是目睹"微雨燕双飞"时。"琵琶弦上说相思""望断双鱼信"，何等的痴情！"去年春恨却来时""今春不减前春恨"，何等的伤心！爱和恨实为一字，有爱才有恨。一年年过去，恨意不但未消，反而持续叠加。"记得小蘋初见，两重心字罗衣"，自己尚记得初次与她邂逅的情景，对方或许早已把这一切都忘记，有几人能永葆初心呢？"当时明月在，曾照彩云归"，只是"曾"罢了，一切皆成过往。"斜阳只与黄昏近"，这辈子就快要过完了，一切皆成虚空，"人生就像被吸尘器吸过一样虚空"（电影《爱在黄昏日落时》台词）。小晏是对政治人生和爱情彻底幻灭而无法出脱的人。偏偏他还长寿，活了七十多岁，一直活到北宋灭亡之前（1110）。活得越久，痛苦越久。如果小晏生活在十九世纪的巴黎，读到福楼拜小说《情感教育》，一定觉得男主人公弗雷德利克是他自己。

> "我发觉你已不再对政治感兴趣了，是吗？"
>
> "可能是因为年纪大了吧。"戴洛立叶回答道。
>
> 他们俩大致回忆了自己的生平。
>
> 他们都枉度了青春年华，一个幻想爱情，一个贪图权贵。造成他们失败的原因何在呢？
>
> "可能是因为偏离了人生的正轨。"弗雷德利克说。
>
> "也许这是你的经验之谈，却不能用到我身上，我是因为心地太正，遇事没有考虑许多次要的细节，而正是这些比什么都要命。我呢，是因为有太多的理论；你呢，是因为感情太丰富。"

小晏就是感情太丰富了，而黑格尔则是理论太多。

我是理论太多，还是感情太丰富了呢？

好像都不是。看来我应该更潜心地研读黑格尔的《美学》《小逻辑》，以及"心长焰短"的二晏词。

范仲淹与欧阳修

1. 人设

千古名篇《岳阳楼记》，中国学生都学过。忧国忧民、刚毅耿直的儒家士大夫是范仲淹的"人设"。"人设"使一个人易被识别，甚或给其带来正价值（一种形象营销），但它也把人给标签化、简单化了。有些演员演某个角色太成功（如陈晓旭演林黛玉、六小龄童演孙悟空），人戏混一，以致被民众视作所演角色，反而不利于拓展戏路。实际上，不管是诗人还是公司CEO（首席执行官），不管是县委书记还是网红主播，不管是大学教授还是职场新人，没有一个人不是立体而多元的。有些"人设"纯属无心插柳，有些"人设"则是有心栽花。但凡存在"人设"，就有"崩塌"或出人意料的那一刻，或早，或晚。

范仲淹乃刚直之臣、正统士大夫，这没错。但他并非总是一本正经、满脸肃然，作忧国忧民状。他和其他士人才子一样，出入歌楼妓馆，偎红倚翠，好不快哉。姚宽《西溪丛话》记："范文正守鄱阳，喜乐籍，未几召还，作诗寄后政云：'庆朔堂前花自栽，为移官去未曾开。年年忆着成离恨，只托春风管领来。'到京，以绵胭脂寄其人，题诗云：'江南有美人，别后长相忆。何以慰相思，赠汝好颜色。'"范仲淹回京后对那位地方名妓念念不忘，还千里寄胭脂，表达相思意。1997年1月，我高中毕业前的最后一个元旦，班里搞晚会活动，有两个据说在谈恋爱的同学（后来得知确实相恋，但最终分手了）合唱了一首简宁填词、张学友和汤宝如原唱的《相思风雨中》，词曰：

> **男**：分飞各天涯，他朝可会相逢
> **女**：萧萧风声凄泣暴雨中
> ……
> **男**：啊，寄相思风雨中
> **女**：啊，寄痴心风雨中

"分飞各天涯，他朝可会相逢"亦唱出范仲淹心声。尽管范仲淹与那位名妓"他朝相逢"的可能性很小，但他依然寄赠贵礼，可见其重情重义。如此怜香惜玉、心思细腻，女人怎能不爱？女人比患上强迫症的小说家还看重细节，细节决定情场成败。当然，范仲淹填的词比上述歌词强太多了：

《苏幕遮·怀旧》

碧云天，黄叶地，秋色连波，波上寒烟翠。山映斜阳天接水，芳草无情，更在斜阳外。

黯乡魂，追旅思，夜夜除非，好梦留人睡。明月楼高休独倚，酒

入愁肠，化作相思泪。

"山映斜阳天接水，芳草无情，更在斜阳外"，好句！与欧阳修《踏莎行·候馆梅残》之"平芜尽处是春山，行人更在春山外"有异曲同工之妙。王实甫《西厢记》第四本第三折"长亭送别"之"碧云天，黄花地""下西风黄叶纷飞，染寒烟衰草凄迷""未饮心先醉""暖溶溶玉醅，白泠泠似水，多半是相思泪"，均化用范仲淹此词。李清照亦受范仲淹启发，其《一剪梅·红藕香残玉簟秋》中的名句，"此情无计可消除，才下眉头，却上心头"，即化用范仲淹另一首词《御街行·秋日怀旧》中的"都来此事，眉间心上，无计相回避"。

然而，长期以来，由于写缠绵悱恻的艳词与范仲淹的"人设"和正统道德形象不符，使其遭受非议。

克罗齐说，一切历史都是当代史。后人，尤其是今人，往往引"言为心声，文如其人"为据，"见人文章铺陈仁义道德，便谓之正人君子；若言及花草月露，便谓之邪人"，不以诗文本身的美学和思想价值，而以道德姿态和话语评之鉴之。这实在是大谬不然，因为"文章纯古，不害其为邪；文章艳丽，亦不害其为正"①。文品和人品不能画等号，满嘴仁义道德的反而可能满腹男盗女娼（不一定）。道德和人格也不能同人文底蕴和创造性画等号，道德人格低下的未必不是大才。海德格尔信仰纳粹主义，迫害自己的导师胡塞尔，其公德和私德都十分不堪，但这并不影响他是哲学大家。卢梭偏执乖戾，人品龌龊（曾陷害别人），毫无责任心，甚至不愿抚养自己的孩子（送至孤儿院），但他在文学史思想史上的地位，

---

① 吴处厚《青箱杂记》卷八。

没有几人能及。

与另一士大夫领袖欧阳修相比，范仲淹的艳词就显得太少了，亦不怎么艳。欧阳修的艳词是让人心惊肉跳、想入非非的，如"玉人共处双鸳枕，和娇困、睡朦胧。起来意懒含羞态，汗香融。素裙腰，映酥胸""玉钗撩乱挽人衣""翠鬟斜軃语声低，娇羞云雨时""红玉暖，入人怀，春困熟""宝檀槽在雪胸前，倚香脐、横枕琼臂"。如此艳情，以致从南宋起就有人为了维护欧阳修形象，否认这些艳词出自欧阳修，说是其政敌为了打击欧阳修而伪作的。其实大可不必。英国人就没有为了维护莎翁的形象而否认或删减其作品。莎翁的文字要比欧阳修的色情、鄙亵得多。《罗密欧与朱丽叶》第一幕第一场，开场就是两个仆人充满双关语的下流话：

Sampson：I strike quickly，being moved.

Gregory：But thou art not quickly moved to strike.

…

Sampson：True，and therefore women being the weaker vessels are thrust to the wall：therefor I will push Montague's men from the wall and thrust his maids to the wall.

辜正坤译为：

山普孙：我一旦冲动起来，我的冲刺动作可快了。

格莱古里：问题是你很难冲动，所以你的冲刺快不起来。

……

　　山普孙：说得是。所以，软拉吧唧的女人总是被人靠着墙壁刺进去。我要让他家（蒙太古家）的男人远离墙边，我要把他家的女人靠着墙壁刺进去。

朱生豪译为：

　　山普孙：我一动性子，我的剑是不认人的。
　　格莱古里：可是你不大容易动性子。
　　……
　　山普孙：不错，所以生来软弱的女人老是被人逼得靠墙。我见了蒙太古家里人来，是男人我就把他们从墙边推开，是女人我就把她们摔到墙上。

很显然，朱生豪没有把双关语的意味译出。《罗密欧与朱丽叶》第二幕第一场有一句"By her fine foots, straight leg and quiv'ring thigh/And the demesnes that there adjacent lie"。辜正坤译为："她的嫩脚、直腿、颤动的脚跟，还有她两条大腿夹住的部分。"朱生豪译为："她玲珑的脚，挺直的小腿，弹性的大腿和大腿附近的部位。"大腿之间和大腿附近还是有很大差别的。还有第二幕第五场的一处，两人分别译为（只列译文）：

辜正坤译为：

　　奶妈：去，快去教堂，我则到别处，搬来一张梯子，好让你的新郎趁夜色钻入那鸟巢似的窝床。为了你快乐安逸我历尽艰辛，但今晚压你的担子可也不轻。

朱生豪译为：

> **奶妈**：你到教堂里去吧，我还要到别处去搬来梯子，好让你的爱人在天黑的时候爬进鸟巢里。为了使你快乐我就吃苦奔跑；可是你到了晚上就要负起那个重担。

朱译要洁净得多。如果脱离上下文语境，根本看不出"爬进鸟巢"和"负起那个重担"是何意思。《罗密欧与朱丽叶》中带有性暗示的双关语和隐晦表达非常多，朱生豪大都没有译出。洁净是洁净了，却也失去原文的一些意思和意味。江弱水评论说："莎士比亚是一个不带教训的诗人，他只呈现出人间如斯美妙的男欢女爱，具有绝对饱满的性感的感性，只不过他经常性感过了头。"中国文学恰恰是教训太多（文以载道），而且随着历史演进日益强化。明清世情小说在渲染色情时也不得不打着宣扬名教的名义："'万恶淫为首'，就大写如何之淫，淫到天昏地黑，然后大叫：万恶呀！万恶呀！这种心理很卑劣，但和读者'心有灵犀一点通'。"[1]中国正统诗教为"思无邪""色而不淫"，随着词的诗化、雅化和文人化，艳词被认为等而下之，所以才会出现范仲淹遭非议、欧阳修被删词的现象。匮缺饱满的性感固然是一种病，但当代中国的"身体写作""下半身写作"和"欲望书写"亦不可取。余秀华的成名诗《穿过大半个中国去睡你》，我不喜诗题，却欣赏其中一句，准确地说是半句，"把无数的黑夜摁进一个黎明"。

当代中国作家中，莫言写性最饱满，尤其是他的《红高粱》《檀香刑》。

---

① 木心讲述、陈丹青笔录：《文学回忆录》（全2册），广西师范大学出版社2013年版，第440页。

莫言获诺贝尔奖并非偶然。"既然莫言能获奖,那国内至少有十人也能"之类的说法我是不赞同的。当然,那些自诩不比莫言差的作家,以及不满我的这一臆断的读者,可以不赞同。

2. 和战之间

范仲淹曾统兵在西北抵御西夏入侵,是一位文武全才,有点像西班牙骑士堂吉诃德。堂吉诃德曾大谈文武之道:

> 让那些断言文职优于武行的人全都给我滚得远远的吧!不管是谁敢说这种话,我都要告诉他们,他们根本就不知道自己说的是什么。因为这些人常常挂在嘴边和笃信不疑的理由是劳心优于劳力,武行靠的是体力,就好像习武是为了混饭吃似的,只要有一把力气就行了。或者,就好像我们这些行内之人所说的武事不包括拔关夺寨似的,拔关夺寨是需要很高的才智的。或者,就好像率军或守城的武士没有脑子似的,率军和守城不仅需要劳力也需要劳心。

堂吉诃德为了矫枉过正(有时为了"矫枉",必须"过正"),强调"武行"的重要。他的本意是文武并重、文武相济,即范仲淹所说的"闻圣人之有天下也,文经之,武纬之,此二道者,天下之大柄也"。范仲淹敦请皇帝交互运用文武之道治理天下,强调二者同等重要,但这和宋朝重文轻武的国策相左——杯酒释兵权的故事我们都很熟悉。范仲淹是士大夫中为数不多的知兵之人,故被派往西北统兵。据孔平仲《谈苑》记:"仲淹与韩琦谋,必欲收复灵夏、横山之地。边上谣曰:'军中有一韩,西贼闻之心骨寒。军中有一范，西贼闻之惊破胆。'元昊闻而惧之，遂称臣。"
范仲淹虽治军有方，但上述记载显然夸大了范仲淹的军事能力和宋军的战
力。范仲淹知天下大势，更有自知之明，他曾言："倘朝廷欲雪边将之耻，
必加讨伐，苟得良帅如汉之段纪明、唐之李靖，诚可行焉。其下如今朝曹
玮之材，尚堪委以大事。不然，则重为国家之羞。"范仲淹最初是主张议
和的，因为他知宋军战力堪忧，亦缺乏"堪委以大事"的良帅，而所谓
良帅，即使赶不上段纪明（东汉后期名将）和李靖（唐朝开国名将），也
得和曹玮（北宋名将，曹彬之子）在一个档次。范仲淹显然认为自己没
那个水平。

宋军战力确实不怎么强，但也没有我们想象的那么弱。宋夏之战双方
互有胜负，西夏虽胜多，却也属于惨胜，毕竟西夏人口和国力有限。双方
最终在 1044 年议和，史称"庆历和议"（在后来的英宗、神宗和徽宗朝，
双方又多次爆发战争）。范仲淹的《渔家傲·秋思》即写于两军对垒
时期：

塞下秋来风景异，衡阳雁去无留意。四面边声连角起。千嶂里，
长烟落日孤城闭。

浊酒一杯家万里，燕然未勒归无计。羌管悠悠霜满地。人不寐，
将军白发征夫泪。

宋朝是一个很有意思的朝代，套用蒋勋的话是"全世界最会谈判的
政权"，辽朝"谈"没了，金朝"谈"没了，西夏也亡了，但它还在。用
谈判把对手拖垮，是大智慧。而且，宋军的进攻能力不行，防御水平却不
差。虽然宋朝最终为蒙元所灭，但襄阳守了六年（1267—1273，金庸小说

《神雕侠侣》以此为历史背景），钓鱼城守了二十年（1259—1279，蒙古大汗蒙哥阵亡在钓鱼城下）。联想到蒙古铁骑横扫欧亚大陆时所向披靡，被视作"上帝之鞭"，即可推知宋军防御水平和抵抗意志之可圈可点了。

当然，谈判只能解决谈判能解决的事。若快被掐死了，谁还跟你谈？

而且能战才能和。"准备战争是维护和平最有效的手段之一"，美国国父乔治·华盛顿如是说。我觉得，"之一"可以去掉。

3. 儒将

欧阳修写过一首《渔家傲·儒将不须躬甲胄》。北宋魏泰《东轩笔录》卷十一记："范文正公守边日，作《渔家傲》乐歌数阕，皆以'塞下秋来'为首句，颇述边镇之劳苦，欧阳公守呼为'穷塞主之词'。及王尚书素出守平凉，文忠亦作《渔家傲》一词以送之。"此词是为王素出知渭州送行，当时欧阳修为吏部侍郎，王素为兵部侍郎。此词为断章，存句如下：

> 儒将不须躬甲胄，指挥玉尘风云走。战罢挥毫飞捷奏。倾贺酒。三杯遥献南山寿。
> 草软沙平春日透，萧萧下马长川逗。马上醉中山色秀。

有人认为此词作者为北宋的庞籍，我倾向于欧阳修。欧阳修赞范仲淹的《渔家傲·秋思》"穷塞主之词"，意思是写尽了边关风景和将士们的思乡之情。欧阳修的《渔家傲·儒将不须躬甲胄》是题赠给王素的，更是在向范仲淹致敬。

范仲淹是儒将，位列"云台二十八将"的祭遵也是儒将。

我一直觉得，中兴汉朝的光武帝刘秀以及"云台二十八将"被今人冷落了，盖因前有汉武帝、卫青、霍去病，后有曹操、周瑜、刘备、关羽、张飞，故事都太精彩，夹在他们中间似乎不得不"自惭形秽"。但实际上，有些人也值得大书特书。比如说祭遵，据《后汉书》记："少好经书。家富给，而遵恭俭，恶衣服。"他从小喜读经书，家境富裕却生活节俭，后为光武帝重用，以功封列侯。祭遵为人廉约小心，克己奉公，"清名闻于海内，廉白著于当世。所得赏赐，辄尽与吏士，身无奇衣，家无私财。同产兄午以遵无子，娶妾送之，遵乃使人逆而不受，自以身任于国，不敢图生虑继嗣之计"。祭遵连送上门的美妾都拒绝了，更是不要孩子（他有夫人，但不能生），他将自己完全奉献给国家，鞠躬尽瘁、死而后已，是一个廉政模范，堪比诸葛亮和海瑞。

祭遵亦不像今天的某些官员，权力成了"春药"，情妇和私生子一个都不能少。而且，祭遵与部下同甘共苦，"所得赏赐，辄尽与吏士"，深受士兵爱戴。一次战斗中，"弩中遵口，洞出流血，众见遵伤，稍引退，遵呼叱止之，士卒战皆自倍，遂大破之"。强将手下无弱兵。

不只关羽，祭遵也夜读《春秋》。

木心说：我宠爱那种书卷气中透出来的草莽气，草莽气中透出来的书卷气也使我惊醒。现在的大学生军训太形式化，依我说，把他们全都拉到深山老林待上俩月，不成野人不让出山。但愿他们出山后，不是大呼"此山是我开，此树是我栽，要想从此过，留下买路财"，而是满脸自信地说："我读完了《春秋》《孙子兵法》《武穆遗书》《拿破仑日记》《思考与回忆》《第二次世界大战回忆录》和《粟裕战争回忆录》。"

陈毅亦是儒将。尽管指挥打仗不如粟裕，但他终生如青松挺且直。①

存在儒商吗？如果他拥有博士学位，看上去不那么温文儒雅（而是带点草莽气），著有几本文科生读得懂的科普书，在接受采访时敢说"人类并非起源于地球，可能来自某种设计"，并大谈物质与意识、佛教与荷尔蒙的关系，那么儒商是存在的。儒商可不止拥有一间奢华大书房，里边摆着精装然而寂寞的《王阳明全集》。

4. 争如共刘伶一醉

范仲淹和欧阳修是志同道合的好朋友、哥们儿。欧阳修终生服膺范仲淹，一如鲁迅对堂吉诃德。两人经常在一起饮酒纵乐以及发牢骚。

《剔银灯·与欧阳公席上分题》

昨夜因看蜀志，笑曹操孙权刘备。用尽机关，徒劳心力，只得三分天地。屈指细寻思，争如共、刘伶一醉。

人世都无百岁。少痴騃，老成尪悴。只有中间，些子少年，忍把浮名牵系？一品与千金，问白发、如何回避？

这是一首咏史词。李劼评曰："好在宋仁宗愚钝无知。要是碰上唐太宗细细一想，既然曹孙刘诸雄都只配像刘伶那般烂醉、肩着铁锹嚷嚷死便埋我，那我辈天子又算何等阿物？如是也就不会有劳范大人去卫戍边塞，直接送上刑场大辟了事。"李劼此处解读有误，范仲淹之意，并非"曹孙

---

① 陈毅《青松》："大雪压青松，青松挺且直。要知松高洁，待到雪化时。"

刘诸雄都只配像刘伶那般烂醉"，而是与其像曹孙刘诸雄"徒劳心力"，
还不如像刘伶那样喝个酩酊大醉。此外，宋仁宗也并非"愚钝无知"，作
为一位好读书、善书法（尤擅飞白书）的皇帝，他不可能读不懂连我都
能读懂的这首词。他知道自己的这位可爱臣子只是发发牢骚罢了，更何
况，即使他想把范仲淹"送上刑场大辟"亦不可能，因为有"不杀士大
夫"的祖宗之法在。"自太祖勒不杀士大夫之誓以诏子孙，终宋之世，文
臣无欧刀之辟。"（王夫之《宋论》）

范仲淹此词不避口语（如"些子少年"），通俗畅达。一个问题：诗
歌语言和日常语言应保持多远的距离？

奥登在谈到英语诗和法语诗的区别时说，"说英语的民族总是认为诗
的语言与日常交流语言之间的差异应该尽量小些，当英语诗人发觉诗的语
言与日常语言之间的裂隙太大，就会发动一场语言风格的革命，将两者再
次拉近""然而法语诗，无论是其写作方式还是朗诵方式，总是强调诗与
日常语言的差异，并以此为自豪；在法语戏剧中，诗与散文'是'两种
不同的语言"。正因为英语世界中诗歌语言和日常语言差异较小，朱生豪
才能以散文体对译莎翁诗剧，他的译文固然存在不足，但整体上充满诗
味。散文并不一定排斥诗味。散文诗也是诗，甚至可以是非常好的诗，如
鲁迅之《野草》。

在古典中国，诗、词、曲、赋都属于韵文，其中，赋最远离日常语
言，诗次之，词、曲最接近。不少中国人——包括我——最怕读赋，因为
生僻字太多。木心说："汉赋好大喜功，把金、木、水、火边旁的字罗列
殆尽，再加上禽兽鳞介的谱系，仿佛是在对'自然'说：'知尔甚深。'"
既然对自然"知尔甚深"，那对人类就不太友好了。

词、曲是韵文中最通俗、最有人情味的。现代人可能对汉赋无感，却

会钟情于邓丽君演唱的《独上西楼》（据李煜《相见欢·无言独上西楼》改编），被"剪不断，理还乱，是离愁"的词句摇荡心扉；钟情于刘德华演唱的《继续谈情》，被"泪似帘外雨，点滴到天明"的词句感动——它改编自李煜《浪淘沙令·帘外雨潺潺》和蒋捷《虞美人·听雨》之"一任阶前、点滴到天明"。我当年读大学时，一位室友最喜欢刘德华，而我是周润发的拥护者，除了因为周润发饰演的许文强太酷，还因为《上海滩》歌词写得实在太好：浪奔浪流，万里涛涛江水永不休……现在，我不再追星，听港台歌曲的次数也少了，可能是因为年龄大了，总觉得听歌不如听雨，听雨不如听引力波的波声。

范仲淹此词，仍有"骇""尪"二字构成阅读障碍。骇，读"sì"（马行勇壮的样子），又读"ái"（呆痴、无知之意）。尪，读"wāng"，本义指跛、腿部骨骼弯曲残疾，衍义为孱弱、瘦弱。可见，古典距离我们再近也终归是古典，我们回不到以前了。

5. 行乐直须年少

范仲淹的《剔银灯·与欧阳公席上分题》感慨人生短暂，后悔没有及时行乐："只有中间，些子少年，忍把浮名牵系？"人的一生除去年幼和年老，所剩下的只有中间那一点儿大好时光，怎忍心去追求功名利禄呢？"一品与千金，问白发、如何回避？"即使当上一品大员，尽享荣华富贵，难道就能躲得开年老和死亡的来临？欧阳修词《朝中措·平山堂》亦表达及时行乐思想，但更豁达乐观。

平山阑槛倚晴空，山色有无中。手种堂前垂柳，别来几度春风。

文章太守，挥毫万字，一饮千钟。行乐直须年少，尊前看取衰翁。

"行乐直须年少"表达了一种另类的人生观和价值观。十九世纪俄国作家赫尔岑也有过类似思考，他在《往事与随想》一书中追忆了自己两位表兄（赫尔岑姑妈的儿子）的一生。哥哥叫德米特里，从小乖巧、努力，是老师的模范学生，母亲的模范儿子，舅父的模范外甥，政府的模范官员。他做事从来是小心谨慎，避免出错。他挑选的妻子高度理性，门当户对，聪明能干。但他的婚姻与狂热的爱情无关，就是为了传宗接代，好让家业后继有人。德米特里品行端正，举止稳重，从未闹过一次桃色纠纷，从未与人决斗，出了娘胎就没玩过牌，没酗过酒。他博学多才，行动力强，所做的一切无懈可击。他几乎具备一个男人应该具备的全部优点。他受当局看重，被任命为学区副总监（分管高等教育的教育厅副厅长），兢兢业业，直至光荣退休。

弟弟叫尼古拉，秉性与哥哥相反，宛若来自另一个世界。他从小顽劣，不爱读书，四处浪荡厮混。他爱上一个平民出身的穷姑娘，遭母亲的极力阻止。母亲充满贵族式的偏见，坚持门当户对的择媳标准。于是，尼古拉就带穷姑娘私奔，秘密结婚，母亲被气得一病不起（父亲此前已病逝）。兄弟俩分家过日子后，哥哥拼命积累财富，弟弟则花天酒地，拼命挥霍，舞会、酒宴、剧场和赌场成了他的生活中心，他还包养了一个唱戏的舞女。终于，尼古拉由于欠下巨债，家产被查封、拍卖。他的妻子哭哭啼啼，担心自己的命运、孩子们的前途，患病后郁郁而终。尼古拉也想过悔改，但转眼就本色毕露，为了消愁解闷，反而加倍饮酒作乐。"使他快活了一辈子的美好命运又一次搭救了他。他到别墅拜访一位堂兄，与他外出散步，正讲得起劲，蓦地站住，用手摸摸脑袋，倒在地上死了。"

兄弟俩的生活，哪一种是值得肯定、值得过的？似乎只能是哥哥。但赫尔岑反思道：哥哥德米特里代表一类人，他们循规蹈矩，爱好德行，回避罪恶，所做的一切都是正确、符合分寸、合乎时宜的，但总使人感觉缺少一点儿什么。弟弟尼古拉风流浪荡，但疯狂过、爱过（为爱而爱），不像哥哥那般理性算计。弟弟没有担任高官，无所谓的光荣退休，但也不为"浮名牵系"；而哥哥太在乎世俗地位和名声，总是活给别人看。弟弟游戏人生，不负责任，荒谬绝伦，却潇洒快活地过了一生，"行乐直须年少"（由于中年猝死，因此也就没有来得及品尝晚景凄凉的滋味）；而哥哥严肃认真到没有任何不良嗜好，那他活着还有什么意思？！

如此为弟弟辩解，显得三观不正。

中国人奉行中庸之道，说：浪子可以半路回头啊，如此一来，浪也浪过了，也走上人生正轨了，岂非两全其美？可回了头的浪子还是浪子吗？纪德小说《浪子回家集》中，有这样一段对话：

> **浪子**："父亲，你知道得清清楚楚的，我当初离家的时候，我把我的财宝能带的都带走了。不能带的财产于我有何用呢？"
>
> **父亲**："所有你带走的财产，你都胡乱地浪费了。"
>
> **浪子**："我把你的黄金换欢乐，把你的训诫换幻想，把我的纯洁换诗，把我的庄严换欲望。"

范仲淹和欧阳修内心深处都有一个无法实现的浪子幻想，好在他们曾用美酒遣悲怀，用"纯洁换诗"。

6. 怄气

托尔斯泰说："幸福的家庭都是相似的，不幸的家庭各有各的不幸。"但不管是幸福还是不幸福的家庭，夫妻都怄过气、拌过嘴、分过床。欧阳修词《玉楼春·夜来枕上争闲事》把夫妻拌嘴怄气及和好的过程写得惟妙惟肖：

夜来枕上争闲事。推倒屏山褰绣被。尽人求守不应人，走向碧纱窗下睡。

直到起来由自殢。向道夜来真个醉。大家恶发大家休，毕竟到头谁不是。

夫妻（或情侣）因一点小事争吵起来。可能是他忘了她的生日，可能是他没有听懂她的一个暗示，可能是他不愿帮她捏肩；可能是她埋怨他不愿帮小舅子谋个差事，可能是她发现他藏了私房钱，可能是她发现他偷偷给公婆钱，可能是她无意中看到他的手机微信，怀疑他同别的女人聊天。总之，两人吵了起来。女人特别生气，怒气冲冲掀被子。男人软语相求，说尽好话，女人依旧不搭理。女人不仅不搭理，反而更觉得自己委屈，于是独自到客厅沙发或另一房间的床上睡。"直到起来由自殢"（殢读"tì"，意为纠缠、沉溺于），第二天早上起床，女人还被这件事纠缠着，但她已准备和解。于是解释说，昨晚因为喝了点儿酒（喝的是干红葡萄酒、劲酒或那种自酿的啤酒），她有点醉，脾气有点大，况且两人都发了脾气（"大家恶发"），都有错，还是和解吧。

床头吵架床尾和，夫妻没有隔夜仇。即使今晚和不了，明早也会和。

有过恋爱和生活经验的男人都知道，女人越是爱男人，就越容易生气。女人觉得男人不够爱自己，男人则觉得女人太难缠。拌嘴和怄气往往源自不值一提的闲碎琐事，也很难说得清谁对谁错。

"走向碧纱窗下睡"算是轻的、正常的；严重的，如安娜·卡列尼娜那样极端敏感的女人，会卧轨自杀。我在读托尔斯泰的《安娜·卡列尼娜》时特别纠结，一方面折服于安娜的美丽和"为爱而生"；另一方面又对她的控制欲深感恐惧，我仅仅是读小说，就快要被她编织的情网弄窒息了，可怜的渥伦斯基怎么受得了？一天，两人吵了一架，渥伦斯基外出一整天没回家，第二天又外出。安娜痛苦地想，"热情已经消失了""如果他不爱我，却由于责任感而对我曲意温存，这比怨恨还要坏千百倍！这简直是地狱！事实就是如此，他早就不爱我了"。她忆起和渥伦斯基在火车站初逢时被火车轧死的那个人，醒悟到该怎么办了。

安娜死了。渥伦斯基痛不欲生，我心里也特别难受。

不想让她死，可她又不得不死。敏感、极端和完美主义，用于艺术，可以，甚至很好；用于生活，则一塌糊涂，自己痛苦，也给人带来痛苦。

很多伟大的艺术家——如托尔斯泰、鲁迅——都不想被庸常生活和毫无精神意义的情网给捆缚住。极端的托尔斯泰甚至在八十二岁高龄离家出走，最后病逝在一个小火车站。鲁迅则在《伤逝》中写道：

"待到孤身枯坐，回忆从前，这才觉得大半年来，只为了爱——盲目的爱——而将别的人生的要义全盘疏忽了""她早已什么书也不看，已不知道人的生活的第一着是求生，向着这求生的道路，是必须携手同行""新的路的开辟，新的生活的再造，为的是免得一同灭亡""爱情必须时时更新，生长，创造"。

和安娜一样，子君也死了。涓生（鲁迅）独自负着虚空的负担。

我一直怀疑鲁迅和许广平的婚姻是否幸福，因为鲁迅先生说过，"我知道她没有懂得我的话"。我知道不该断章取义，更不该怀疑。

7. 西湖，西湖

此处的西湖，不是"淡妆浓抹总相宜"的杭州西湖，不是我曾绕其晨跑的泸州西湖，不是比西施还瘦的扬州瘦西湖，而是让欧阳修流连忘返的颍州西湖（在今安徽阜阳市）。欧阳修写西湖的《采桑子十首》，清气四溢，悦耳又悦目，有点日本作家永井荷风的味道（或反过来说，永井荷风有点欧阳修的味道）。

欧词曰："微动涟漪，惊起沙禽掠岸飞。"简直是一幅水墨画。

欧词曰："晴日催花暖欲然（燃）。"庾信《奉和赵王隐士诗》曰："山花焰火然。"杜甫《绝句二首·其二》曰："山青花欲燃。"诗人是一朵燃烧的花，一座待登临的山，一颗或许永不坍缩的恒星。

欧词曰："行云却在行舟下。"好句！预示了爱因斯坦所言的引力透镜效应。

欧词曰："群芳过后西湖好。"这一句"很拜伦"。拜伦一生爱过两百多个女人，最后在日内瓦湖畔邂逅雪莱，才算觅得知音——群芳过后日内瓦湖好。

欧词曰："何人解赏西湖好。"何人？除了欧阳修，还有只去过一次西湖的我。2002年夏，我当时还在读研，去阜阳找大学同学乔刚（他在中国建设银行工作）。逛书店时，我买了一本《吉本自传》，随后我们去西湖游玩。在景区吃饭时，我翻了翻《吉本自传》，却发现书开胶了。乔刚说，回头去书店换一本。我说，不了，这本书和我有缘，看在欧阳修和西湖的分上，不换了，我回去重新装订一下就好。

欧词曰："游人日暮相将去。"只剩下没醉的醉翁没走。

欧词曰："画船撑入花深处。"这句有点色情。

欧词曰："云物俱鲜""人在舟中便是仙"。云是鲜的，物是鲜的，察觉到"云物俱鲜"的郭林宗，仙人也。《后汉书·郭太传》："郭太，字林宗……始见河南尹李膺，膺大奇之，遂相友善，于是名震京师。后归乡里，衣冠诸儒送至河上，车数千两。林宗唯与李膺同舟而济，士宾望之，以为神仙焉。"

欧词曰："野岸无人舟自横。"并非无人——有观舟人。

欧词曰："平生为爱西湖好，来拥朱轮。富贵浮云，俯仰流年二十春。归来恰似辽东鹤，城郭人民，触目皆新，谁识当年旧主人？"宋仁宗皇祐元年（1049）二月，欧阳修自扬州移知颖州，觉得扬州瘦西湖之美不如颖州西湖，又"爱其民淳讼简而物产美，土厚水甘而风气和"，于是"慨然已有终焉之意也"（《思颖诗后序》）。宋神宗熙宁四年（1071）六月，欧阳修致仕，退居颖州，得偿所愿。从1049年到1071年，整整过去了二十二年，所以词中说"俯仰流年二十春"。北宋时期和当代中国一样，经济社会发展迅速，因此二十年后"城郭人民，触目皆新"再正常不过（就像现在城市大搞基建，日新月异）。"谁识当年旧主人？"欧阳修当年（1049）只担任了两个月的知州，屁股还没坐热，就转任吏部侍郎了，二十年后还记得他的颖州人肯定寥寥。铁打的城池，流水的官；铁打的时间，流水的人。

欧阳修留下《采桑子十首》，对得起今天的颍州人和颍州西湖了。

永井荷风说："时间每前进一瞬，追忆的甘甜就增加一分。"①

而我，每读一首欧阳修的词，每读一页他修撰的《新五代史》，对时间和生活的热爱就增加一分。

---

① ［日］永井荷风：《传通院》，载《永井荷风散文选》，陈德文译，百花文艺出版社 1997 年版，第 37 页。

天地之间一东坡

1. 词及其周边

对我来说，谈论苏轼是一件艰难的事情。相信对很多人来说，都是如此。

这源于苏轼的复杂——不是一般的复杂。林语堂在他那本畅销得不能再畅销的《苏东坡传》中说："苏东坡是个秉性难改的乐天派，是悲天悯人的道德家，是黎民百姓的好朋友，是散文作家，是新派的画家，是伟大的书法家，是酿酒的实验者，是工程师，是假道学的反对派，是瑜伽术的修炼者，是佛教徒，是士大夫，是皇帝的秘书，是饮酒成癖者，是心肠慈悲的法官，是政治上的坚持己见者，是月下的漫步者，是诗人，是生性诙谐爱开玩笑的人。可是这些也许还不足以勾绘出苏东坡的全貌。"

苏轼是一个和任何人都能相谈甚欢的智者。他曾言："吾上可陪玉皇大帝，下可以陪卑田院乞儿。眼前见天下无一个不好人。"亦即说，他既可以同玉皇大帝、欧阳修、佛印禅师、朝云、袭人、苏乞儿、康熙、袁世凯、林语堂谈天说地，亦可以同泰戈尔、室利·阿罗频多（印度瑜伽大师）、萨克雷（英国作家）、雨果、爱因斯坦、腾讯公司的工程师、腾讯公司的看门师傅海阔天空地闲聊。当然，他也可以和我这个半吊子的法学教授讨论犯罪、规训与惩罚——苏轼考中进士的那篇文章就叫《刑赏忠厚之至论》，论及疑罪从轻这一与现代人权理念相契合的法律原则，放到现在，可任命苏轼为联合国人权事务高级专员。

和柳永只有词不同，苏轼是全面性天才。苏轼曾言"恨二十年相从，知元章不尽"（元章即米芾），其实苏轼才是真正"知不尽"的人。有些人和事，了解越多，就越不敢开口谈论。

数年前，我写过一篇关于现代大儒熊十力的论文。熊十力是湖北黄冈人，黄冈即苏轼被贬官且在那里生活了四年多并写下《赤壁赋》的黄州。2014年6月，我趁着拜祭熊十力先生及其夫人墓，顺道去赤壁看看。当我看到红色沙石形成的赤壁之下只有一个小池塘时失望不已，难道这就是"苏子与客泛舟"其下的赤壁？由于江道挪移，已无法看到"白露横江，水光接天"的壮景了。李常生《苏轼行踪考》写道："从上述历代各种黄州城郭图中，可以很明显地见到，江水逐渐向西退却。明弘治时期，赤壁还属临江，到了清光绪时代，赤壁已距江甚远。到了现在，赤壁前仅有一个小池塘，沧海变化之大，委实让人感慨。"我在池塘里掬了一把水，也算是与苏轼神通了。

苏轼当年在黄州的日子并不好过，一大家子二十多口人都靠他吃饭。苏轼的职务是团练副使，并无实权。据《宋史·职官志》，团练副使每月俸禄二十千，如犯官则给一半折支，苏轼每月拿到的官俸为一万钱。现在，在黄冈这样的三四线城市，月薪一两万元不算低，但如果要养活二十多口人呢？为改善窘困的生活，苏轼想办法从知州徐君猷那里讨得一块旧营地（有五十多亩），带领家人一起躬耕。因为那块地在郡城东门外的山坡上，苏轼从此自称"东坡居士"。日子过得不宽裕，不影响他四处游览的雅兴。1082 年，苏轼再游黄州赤壁（亦名赤鼻矶），联想到周瑜大破曹操的赤壁（今湖北赤壁市，此赤壁非彼赤壁），写下《念奴娇·赤壁怀古》和赤壁二赋。《赤壁赋》曰：

> 夫天地之间，物各有主，苟非吾之所有，虽一毫而莫取。惟江上之清风，与山间之明月，耳得之而为声，目遇之而成色，取之无禁，用之不竭，是造物者之无尽藏也，而吾与子之所共适。

与九百多年前相比，我们可以共适的除了清风和明月，还有天地之间一东坡的诗词文画，何其幸哉！

写下如上文字时，我手边放着一本《词及其周边：宋代士大夫与其文学》，作者是日本的中原健二。他说自己"身在日本学在中国"，为没能去中国留学深感遗憾："每当看到现在在学生时代就能够去中国留学的学子们，心底还是会油然生出些许羡慕之情。"我在想，倘若他到中国来留学或访问，看到赤壁之下唯存一片小池塘，该是怎样的心情？是否会说这恰恰意味着热烈的物哀之美？

写下如上文字时，我听着孟庭苇唱的歌《化身为海》，单曲循环，其中有句："寒冷的尽头是一壶酒……"

2. 拣尽寒枝

之于东坡，寒冷的尽头，先是监狱，才是酒。他被贬黄州，起因于御史认为他的几首诗有"讥切时事"之嫌："包藏祸心，怨望其上，讪渎谩骂而无人臣之节者，未有如轼也，应口所言无一不以讥谤为主……"于是，苏轼遭逮捕，被投进监狱。狱卒知他是名闻天下的大学士，对他十分恭敬，每晚特意给他准备热水泡澡，但苏轼的心是既寒且冷的。纵使再豁达，遭罹此祸，也不可能不心灰意冷。在多方周旋之下，苏轼才没有被判流放，而是贬往黄州。

《卜算子·黄州定慧院寓居作》

缺月挂疏桐，漏断人初静。时见幽人独往来，缥缈孤鸿影。

惊起却回头，有恨无人省。拣尽寒枝不肯栖，寂寞沙洲冷。

俞文豹《吹剑录》释曰："缺月挂疏桐"，明小不见察也；"漏断人初静"，群谤稍息也；"时见幽人独往来"，进退无处也；"缥缈孤鸿影"，悄然孤立也；"惊起却回头"，犹恐谗慝也；"有恨无人省"，谁其知我也；"拣尽寒枝不肯栖"，不苟依附也；"寂寞沙洲冷"，宁甘冷淡也。

总之，一个字——冷。黄庭坚跋曰："语意高妙，似非吃烟火食人语。非胸中有万卷书，笔下无一点尘俗气，孰能至此。"读万卷书的人多得很，在当今大学校园（尤其是名牌大学的国学院）里比比皆是，但"笔下无一点尘俗气"的却少之又少，比大熊猫——不，比苏轼——还少。读万卷书可以靠人为，"无一点尘俗气"却需要"天分中生成一段痴情"（《红楼梦》第五回）。

在中国人民大学任教的刘小枫教授得多喜欢这首词，才会把他的一本与苏轼毫无关系的书命名为《拣尽寒枝》。确实，《拣尽寒枝》不是一本谈东坡或宋词的书，就像米沃什的《路边狗》不是谈路边狗，比尔斯的《魔鬼辞典》不是谈魔鬼，蒋庆的《公羊学引论》不是谈如何养羊。刘小枫在书中以或显白或隐晦的语言，大谈特谈海德格尔、施特劳斯、柏拉图、沃格林、欲望、看相、会饮、罪犯、金钱、性别、生活感觉、圣人的虚静……如果非要和东坡扯上点儿关系，那也就是书中"圣人的虚静"那一节了，因为它是"臆说梵澄的《老子臆解》"，而东坡受过老庄思想的润滋。

刘小枫这本书，我每次重读都受益良多。所谓经典书或好书，或许就是值得反复重读，而且每次重读都好像初读那样可以带来发现的书吧。博尔赫斯说："重读比初读还重要，当然为了重读必须初读。"但哪些书值得初读，很多人对此是迷惘的。不要紧，就连刘小枫先生也曾迷惘过。他在《拣尽寒枝》一书的前记中说："无论读本科还是念研究生时，我都不大清楚什么书真正值得去细读，即便知道柏拉图、亚里士多德、康德、海德格尔的书值得读，也不知道怎么读……老实说，我一直在不断自个儿摸索什么书值得读以及如何读——而且始终带着一个心愿：想要清楚知道，因现代性而支离破碎的中国学术思想最终在哪里落脚……种种经验和教训，余温犹存。"如此坦诚的告白，凡坦诚之人读后无不深受触动。但，读书有个体的生命经验在内，年轻学子即使读到这段话，或者说领受了刘小枫等前辈导师的教导，并不因此就不迷惘或不会走向歧途了。当然，迷惘不可怕，可怕的是缺乏对迷惘的反思。思想足够成熟的刘小枫（年近古稀的他不可能思想不成熟）还迷惘吗？还有能力对迷惘——如果存在的话——进行反思吗？

刘小枫教授及其追随者以诠解中西文明经典为己任，嘉惠学林，我有一点不满是，为何不倾全力去注疏《东坡易传》《东坡志林》《东坡画论》，这难道不比绎读《安提戈涅》《丹东之死》《社会契约论》更为紧迫？对于中西文明将在最深处交会的论调，我是不大相信的，因为"人类的悲欢并不相通"（鲁迅语）。我并不关心古希腊公主、法兰西领袖或日内瓦公民在想什么，以及他们的抉择如何伟大、他们的行动有什么灵魂意义，我只关心我所生活的这片土地上的悲欢离合，我只好奇为何自己每次低吟"拣尽寒枝不肯栖，寂寞沙洲冷""人有悲欢离合，月有阴晴圆缺，此事古难全"都几欲垂泪。

我太强调自己是一个中国人了？缺乏世界公民精神、全球史视野和永久和平理念？

或许。

博尔赫斯说："诗人的光荣取决于世世代代的不知名的人在他们冷清的书房里检验其作品时所表现的激动或冷漠。"作为此世的一个不知名的小人物，我愿意在冷清的书房里对苏轼诗词表现自己的激动，尽管他对此毫不在乎，就像他不在乎自己的幸福或不幸。苏轼属于木心所言的那类人："比幸福，不参加；比不幸，也不参加。"他习于冷，却志不在成冰。

3. 自笑平生为口忙

德谟克利特说："没有宴饮的人生，就像没有旅店的漫漫长途。"苏轼词《临江仙·送钱穆父》曰："人生如逆旅，我亦是行人。"苏轼一生仕途不如意，多数时间都身处"逆"旅之中，但他天性豁达，不怨声载道（偶尔也发牢骚）。他对俗世充满热情，爱玩、爱吃，是个大大的"吃货"。他刚到黄州，就开始享受当地美食，并写了一首《初到黄州》，将自己的饕餮之欲展露无遗：

> 自笑平生为口忙，老来事业转荒唐。
>
> 长江绕郭知鱼美，好竹连山觉笋香。
>
> 逐客不妨员外置，诗人例作水曹郎。
>
> 只惭无补丝毫事，尚费官家压酒囊。

此处"为口忙"为双关语，既指忙于谋生，又对应下文的"鱼美"和"笋香"。毛主席词曰："才饮长沙水，又食武昌鱼。"黄州（黄冈）距离武昌不远，那里的鱼也味道极美（我有一个大学室友，家在黄冈）。苏轼做鱼之法如下：选一条鲤鱼，用冷水洗，擦点儿盐，往鱼肚里塞白菜心，放入煎锅，加几根小葱白，不必翻动，一直煎，半熟时放几片生姜，再浇一点儿咸萝卜汁和酒，快好时放上几片橘子皮，趁热端到桌上吃。湖北一带的笋质幼嫩，赤壁竹笋是一绝，冬笋（立秋前后由楠竹的地下茎侧芽发育而成的笋芽）也很常见。我是在武汉读的本科和研究生（待了七年），至今回想起武昌鱼和冬笋还直流口水。苏轼特别喜欢吃猪肉，写过一篇《猪肉颂》：

> 净洗铛，少著水，柴头罨烟焰不起。待他自熟莫催他，火候足时他自美。
>
> 黄州好猪肉，价贱如泥土。贵者不肯吃，贫者不解煮，早晨起来打两碗，饱得自家君莫管。

当时猪肉很便宜，有钱人不愿吃，穷人不会吃，苏轼摸索出一套做肉的方法：锅洗净，放少许水，燃柴木、杂草，抑制火势，用小火煨炖；不急，不催，让它慢慢熟，火候足了，滋味美极。这就是我们熟知的"东坡肉"。现在，东坡肉的做法已大大改进，可加雪豆、绍酒、桂皮、丁香、鸡精、八角等，苏轼那时没这么丰富的配料。还有一道菜——"东坡肘子"，肥而不腻，粑而不烂，也极受国人欢迎。将猪前肘入锅，加水接近其表面，大火烧开后加辣椒、花椒、白酒等，微火煨炖四小时左右（至肉皮一戳即破）。东坡肉和东坡肘子的核心工艺，如苏轼所言，为"柴头罨烟焰不起"，一定要用微火慢慢煨炖。汪曾祺《宋朝人的吃喝》一文说："苏东坡是个有名的馋人，但他爱吃的好像只是猪肉。"这当然不对，因为苏轼是见啥吃啥，因地制宜。他被贬至惠州时（充任建昌军司马），首创烤羊脊的吃法，他在给弟弟苏辙的信中写道：

> 惠州市肆寥落，然日杀一羊。不敢与在官者争买，时嘱屠者，买其脊骨。骨间亦有微肉，煮熟热酒漉，随意用酒薄点盐炙，微焦食之。终日摘剔牙綮，如食蟹螯逸味。率三五日一馈。吾子由三年堂庖，所饱刍豢灭齿而不得骨，岂复知此味乎？此虽戏语，极可施用。但为众狗待哺者不悦耳。

大意是：惠州市集不怎么兴旺，但也每天杀只羊，我不敢与权贵们争买羊肉，时不时嘱咐屠户给我留点儿羊脊骨。脊骨间尚有微肉，弄回来之后先煮熟，随意洒点儿酒、撒点儿盐，放火上烤至微焦，慢慢地从骨缝中剔肉吃，那好吃和费劲的程度就如同吃蟹螯。我大概三五天吃一回。苏辙啊，我亲爱的弟弟，你三年公款吃喝，吃的全是肉，咬不到骨头，怎么能体会我这烤羊脊的美味！虽是玩笑，但你试试，还是挺受用的。只是，原来等着吃屠户扔掉的羊脊骨的狗们可就傻眼了。

东坡居士苦中作乐也！如此乐观和聪慧的人，在哪里都有口福。再看他吃柑橘：

《浣溪沙·咏橘》

菊暗荷枯一夜霜。新苞绿叶照林光。竹篱茅舍出青黄。

香雾噀人惊半破，清泉流齿怯初尝。吴姬三日手犹香。

《食柑》

一双罗帕未分珍，林下先尝愧逐臣。

露叶霜枝剪寒碧，金盘玉指破芳辛。

清泉蔌蔌先流齿，香雾霏霏欲噀人。

坐客殷勤为收子，千奴一掬奈吾贫。

"新苞"，即新橘。"青黄"，橘成熟时，果皮由青色渐变为金黄色。"清泉"，喻柑橘汁。一词一诗中均出现"噀"字，读"xùn"，意为"喷"。柑橘在剥开时会喷出"香雾"（芳香的水雾），极形象。"吴姬"，吴地美女。"三日手犹香"，夸张说法，但可见橘之香甜可口。苏轼吃荔枝，更是众人皆知：

《惠州一绝·食荔枝》

罗浮山下四时春，卢橘杨梅次第新。

日啖荔枝三百颗，不辞长作岭南人。

苏轼可与杨贵妃比赛吃荔枝。苏轼——大宋代表队，杨贵妃——大唐代表队。这首诗太有名了，其实苏轼还有一首《四月十一日初食荔支

（枝）》，写他第一次吃荔枝，还把杨贵妃的典故写进去了。

> 南村诸杨北村卢，白华青叶冬不枯。
>
> 垂黄缀紫烟雨里，特与荔枝为先驱。
>
> 海山仙人绛罗襦，红纱中单白玉肤。
>
> 不须更待妃子笑，风骨自是倾城姝。
>
> 不知天公有意无，遣此尤物生海隅。
>
> 云山得伴松桧老，霜雪自困楂梨粗。
>
> 先生洗盏酌桂醑，冰盘荐此赪虬珠。
>
> 似闻江鳐斫玉柱，更洗河豚烹腹腴。
>
> 我生涉世本为口，一官久已轻莼鲈。
>
> 人间何者非梦幻，南来万里真良图。

"海山仙人绛罗襦，红纱中单白玉肤"，荔枝本是"绛衣仙子"（林黛玉前世为绛珠草）；"风骨自是倾城姝"，足以倾国倾城；"不须更待妃子笑"，无须蹭杨贵妃的热度（"一骑红尘妃子笑，无人知是荔枝来"）。[1]苏轼吃的是岭南（惠州）荔枝，杨贵妃吃的其实是巴蜀（涪陵、乐山一带）荔枝。唐代是中国历史上的温暖期（而非小冰河期），巴蜀一带有荔枝种植。荔枝不易保存，以古代的交通条件，岭南荔枝是很难在四五天内运到长安仍保持品质的。

"似闻江鳐斫玉柱，更洗河豚烹腹腴。"苏轼自注道："予尝谓荔支厚味、高格两绝，果中无比，惟江鳐柱、河豚鱼近之耳。"只有江鳐柱（属蚌类，又称牛耳螺，壳薄肉厚，肉质鲜嫩，是海中珍品）和河豚才比得上

---

[1] 江弱水：《指花扯蕊：诗词品鉴录》，商务印书馆2020年版，第106页。

荔枝的美味。清代纪昀评曰："活色真香涌现毫端，非此笔不能写此果。"

"我生涉世本为口，一官久已轻莼鲈。"此处用了晋代张翰（字季鹰）的典故。《世说新语·识鉴》："张季鹰辟齐王东曹掾，在洛，见秋风起，因思吴中菰菜羹、鲈鱼脍，曰：'人生贵得适意尔，何能羁宦数千里以要名爵！'遂命驾便归。"苏轼虽豁达潇洒，但毕竟是戴罪被贬，无法归乡。更何况有了荔枝，不辞长作岭南人，不必归乡或念念不忘家乡美食了（"一官久已轻莼鲈"）。苏轼《定风波·南海归赠王定国侍人寓娘》词曰："笑时犹带岭梅香。试问岭南应不好，却道：此心安处是吾乡。"好一个"此心安处是吾乡"！有几人能做到呢？张季鹰做不到（他回乡实为避祸，更多出于政治考量，并非仅仅因为想念家乡美食），唐僧也做不到。《西游记》第三十六回：

（唐僧吟）诗云："今宵静玩来山寺，何日相同返故园？"

行者闻言，近前答曰："师父啊，你只知月色光华，心怀故里，更不知月中之意，乃先天法象之规绳也。……此乃先天采炼之意。我等若能温养二八，九九成功，那时节，见佛容易，返故田亦易也。"

那长老听说，一时解悟，明彻真言，满心欢喜，称谢了悟空。

孙悟空是真正做到了"此心安处是吾乡"的行者。他还启发唐僧："只要你见性志诚，念念回首处，即是灵山。"（《西游记》第二十四回）这境界比唐僧高太多了，大圣才是处处引导唐僧修行的师父。

元丰七年（1084）十二月二十四日，已经离开黄州的苏轼同好友刘倩叔一起游南山（今江苏盱眙县境内），归来写下《浣溪沙·细雨斜风作晓寒》：

细雨斜风作晓寒，淡烟疏柳媚晴滩。入淮清洛渐漫漫。

雪沫乳花浮午盏，蓼茸蒿笋试春盘。人间有味是清欢。

"雪沫乳花浮午盏"，喝下午茶。"蓼茸蒿笋"，又作"蓼芽蒿笋"，《诗经·小雅·蓼莪》："蓼蓼者莪，匪莪伊蒿。"古俗立春日，取生菜、果品、饼饵（饼饵是饼类总称）置盘中，称春盘。杜甫《立春》："春日春盘细生菜，忽忆两京梅发时。"《宋史·礼志》："立春赐春盘。"周密《武林旧事·立春》："后苑办造春盘供进，及分赐贵邸、宰臣、巨珰，翠缕红丝，金鸡玉燕，备极精巧，每盘直万钱。"（巨珰指有权势的宦官）"人间有味是清欢"是名句，常被今人用来做书名。

被誉为"天下第三行书"的《寒食帖》（苏轼），亦与吃有关。

我在苏轼的词中没有读到关于汴京美食的记载。我在汴京（开封）生活近二十年，深知这座古都处处是美味。开封小吃尽管不是"甲天下"，却可以"甲河南"。若您莅临这座古都，手持我这本书，我请客，不醉不归。

4. 雨中漫步

公旧序云：三月七日，沙湖道中遇雨。雨具先去，同行皆狼狈，余独不觉。已而遂晴，故作此词。

《定风波·莫听穿林打叶声》

莫听穿林打叶声，何妨吟啸且徐行。竹杖芒鞋轻胜马，谁怕？一蓑烟雨任平生。

料峭春风吹酒醒，微冷，山头斜照却相迎。回首向来萧瑟处，归去，也无风雨也无晴。

出生于希腊海滨小镇的雅尼（Yanni）是我钟爱和偏爱的演奏家、作曲家，他被誉为最伟大的 New Age（新世纪音乐）大师。他多次来中国演出，是第一位在紫禁城演出的西方音乐家。他的《夜莺》（*Nightingale*）被选入人教版八年级音乐教材，这首曲子的灵感源于安徒生童话《夜莺》、王尔德童话《夜莺与玫瑰》和济慈诗《夜莺颂》。夜莺是悲伤的象征，相当于中国文学中的杜鹃。李商隐诗云"望帝春心托杜鹃"，晏几道词曰"陌上濛濛残絮飞，杜鹃花里杜鹃啼"，又曰"十里楼台倚翠微，百花深处杜鹃啼"，东坡词曰"潇潇暮雨子规啼"，陆游词曰"但月夜、常啼杜宇"，辛弃疾词曰"更那堪、鹧鸪声住，杜鹃声切""啼鸟还知如许恨，料不啼清泪长啼血"。

雅尼曾为央视纪录片《河西走廊》配曲《河西走廊之梦》（*Dream of Hexi Corridor*），苍凉悠远，雄浑古朴。就气势而言，宋词中唯有东坡的《念奴娇·赤壁怀古》和稼轩的《永遇乐·京口北固亭怀古》可与之媲美。听雅尼的音乐，我经常忍不住感叹：有的外国人似乎比我们还懂中国。也许，他本应生在中国，只是投胎投错了地方。不是也有人说李白是外国人吗？李白出生在碎叶城（今吉尔吉斯斯坦），但他祖籍毕竟是甘肃天水，雅尼可是地地道道的外国人。

雅尼还有一首曲子《雨中漫步》（*A Walk In The Rain*），我特别喜欢。每逢小雨天出门，我从不带伞，只戴个带沿的帽子（遮住眼镜片不被淋湿，否则看不清路，毕竟安全第一）。我在雨中一边戴着耳机听这首歌，一边漫步，非常惬意。我实在想不通那些下点儿小雨就赶紧往家跑或打开伞的人，有必要这样吗，就不能学一学东坡居士？东坡说了，"同行皆狼狈，余独不觉"。他又说"莫听穿林打叶声""也无风雨也无晴"，这已是物我一体、与万物合一了。"一蓑烟雨任平生"则是洒脱旷达的境界，非高士不能为。此词牌名"定风波"的意思是，面对风波，要有定力和持守。东坡居士是古人，没法陪我们，但可以让雅尼陪我们一起在紫禁城的雨中漫步。木心诗《我辈的雨》：

> 暗绿的山林显然茂密了
>
> 下着像我们小时候的雨

"像"字删去，改成"下着我们小时候的雨"，更好。为什么现在的天空就不能下我们小时候的雨呢？我明明看到自己小时候在雨中的狼狈样。

5. 何处无芳草

《蝶恋花·春景》

花褪残红青杏小。燕子飞时，绿水人家绕。枝上柳绵吹又少，天涯何处无芳草！

墙里秋千墙外道。墙外行人，墙里佳人笑。笑渐不闻声渐悄，多情却被无情恼。

青春就是好，时间银行里的钱好像花不完，似乎天不老、地不荒，即使失恋亦不惧，因为天涯何处无芳草，有的是机会。

真的是这样吗？在柏拉图的《会饮篇》中，诗人阿里斯托芬讲了一个"圆球人（阴阳人）"的神话。他们是宇宙诸神的后代，"在形体上和在名称上都兼具阴阳两性"，体格强壮，精力充沛，具有高傲的思想，以至于图谋造反。宙斯在和众神合计之后，把"人"截成两半。从此，"人"的每一半都急着寻找另一半，就无暇造反了。"从很古的时代，人与人彼此相爱的情欲就种植在人心里，它要恢复原始的整一状态，把两个人合成一个，医好从前截开的伤疼""对于这种完整的希冀和追求就是爱情"。爱情是可欲的，或者说伤疼能够医好吗？阿里斯托芬给了一个温暖的回答："如果我们能敬神，爱神就会使我们回原到我们原来的完整一体，医好我们，使我们享十全的福气。"

施特劳斯为《会饮篇》做疏解，揭示出另一层骇人的意思。①宙斯把人截开后，阿波罗负责从截开的那面把人缝好，但由于多出两个截面，原来的皮肤不够分，只够包裹半个身体，亦即说，只有一个人能活下来。既然另一半在截开时已死去，那么，在尘世间是根本不可能找到或遇到另一半的。因此，根本就不存在什么芳草，找到理想的另一半根本就是不切实际的幻想，爱欲是对某种不可企及的东西的追求。

我总觉得，施特劳斯过于悲观了，并不可取，恰如"天涯何处无芳草"的过于乐观不可取一样。上述寻找另一半的故事，还可进一步展开。另一半在被截开时，虽然无法拥有完整的皮肤（还是有一些皮肤的，因为半圆面大于截面，在缝制另一个人时会剩下一些皮肤），但并未死去，

① ［美］列奥·施特劳斯：《论柏拉图的〈会饮〉》，邱立波译，华夏出版社2012年版，第175页；张定浩：《既见君子：过去时代的诗与人》，华东师范大学出版社2014年版，第180页。

只是不太中看，他在等待另一半出现。倘若另一半发现了他，不嫌他丑，且愿意献出当初阿波罗单方面做主补给自己的那些皮肤，哪怕自己痛苦甚至死去也愿意成全对方，就像《安徒生童话》中海的女儿那样（"我情愿把我一生的幸福交到他的手上。我甘冒千难万险去赢得他和一个永生不灭的灵魂"），那么，神就会成全他们的爱欲和幸福。因此所谓的爱，就是为对方献祭，绝不是自私。但有几人愿意付出如此巨大的牺牲？是故，纵使有伟大的爱情，也非常罕见——若非罕见，便也称不上伟大。这样的爱情如果遇到一定要抓住，错过就是一生。

传统中国的婚姻，"嫁鸡随鸡，嫁狗随狗"，具有人身依附性。女子固然不自由，但男子亦不可随意休妻。他们被绑在一起，结成一个小小的经济社会共同体，不管乐不乐意，都得为对方考虑、做出一些牺牲。而现代社会是契约社会（如亨利·梅因在《古代法》一书中所说，"所有进步社会的运动，到此处为止，是一种'从身份到契约'的运动"），契约社会建立的前提是原子式的个人，而这意味着对"圆球人"神话的彻底解构和否定。寻找另一半的爱欲不再神圣，亦不再具有美学或宗教意义（即使是在教堂举行结婚仪式），双方作为本无关联的独立个体，只是依据一纸契约搭伙过日子而已，谈不上谁向谁献祭，契约（合同）可以随时终止。既然到处是芳草，既然契约可以随时终止，那么，分手或离婚后重新找个伴侣也就再正常不过了。

6. 冰肌

《洞仙歌·冰肌玉骨》

冰肌玉骨，自清凉无汗。水殿风来暗香满。绣帘开，一点明月窥人，人未寝，欹枕钗横鬓乱。

起来携素手，庭户无声，时见疏星渡河汉。试问夜如何？夜已三更，金波淡，玉绳低转。但屈指西风几时来，又不道流年暗中偷换。

这首词咏的是夏夜纳凉的花蕊夫人，她是后蜀末主孟昶的妃子。写美女容易陷入艳词的俗套，但苏轼自成风格，他笔下的花蕊夫人清新脱俗，明丽照人。首句"冰肌玉骨，自清凉无汗"，顾随有精彩分析。他说："自来诗家之写佳人、写面貌、写眉宇、写腰肢、写神气，却轻易不敢写肉。写了，一不小心，往往俗得不可收拾。此二语却竟写肉。岂只雅而不俗，简直是清而有韵。"写肉而不刺激肉欲，最见笔下功夫。金庸小说《天龙八部》第二回，段誉失足跌落悬崖，在一个石洞中发现一位着宫装的美女石像，眼里隐隐有光彩流转，似极了活人。石壁上有字曰："藐姑射之山，有神人居焉，肌肤若冰雪，绰约若处子，不食五谷，吸风饮露。"段誉忍不住叫了声"神仙姐姐"。金庸在描绘这位让段誉如痴如醉的"神仙姐姐"时，八成以苏轼笔下的花蕊夫人为原型。

小龙女是金庸笔下另一位冰肌玉骨的"神仙姐姐"，她的意外失贞让我长期无法原谅金庸先生。难道非得美女失贞、壮士断腕才够悲剧？难道悲剧就是把美好的东西故意毁灭给人看？杨过断臂并未让我怎么难受，小龙女失贞却让我愤愤不平、无法释怀。后来我年岁渐长，读懂了《警世通言》中杜十娘的投江、《红楼梦》中尤三姐的自杀，也就慢慢读懂了小龙女失贞的故事。尹志平痴恋小龙女，却无法通过正常渠道得到她，只好趁虚而入，这是他唯一的机会。尹志平最后为保护小龙女而死，用血洗净了一己的罪孽（赎罪）。爱情的尽头是死，换所爱之人的生。小仲马笔下的茶花女之死，亦是如此。所谓冰清玉洁，不能停留在肉体层面。尹志平是个有点卑鄙的痴人，而杜十娘、尤三姐、茶花女则是肉体不洁的贞女。

　　她（茶花女）虽然过着放荡的生活，但内心还是纯洁的。如果上帝看到了她生时的苦难和死时的圣洁，她无疑是可以进天堂的。

我喜欢冰清玉洁的茶花女和小龙女，但更倾慕冰肌玉骨的花蕊夫人，因为她曾写《述国亡诗》："十四万人齐解甲，更无一个是男儿！"

7. 浅浪

《西江月·照野弥弥浅浪》

照野弥弥浅浪，横空隐隐层霄。障泥未解玉骢骄，我欲醉眠芳草。
可惜一溪风月，莫教踏碎琼瑶。解鞍欹枕绿杨桥，杜宇一声春晓。

"照野弥弥浅浪"，好句！"弥弥"二字尤好！有人释为"水面细浪涟漪"，不对，应指微风拂过旷野之中的草丛树叶，翻动月亮的光浪。俄罗斯女诗人茨维塔耶娃的《献给勃洛克的诗》有一句，"那钟声的波浪在麦田浪涛上空翻滚"，可与之媲美。

"横空隐隐层霄"也很好，但比不上茨维塔耶娃的"直到晚霞追赶上朝霞"。

"我欲醉眠芳草"和茨维塔耶娃的"你的名字是对双眸的亲吻"一样情浓。

"莫教踏碎琼瑶"足够锐敏，但茨维塔耶娃的"凶多吉少的暴风雪沿着血管周旋"更锐敏。

"解鞍欹枕绿杨桥，杜宇一声春晓"和茨维塔耶娃的"死去的诗人安息在那里，正在为复活而庆祝"一样洒脱、饱满而热烈。

我一直觉得，诗境即心境，无垠的心灵才能写出无垠的诗。如果把苏轼放逐至比海南更加偏远的新疆伊犁或西伯利亚，其诗词的意境或将更加寥廓、超逸和厚重，以致我们不敢直视，唯有跪拜在地，就像俄罗斯人面对大天使或圣母降临。俄罗斯心灵的寥廓与其空间有关。茨维塔耶娃说俄罗斯属于"帝国风格"——无垠的帝国。别尔嘉耶夫说，俄罗斯是无限自由的、精神幽远的国家，是漫游者、流浪汉和探索者的国家，是寻找无形之城的永恒旅人，具有超越尘世目标的"使命感"和"宇宙意识"。帕斯捷尔纳克把"这种与整个宇宙的结合"称作"生命的呼吸"。

我幻想生在俄罗斯，却只能安分地做一个中国人。我企求踏破苏轼眼中的"弥弥浅浪"，却只能无奈地对着电脑发呆。

东坡词曰："小舟从此逝，江海寄余生。"

我现在还没资格说这样的话，因为我还不曾俯瞰大江东去，不曾神游故国，不曾与月光女神共度春宵一刻。

8. 念亲恩

亲情可以入诗词，但写好不易。克尔凯郭尔将人的存在和发展分为三个阶段（或三种类型）：伦理阶段、美学阶段和宗教阶段。孔孟，伦理的；老庄，美学的；释迦、基督，宗教的。中西文化的重要分野是中国重伦理、宗教情感弱，西方则相反。《圣经·新约·马太福音》：

门徒：主啊，容我先回去埋葬我的父亲。

耶稣：让死人埋葬死人，你就跟随我吧。

如果追随耶稣（或上帝、信仰），必要时就得放弃父母，这对中国人来说很难接受。基督教初始在中国传播不顺利与其教义有关。后来改变策略，入乡随俗。凡进入中国的宗教，都在征服中国的过程中被中国征服，最后中国化了。在中国，"父慈，子孝，兄良，弟悌，夫义，妇听，长惠，幼顺，君仁，臣忠"（《礼记·礼运》）属于基本伦理，不能违背，具有强大的规范性。

木心说："你献身信仰，不能考虑伦理伦常关系。凡伟大的儿女，都使父母痛苦的。往往他们背离父母，或爱父母，但无法顾及父母。"克尔凯郭尔和木心都是诗人、哲人，平常所思所想都是审美的、超越的（宗教的），只能放弃义务责任，不结婚，与亲人断绝关系，这样的人注定"断子绝孙"。

如何调和伦理与美学、宗教之间的张力？我觉得这种张力会一直存在。

恋爱中的人都是不自觉的诗人，因为有激情和荷尔蒙作祟。你看古今中外的诗人，哪个不是在恋爱阶段激情迸发、佳作迭出？但诗多是献给恋人、情人甚至妓女的，很少有献给妻子的。因为男女关系一旦稳定下来，尤其是结婚以后，就慢慢转化为亲情，再无激情可言（张国立主演的电影《一声叹息》中有句台词：摸着老婆手，像左手摸右手），而无激情则很难写出好诗。

一个例外是，妻子早逝，诗人写悼亡诗（词）。

1065 年，与苏轼感情甚笃的第一任妻子王弗病逝（时年二十七岁）。妻亡十年后，苏轼写出《江城子·乙卯正月二十日夜记梦》，史上最感人悼词由此诞生：

> 十年生死两茫茫。不思量，自难忘。千里孤坟，无处话凄凉。纵使相逢应不识，尘满面，鬓如霜。
>
> 夜来幽梦忽还乡。小轩窗，正梳妆。相顾无言，惟有泪千行。料得年年肠断处，明月夜，短松冈。

苏轼与弟弟苏辙的情谊也非同一般。兄弟二人皆以诗文名闻天下，他们之间的诗词唱和就有近两百首，最有名的就是那首《水调歌头·明月几时有》。词前小序曰："丙辰中秋，欢饮达旦，大醉，作此篇，兼怀子由。"

> 明月几时有？把酒问青天。不知天上宫阙，今夕是何年？我欲乘风归去，又恐琼楼玉宇，高处不胜寒。起舞弄清影，何似在人间。
>
> 转朱阁，低绮户，照无眠。不应有恨，何事长向别时圆？人有悲欢离合，月有阴晴圆缺，此事古难全。但愿人长久，千里共婵娟。

苏氏兄弟情之深厚，唯梵高兄弟可比。苏轼还特别看重与恩师欧阳修的情谊。一日为师，终身为父。1091 年，苏轼以龙图阁学士身份出知颍州。颍州是四十多年前欧阳修任职的地方。（欧阳修于 1072 年去世）

《木兰花令·次欧公西湖韵》

> 霜余已失长淮阔，空听潺潺清颍咽。佳人犹唱醉翁词，四十三年如电抹。

草头秋露流珠滑,三五盈盈还二八。与余同是识翁人,惟有西湖
波底月。

"四十三年如电抹。"我也是人到中年,才真正读懂这首词。二十多
年前,我在距离老家不远的一个小镇上读高三,因病去镇上的医院打青霉
素,皮试时没事,但注射后过敏,两眼发黑,瞬间晕倒,差点就去见那可
恶的上帝了。班主任师朝关先生正在家中和面,得知消息时吓坏了,来不
及把手上的面粉洗掉就慌忙跑到医院,看我已被急救过来,才稍稍安心,
但走前还是把医生和护士大骂了一顿,说:"你们要是把我最好的学生弄
没了,我跟你们没完。"他只是一个普通老师,说实话,对我的学业并无
太大帮助(我读高中时主要靠自学),但他的这份恩情我永记在心。如今
他已退休,经常在小镇广场上打打太极、听听戏,过得比他养的那只狗还
快乐,比十五的月亮还快乐。与余同是识翁人,岂止小镇广场月。

东坡词的妙处就在于,写亲情却又不限于亲情,而是有升华(伦理
升华为美学),有哲思(近乎宗教情感)。

"夜来幽梦忽还乡。小轩窗,正梳妆。"梦比真实更真实,真实的感
觉比真实发生的事更真实。

"不知天上宫阙,今夕是何年?"时间的流动是不均衡的,天上和地
上的时间并不一致。依狭义相对论,速度越快,时间过得越慢;依广义相
对论,距离大质量天体越近,时间过得越慢。《西游记》第五回说:"在
天方一日,在下即一年也。"克里斯托弗·诺兰执导的电影《星际穿越》
中,库珀和女主角在一个距离黑洞很近、潮汐力很大的星球转了一圈
(大约三小时),回来后惊讶地发现,飞船中的同伴已老去二十三岁。

"与余同是识翁人,惟有西湖波底月"已超越人类中心主义,有了他

者视野；而这个他者，既非人类，亦非地球。

9. 何夜无诗

刘熙载《艺概·词曲概》曰："东坡词颇似老杜诗，以其无意不可入，无事不可言也。"咏史、游仙、悼亡、惜别、登临、宴赏、田园、参禅、哲理、友情、亲情……东坡词几乎无所不写。如果苏轼还活着，一定会写智能手机、转基因、贸易战、量子卫星、光剑、虫洞、五维空间、隐形人、黑科技、元宇宙。苏轼彻底摧毁了"词为艳科"的藩篱，改变了词为"诗余"、诗高词卑的偏见。苏轼的诗、词、文、画无不充满着浓浓诗意。我有时觉得《记承天寺夜游》才是苏轼最好的诗：

> 元丰六年十月十二日夜，解衣欲睡，月色入户，欣然起行。念无与为乐者，遂至承天寺寻张怀民。怀民亦未寝，相与步于中庭。庭下如积水空明，水中藻荇交横，盖竹柏影也。何夜无月？何处无竹柏？但少闲人如吾两人者耳。

从形式上看，这只是一篇小品文，不是诗或词，但其中有时间（王朝时间、自然时间），有空间（承天寺、中庭），有人（友与己），有景（积水、竹柏影），有想象（空明、藻荇交横），有哲理（"何夜无月？何处无竹柏？"张若虚《春江花月夜》曰"江畔何人初见月？江月何年初照人？人生代代无穷已，江月年年望相似"），有空灵的诗意，有自嘲或者说反求诸己（"但少闲人如吾两人者耳"）。

清代储欣评曰："仙笔也。读之觉玉宇琼楼，高寒澄澈。"

我觉得，"仙笔"都显得太俗，任何"笔"都无法形容苏轼的高妙，任何"词"都"落言筌"，唯有保持沉默，或如贝多芬所言："鼓掌吧，朋友们！"

但我无法保持沉默，不吐不快。《记承天寺夜游》还是一幅绘笔难以尽其意的水墨画。

艺术，有时是诗胜于画，有时是画胜于诗，有时是诗画同一，要看是谁在挥毫。苏轼《书摩诘〈蓝田烟雨图〉》曰："味摩诘之诗，诗中有画。观摩诘之画，画中有诗。"其实，他在这里评的也是他自己。

苏轼又说："论画以形似，见与儿童邻。赋诗必此诗，定非知诗人。诗画本一律，天工与清新。"有些人端着架子，说自己是写诗的，可能并非真诗人；有些人端着架子，说自己是赏诗的，其实未必懂诗。绘画和写诗追求的都不是"形似"，就拿写诗来说，太多人死于格律之下，无法抵达自在境界。

豆豆小说《遥远的救世主》中有两段精彩的话：

> 丁元英（对芮小丹）说："这不是简单和复杂的问题，是生存境界不一样。你活的是自性自在，不昧因果，通俗点说就是平平淡淡才是真。我是想活个明白，还在思索的圈子里晃悠，离你的境界还差着几个位格……""……我和你不一样的地方，仅在这一件事上就可见一斑。我在柏林前后待了十二年，你能感受到的我都感受了，你是想到了就做，该拿的拿该放的放，自性作为不昧因果。我呢？就在那里参哪参哪，没完没了，越想活个明白就越不明白，一直参到了死胡同里出不来，就蹲在墙根打瞌睡。"

> 芮小丹（对父亲）说："那么，参禅悟道至天人合一的那种境

界，就是天国。道法自然，不具美丑善恶的属性，有美丑善恶分别的是人，不是天。天国之女是觉悟到天国境界的女人，是没有人的贪嗔痴的女人。天国之恋，是唯有觉悟到天国境界的人才可能演绎出的爱情。"

苏轼是抵达"自性作为""道法自然"境界的人。"解衣欲睡，月色入户，欣然起行"，说不睡就不睡，有感于月色而入户，遂寻友、赏景，这就是自性自在。苏轼说过，"眼前见天下无一个不好人"，他心中并无美丑善恶之分，他已是天人——庄子所言的"至人、神人、圣人"的合一。他心中无"有月""无月"之分，无俗谛圣谛之分，无诗词文画之分，他只是己手写己心，己手绘己心。

苏轼曰："宁可食无肉，不可居无竹。"心中有竹，则处处是竹。

苏轼曰："何夜无月？何处无竹柏？"我插入一句："何夜无诗？"我们每个人都有自性自在的一面，都是有待成就的诗人。

山抹微云秦少游

1. 词心

德国诗人海涅说："谁有一颗心，心里有爱，就被弄得半死不活。"秦观（字少游）恰恰是一位有心、有爱，因此被弄得半死不活的人（他只活了五十多岁）。冯煦《蒿庵论词》曰："他人之词，词才也。少游，词心也。得之于内，不可以传。"词心是一种无法传承的内在天赋。那，何谓词心？

顾随尝论诗心曰："'诗心'二字含义甚宽，如科学家之谓宇宙，佛家之谓道。有诗心亦有二条件，一要恬静，一要宽裕。这样写出作品才能活泼泼的。感觉锐敏固能使诗心活泼泼的，而又必须恬静宽裕才能'心'转'物'成诗。"秦少游除了恬静、宽裕之外，还特别柔婉、纤细，而这正是词的本来特质。东坡词是诗化的，"大江东去，浪淘尽，千古风流人物"在气象上近于唐诗，壮阔、盛大。我们可以说东坡具有诗心，但若说他具有词心则让人感觉怪怪的；而说秦少游、晏几道具有词心，则毫不觉得违和。冯煦《蒿庵论词》曰："淮海（秦少游）、小山（晏几道），真古之伤心人也。其淡语皆有味，浅语皆有致，求之两宋词人，实罕其匹。"

"真古之伤心人也"！我想到郁达夫的《沉沦》，小说开篇第一句即为："他近来觉得孤冷得可怜。"在郁达夫的作品中，我们读到的是孤冷、忧郁，甚至是自卑，很难感受到鲁迅那种看似冷酷，实则热烈而有力的战斗精神（杜甫诗曰：哀鸣思战斗，迥立向苍苍）。

秦少游是宋代的郁达夫。面对仕途上的挫折，东坡非常旷达，该吃吃，该喝喝，"且将新火试新茶""酒酣胸胆尚开张，鬓微霜，又何妨""西北望，射天狼"。但秦少游就不行了，他太纤弱，经受不了挫折，很容易就沉沦了，词风也变得越来越悲苦凄冷，"无边丝雨细如愁""肠断。肠断。人共楚天俱远""孤馆悄无人，梦断月堤归路"。如周济《宋四家词选》所言，少游总是将"身世之感，打并入艳情"。秦少游四十多岁时被贬为监处州酒税（一个级别很低的官），作《千秋岁·水边沙外》，末句为"春去也，飞红万点愁如海"。时人以为"秦七不久于世，岂有'愁如海'而可存乎？"果然，秦少游在四年后病逝，有点像德国诗人诺瓦利斯，后者更纤弱，只活了二十九岁。秦少游和诺瓦利斯是病态的，东坡和歌德是健康的。

仕途上的挫折最磨砺人、修炼人，亦可看出一个人的内在心性和品质。我有一个研究生同学，博士毕业后从政，在中部某市窝了好几年，不受重用，宛若弃子。他说自己那时心理压力特大，经常失眠，但他靠着强大的意志力硬挺过来了，后来抓住机会，被遴选至省里一个非常好也非常高的平台，级别也很快提升了。孟子曰："天将降大任于是人也，必先苦其心志，劳其筋骨……动心忍性，曾益其所不能。"古人讲"修身齐家治国平天下"，修身的最佳处绝非书房，而在官场、在红尘、在污泥中。学佛，抄抄佛经，对修炼助益不大。但可以读读东坡词、海涅诗。晚年海涅写诗给妻子：

亲爱的，我知道我死后，

你会常来看我。

来时步行，

回去千万坐马车。

秦少游吟的却是："无奈归心，暗随流水到天涯。"

秦少游没有海涅那么俏皮，他活得太累了。他应该渡海到儋州——那里紧挨着天涯海角——陪东坡喝喝茶，望一望被山抹了的云彩。

2. 兵法

《满庭芳·山抹微云》

山抹微云，天连衰草，画角声断谯门。暂停征棹，聊共引离尊。多少蓬莱旧事，空回首、烟霭纷纷。斜阳外，寒鸦万点，流水绕孤村。

消魂当此际，香囊暗解，罗带轻分。谩赢得青楼薄幸名存。此去何时见也？襟袖上、空惹啼痕。伤情处，高城望断，灯火已黄昏。

画角是古管乐器，形如竹筒，本细末大，以竹木或皮革制成，因表面有彩绘，故得此称。发声哀厉高亢，古时多用以警昏晓、振士气、肃军容。帝王出巡，亦用以报警戒严。陈子昂《和陆明府赠将军重出塞》："晚风吹画角，春色耀飞旌。"范仲淹《渔家傲·秋思》："四面边声连角起。"谯门即醮楼，是建在城门上的高楼，用以瞭望敌情。《汉书·陈胜传》："攻陈，陈守令皆不在，独守丞与战谯门中。"何以画角和谯门这两个与战争相关的意象出现在柔婉纤细的少游词中？

　　这并非偶然。秦少游不是一开始就柔婉纤细的。据《宋史·秦观传》，"少豪隽，慷慨溢于文词""强志盛气，好大而见奇，读兵家书与己意合"。他从小就喜欢读《司马法》《孙子兵法》《孙子注》之类的兵书，常常说它们写到自己心里去了。他年轻时还写过一篇《郭子仪单骑见虏赋》，议论的是唐代名将郭子仪单枪匹马勇赴敌营，慑服对方的史事，其中有这样的句子："匹马雄趋，方传呼而免胄；诸羌骇瞩，俄下拜以投兵。"按这个架势，秦少游后来应该成长为范仲淹、辛弃疾式的人物，即使没有统率千军万马，也应该是豪气旷达的，但实际上并非如此。第一次"举进士不中"就把他打趴下了，他因此变得自卑且自闭，甚至作《掩关铭》以明志，决意像道士那样闭关，不再走仕途之路。后来在苏轼的鼓励下，他才重新振作起来，最终在三十七岁那年考中进士。按说这年龄不算太大，仕途前景即使不是大好，也不至于怎么差。但由于他是苏门弟子（苏门四学士之一），和苏轼一样深陷新旧党之争，命运像老师一样波折，事事不顺心。年少时的"豪隽慷慨""强志盛气"不见了，他变得越来越哀婉纤弱，如敖陶孙《臞翁诗评》所言："秦少游如时女步春，终伤婉弱。"他越来越像个多愁善感的女孩子，阳刚之气逅灭。现在有一些孩子和年轻人也是这样，遭遇一点儿挫折就从极度自信变得极度自卑，极端者甚至自杀。现在物质条件比以前好，患心理疾病的却多了。

　　文人说好兵，往往是一时意气，说大话。木心曾说："我爱兵法，完全没有用武之地。人生，我家破人亡，断子绝孙。爱情上，柳暗花明，却无一村。说来说去，全靠艺术活下来。"木心的诗、文、画，我是服膺的，实际上，正是他具有魔力的文字，把我这样一个处于心灵危机中的法学博士引向文学创作之路，我终生对他感激不尽。郝蕾主演的电影《颐和园》中有一段台词："有一种东西，它会在某个夏天的夜晚像风一样突然袭来，让你猝不及防，无法安宁；与你形影相随，挥之不去，我不知道那是什么，只能称它为爱情。"那个在 2013 年夏天的夜晚袭击我的东西，不是女人的爱情，而是木心的《文学回忆录》。受其勾惑，当年高考语文都没及格的我，就此踏上文学不归路。

但木心说"我爱兵法，完全没有用武之地"，对此我只能笑笑，不愿摇头，也不敢点头。打仗不是纸上谈兵，除非亲自统兵打几个漂亮的大胜仗，否则谁也没资格说那样的话。赵括是反面例子，四十万赵卒被围，遭坑杀。三国时的陆逊则是正面例子。战前，众将见他是一个文弱书生，不服，陆逊案剑曰："仆虽书生，受命主上。国家所以屈诸君使相承望者，以仆有尺寸可称，能忍辱负重故也。各在其事，岂复得辞！军令有常，不可犯矣。"陆逊在猇亭之战中大败刘备，"诸将乃服"。

我在高校法学院任教，发现法科生甚至大部分文科生，文艺情怀重的多，对兵法、科技和军事史感兴趣的少。

我吃午饭时，喜欢顺便看点 B 站（哔哩哔哩网站）上的小视频，尤其是"二战"题材的。前段时间我又重温了一遍俄国拍摄的《伟大的卫国战争》（两季共十八集，这个纪录片超级好，我反复看）。最近我在看云南卫视拍摄的纪录片《燃烧的太平洋》。纪录片中说，1941 年日本偷袭珍珠港，日军指挥官南云忠一谨小慎微，在前两波攻击结束后没有果断发动第三波攻击（国防大学的房兵教授形容南云忠一的性格为"小贼入宅"：得手之前胆大妄为，得手之后胆小如鼠），既没有炸掉美军航母（美军航母出去转圈了，不在港），也没有炸掉船坞和油库，以致美国太平洋舰队迅速恢复战力并发起反击，甚至轰炸东京，对日本本土形成巨大震慑。1942 年的中途岛海战，山本五十六在战略上有误，南云忠一在指挥上犹豫不决，结果葬送了日军四艘航母，从此失去战场主动权。南云忠一可是正规海军大学毕业、爱读书的优等生呀，却在诡谲的太平洋战场上把一手好棋下得稀烂。

看来，只是爱读书、成绩好远远不够。英国军事家富勒说："战争的指导，就像医生给病人看病一样，是一门艺术。"指挥战争是"最高的艺术"。当然，日本战败不仅是指挥艺术出了问题，更因为"好战必亡"，何况蛇是吞不下象的。日本太小，其国力兵力难以支撑持久战，它一旦唤醒中国和美国这两头巨象，必败无疑。

少游的病，文人的病，上了战场才能治好。

3. 销魂

有时我坐在桌前冥思苦想、搜肠刮肚，却写不出一个字时，我就想：是不是江郎才尽了？"江郎才尽"这个成语我们熟知，但江郎为谁，却不是每个人都说得出的。江郎即南北朝时期的江淹（444—505）。《南史·江淹传》曰："淹少以文章显，晚节才思微退……尔后为诗绝无美句，时人谓之才尽。"注意措辞："微退"，只是微微退步，"才尽"是夸张的文学说法。江淹晚年时，"凡所著述百余篇，自撰为前后集，并《齐史》十志，并行于世"，就是说，他除了搞文学创作，还参与撰史。江淹是个大孝子，十三岁时父丧家贫，"常采薪以养母"，常靠打柴养活母亲。江淹担任过御史中丞，在任时弹劾并抓了很多贪官，"内外肃然"，被皇帝赞为"近世独步"。南北朝时期，政局混乱，吏治腐败，像江淹那样清廉又有政治眼光和行政能力的高官凤毛麟角。

江淹的代表作为《恨赋》《别赋》，皆被选入《昭明文选》。《恨赋》写死别，《别赋》写生离。《恨赋》曰："自古皆有死，莫不饮恨而吞声。"

但生离比死别更令人痛苦，因为死别意味着永不相见，恸哭一场也就罢了，最多偶尔回忆；而生离，则牵肠挂肚，朝念夜想，饭茶不思，所以《别赋》开句即为"黯然销魂者，唯别而已"。金庸小说《神雕侠侣》中，杨过与小龙女在绝情谷逼不得已分手后，便游历四海，潜心武学。由于思念小龙女，他渐渐形销骨立。一次，他在海边徘徊，竟无意中一掌将岩石击得粉碎，遂由此寻思，创出一套完整的掌法，他将之命名为"黯然销魂掌"，共十七式（比赫赫有名的"降龙十八掌"少一式）：

六神不安、杞人忧天、无中生有、魂不守舍

徘徊空谷、力不从心、行尸走肉、拖泥带水

倒行逆施、废寝忘食、孤形只影、饮恨吞声

心惊肉跳、穷途末路、面无人色、想入非非、呆若木鸡

其中，"饮恨吞声"典出《恨赋》，"心惊肉跳"化自《别赋》之"使人意夺神骇，心折骨惊"。

秦少游也常写生离，因为他一生漂泊，总是与人分别、分别、分别。《满庭芳·山抹微云》曰："消魂当此际，香囊暗解，罗带轻分。"销魂之后是分别（"此去何时见也？"），是另一种销魂——黯然销魂，只是他不像杨过那样能创出一套黯然销魂掌。其实，掌法即心法，杨过的黯然销魂掌十七式，是指他的十七种心灵状态，是他对爱人的无尽思念。俄罗斯作家伊凡·蒲宁笔下的思念同样令我难忘：

不久前我梦见了她。这是我失去她后漫长岁月中唯一的一次。在梦中，她仍是我们共同生活、共度青春时的那个年纪，只是美丽的容

貌有所衰退，然而风致依旧。她瘦了，身上穿着类似丧服的衣衫。她的倩影模模糊糊，看不大真切，然而我心中却充满了炽烈的爱和喜悦，感觉到了我俩灵与肉的交融，那是我在别的任何人身上从来没有感受到的。

我们都曾有梦，有青春，有美丽的容貌，有爱和喜悦，有灵与肉的交融。我们活过，生活过——这比什么都珍贵。

4. 寒鸦

秦少游一定同意爱伦·坡如下的诗学观："任何美一旦到达极致，都会使敏感的灵魂怆然泣下。所以在诗的所有情调中，悲郁是最合适的情调。"爱伦·坡是在介绍自己有关《乌鸦》的创作哲学时做出如上论断的。爱伦·坡深爱自己的表妹，并娶了她，但她二十多岁就死于肺结核。爱伦·坡最有名的两首诗——《乌鸦》《安娜贝尔·丽》，都写美人之死，都是献给早逝的表妹的。

《乌鸦》（节选）

凝视着夜色幽幽，我站在门边惊惧良久，

疑惑中似乎梦见从前没人敢梦见的梦幻；

可那未被打破的寂静，没显示任何象征，

"丽诺尔？"便是我嗫嚅念叨的唯一字眼，

我念叨"丽诺尔"，回声把这名字轻轻送还；

唯有如此，别无他般。

一个人，独自凝视夜色幽幽。惊惧、恍惚，似乎入梦，在梦中看到与爱人一起度过的种种情景：初识、初夜的娇羞、荡秋千、划船、逛街、爬山、相互开玩笑……似乎有声音，然而并没有。念叨爱人的名字，只听到轻轻回声。爱人已永逝，无缘再相见。少游词《醉桃源·以阮郎归歌之亦可》，可与爱伦·坡的这节诗对镜（互为镜像）。

《醉桃源·以阮郎归歌之亦可》

碧天如水月如眉，城头银漏迟。

绿波风动画船移，娇羞初见时。

银烛暗，翠帘垂，芳心两自知。

楚台魂断晓云飞，幽欢难再期。

秦少游写的是与美人分别，并非美人之死，但"楚台魂断晓云飞，幽欢难再期"的基调同样是沉郁的。再看爱伦·坡另一首诗：

《安娜贝尔·丽》（节选）

月亮的每一丝清辉都勾起我的回忆，

梦里那美丽的安娜贝尔·丽，

群星的每一次升空都令我觉得秋波在闪动，

那是我美丽的安娜贝尔·丽，

就这样，伴着潮水，我整夜躺在她身旁，

我亲爱的，我亲爱的，我的生命，我的新娘，

在海边那座坟茔里，

在大海边她的墓穴里。

《八六子·倚危亭》之"夜月一帘幽梦"，《鹊桥仙·纤云弄巧》之"飞星传恨，银汉迢迢暗渡"，《调笑令·盼盼》之"只余明月照孤眠，唯望旧恩空恋恋"，这几句组合在一起，可与爱伦·坡的这节诗对镜。《鹊桥仙·纤云弄巧》曰："两情若是久长时，又岂在朝朝暮暮。"对此爱伦·坡肯定是不同意的，因为他希望与表妹朝朝暮暮、永不分离。表妹病逝两年后，郁郁寡欢的爱伦·坡也病逝了，享年四十岁。

5. 登月

少游和爱伦·坡的想象力都很发达，都曾在星空中寻觅爱的眼睛。然而，少游写夜月、写飞星、写银河、写牛郎织女（《鹊桥仙·纤云弄巧》），却没有能力写出一个登月故事来，这恰是爱伦·坡所做的。爱伦·坡比少游晚生了七百多年（巧合的是，少游生于1049年，爱伦·坡死于1849年，都是在"49年"），生活在科技突飞猛进的十九世纪，因此他可以用科学论文和科幻小说的形式，"谈谈自然科学、形而上学和数学，谈谈物质及精神的宇宙，谈谈它的本质、起源、创造、现状以及命运"。[1]

爱伦·坡写的登月故事题为《汉斯·普法尔登月记》，篇幅不长，有点离谱，又不算太离谱。

故事大概发生在1835年，当时整个欧洲包括荷兰的鹿特丹，正处于

---

[1] ［美］爱伦·坡：《汉斯·普法尔登月记》《我发现了》，载《爱伦·坡暗黑故事全集（下）》，曹明伦译，湖南文艺出版社2013年版，第186—225、253页。

科学上的极度兴奋状态。一天，鹿特丹市民广场上的市长和民众突然看到一个奇形怪状的物体正从高空朝他们飞来，原来是一个气球形状的飞行器。它在距离地面不远处投下一个用红色火漆加封、红带子捆扎的大信封后，就马上飞走了。信来自汉斯·普法尔先生，他原是鹿特丹市民，一个维修风箱的工匠，但五年前神秘消失了，大家都以为他死了。在信中，汉斯·普法尔说，自己在五年前被债主逼债，几乎走投无路，偶然在街边书摊上看到一本关于天文学理论的小册子，里边的内容激发了他的好奇心，他决定做一件史无前例的事。他钻研各种力学和实用天文学书籍，并做了一个巨大的气球，准备飞向月球："为了抛开莫名其妙的人和事，我决定不管会发生什么，都要尽可能地闯路飞向月球。"他为此准备了一架望远镜、一只经过重大改进的气压表、一支温度计、一个静电计、一个罗盘、一个指南针、一只秒表、一个铃铛、一个喊话筒、一些生石灰、一支蜡烛、足够的淡水和大量食物、一只猫、一对鸽子，以及更重要的空气浓缩器——它能把稀薄空气浓缩成能供人呼吸的空气。尽管航行路上出了很多状况、危险重重，但他还是在出发十九天后安全抵达目的地。月球人身材矮小（0.6 米左右），没有耳朵（现在科幻电影中的外星人大多没有耳朵），不用语言进行沟通。月球上没有法律，月球人死时亦不痛苦。汉斯·普法尔和月球人一起快乐地生活了五年，他在月球进行了大量探险活动。既然汉斯·普法尔来自地球，就有责任把地球人永远看不到的月球另一面（由于月球自转和公转周期相等，月球的另一面从地球上无法看到）隐晦而可怕的秘密告诉地球人，所以他才决定写这封信……

爱伦·坡在小说后加了一篇"附记"，剖析小说中诸多不合科学原理的地方。爱伦·坡自陈，他写这篇小说是为了提醒公众不要被无聊记者的登月报道给骗了（1835 年，有一个名叫理查德·亚当斯·洛克的记者炮制了一个登月骗局）。"事实上，不管这篇精巧的小说所展示的想象力多么丰富，它都仍然缺乏本来可以由对事实和普通类推的更加注意而大大加强的说服力。公众上当受骗，哪怕是一时被哄骗，仅仅证明了人们对于天文学知识普遍而极端的无知。"

如果少游生活在 1835 年的欧洲，是否会被那篇登月报道给骗了？

肯定不会！敏感如他，肯定像爱伦·坡那样热衷于钻研天文学知识，并提醒公众小心上当受骗。

但科学幻想往往具有惊人的预见性，人类不是已经成功登月了吗？而且，比《汉斯·普法尔登月记》晚出版二十多年的另一部科幻小说——凡尔纳的《从地球到月球》，在细节方面与 1969 年阿波罗登月有惊人的巧合：（1）发射点同为佛罗里达州的卡纳维拉尔角；（2）"宇航员"人数都为三人；（3）凡尔纳估算炮弹飞行的速度为每秒 36000 英尺，"阿波罗 11号"宇宙飞船的飞行速度为每秒 35533 英尺；（4）凡尔纳估算炮弹飞行的时间大约为 97 个小时，真实的阿波罗登月用了将近 103 个小时。

如果少游生活在 1969 年的美国，是否会观看阿波罗登月的电视直播？

肯定！但他并不会因此否定自己《鹊桥仙·纤云弄巧》一词中不符合科学原理的地方，科学与艺术并不冲突。

6. 推敲

爱伦·坡说："大多数作家（尤其是诗人）都宁愿让读者以为他们写作靠的是一种美妙的癫狂（一种心醉神秘的直觉），他们当然害怕让读者窥视幕后。他们害怕让读者看到他们构思尚未成熟时的优柔寡断和惨淡经营，看到他们只是在最后一刻才茅塞顿开并领悟大义，看到他们在形成最后观点之前的无数模糊的想法，看到他们因无法处理一些周密的设想而绝望地将其放弃，看到他们小心翼翼地挑选和剔除，看到他们劳神费力地涂抹和删改。"但正如论文是改出来的，诗其实也是改出来的。

国人皆知"推敲"的典故。贾岛骑驴赴京赶考，一日于驴上得句云："鸟宿池边树，僧敲月下门。"又欲用"推"字，炼字未定，遂于驴上时而做"敲"的手势，时而做"推"门状。路人看他一副痴样，都感觉很奇怪，有的还偷偷笑。当时京兆伊（相当于北京市市长）韩愈率队出行，正醉心于推敲的贾岛阻碍了队伍。左右把贾岛带到韩愈面前。韩愈问清缘由，琢磨了好一会儿，说"敲"字佳。倘若我们仔细品味少游词，就能感觉到，少游的推敲功夫绝不下于贾岛，如：

"冰澌溶泄，东风暗换年华。"为何是"冰澌""暗换"而不应是"冰裂""暗送"？

"自在飞花轻似梦，无边丝雨细如愁。"为何不应是"自在清梦似飞花，无边细愁如丝雨"？

"驿寄梅花，鱼传尺素，砌成此恨无重数。"为何是"砌"而不应是"堆"？

少游用字讲究，非常准确、精致、传神。上述最后一例，若用"堆"字就显得太粗糙了，而"砌"则给人以细密感，像米开朗基罗在雕刻。

东坡没有少游这么细密、精致，有时不免显得粗糙。周济说："东坡每事俱不十分用力。古文、书、画皆尔，词亦尔。"纪昀也说："然东坡以雄视百代之才，而往往伤率、伤慢、伤放、伤露，正坐不肯为郊、岛一番苦吟工夫耳。读者不可不知。"然而，这也正是东坡的伟大之处。东坡曾谈及自己的创作："吾文如万斛泉源，不择地而出，在平地滔滔汩汩，虽一日千里无难。及其与山石曲折，随物赋形而不可知也。所可知者，常行于所当行，常止于不可不止，如是而已矣。"东坡无所谓苦吟不苦吟，无所谓推敲不推敲，无可无不可，有形而无形，实则已臻造化之境。当代作家阿城说："好文章不必好句子连着好句子一路下去，要有傻句子笨句子似乎不通的句子，之后而来的好句子才似乎不费力气就好得不得了。人世亦如此，无时无刻不聪明会叫人厌烦。"东坡的傻句子笨句子不少，但好句子也很多，且好得不得了，"文理自然，姿态横生"。

周济和纪昀对东坡的评价未免太苛刻——这就对了，伟人才会被苛刻对待。

孟郊、贾岛和少游在文字上都非常注重雕琢，但他们因此成为伟大诗人、伟大作家了吗？并没有。

顾随曾言，《水浒传》近于绘画，神品；《红楼梦》近于雕刻，能品。

言下之意是《水浒传》比《红楼梦》还好。这里不评价这两部经典小说的高下，我只想说，东坡近乎《水浒传》，神品也，且是完成的；而少游近乎《红楼梦》，能品也，最多只能说半完成（少游那几首代表作，确实好）。张爱玲说：

美的东西不一定伟大，但伟大的东西总是美的。

前半句可用来评价少游，后半句可用来评价东坡。

丹青有约宋徽宗

1. 词三百

小时候背唐诗宋词，常听老师说，熟读唐诗三百首，不会作来也会诌。后来自己买了本《唐诗三百首》，读其序，才搞清楚蘅塘居士的原话是"熟读唐诗三百首，不会吟诗也会吟"。但我还是觉得"不会作来也会诌"读起来顺嘴，除了因为"诌""首"二字押韵外，还因为"诌"的音"zhōu"，在我们老家那里，发作"zōu"（平舌音、卷舌音不分），而这个发音带有戏谑的意味（打油诗的感觉）。孔夫子说："《诗》三百，一言以蔽之，曰：'思无邪。'"这里的"诗"特指《诗经》三百篇，非指唐诗三百首。其实用来形容唐诗三百首亦未尝不可，因为我读唐诗，从没产生过邪念。可读宋词就不同了，触目皆是"纤腰一把""罗帐灯昏""长于春梦"之类，不产生邪念才怪。《诗经》的某些诗句也会让人产生邪念，如"无逾我墙""舒而脱脱兮""颠之倒之"，我读后就会胡思乱想。当然，这只能怪我思想不健康，把诗给读歪了。

但依循权威的文本批评学理论，"作者已死"，读者（批评家）是可以有自己的解读的，只是角度有不同、境界有高低罢了。东吴弄珠客曰："读《金瓶梅》而生怜悯心者，菩萨也；生畏惧心者，君子也；生欢喜心者，小人也；生效法心者，乃禽兽也。"我读《金瓶梅》后发现自己"四心"具备，时而菩萨时而禽兽，时而君子时而小人。瞧，人心和人性就是这么复杂。关于《金瓶梅》，木心有一段精彩评论："器官生在身上，还是写成了人，几乎是性的陀思妥耶夫斯基——托尔斯泰，陀思妥耶夫斯基，完成了艺术，《金瓶梅》要靠你自己找出它的艺术。"以我的阅读经验，三十岁前还是不碰《金瓶梅》为妙，因为不一定有兴趣和能力"找出它的艺术"，而是找"技术"去了。倘若抱着猎奇心读《金瓶梅》，还不如直接读《肉蒲团》。那年轻时应该精读哪些中国古典作品？尤其是练习写作时，该从哪里入手？木心说：

> 汉赋，华丽的体裁，现在没用了。豪放如唐诗，现在也用不上了。凄清委婉的宋词，太伤情，小家气的，现在也不必了。要从中国古典文学汲取营养，借力借光，我认为尚有三个方面：诸子经典的诡辩和雄辩，今天可用；史家述事的笔力和气量，今天可用（包括《世说新语》）；诗经、乐府、陶诗的遣词造句，今天可用！

这并非说汉赋、唐诗、宋词不必读了，而是说，这些体裁（文学形式）现在最好别用了。不是不能用，是最好别用。一者，我们很难超越古人；二者，旧瓶未必装得了新酒。每当看到有人写古体诗，我就皱眉。白话文时代，还是写白话文的好。其实最好的白话文是《水浒传》《红楼梦》，仍是古人的，真让人沮丧！我并非学文学出身，所以从转向文学创作伊始，就疯狂补课，从《山海经》到《红楼梦》，从《诗经》到宋词，无一不读。我还记得打开《宋词三百首》时的震惊，第一篇竟然是宋徽宗的《燕山亭·北行见杏花》。

何以如此？难道因为徽宗是皇帝，地位尊贵？《百家姓》中，"赵"置首位，那是因为《百家姓》起源于宋朝，宋朝皇帝姓"赵"。但《宋词三百首》的编者上彊村民（1857—1931）可是清朝人啊。起初我百思不得其解，现在我强为之解：因为徽宗多难而伟大。他是时代的产儿，卓尔不群又备遭非议，承受着史诗般的重负，有点像托马斯·曼笔下的瓦格纳。①

肯定有人质疑：徽宗穷奢极欲、好大喜功，把一个好好的大宋都搞亡国了，难道不是无道昏君？或可说多难，但绝不伟大。

从政治角度而言，这样说当然没错，但若从艺术角度审视，则是另一番情形。钱穆说，读史须有"温情"和"敬意"。对徽宗亦应如此。

2. 北行

最近几年我一直通过跑步减肥，边跑边听有声读物或音乐。一次，我无意中打开一个微信群里的小视频，竟是交响乐版的《铁血丹心》，瞬间激动得颤抖，差点"泪崩"。尽管以前我常听罗文和甄妮合唱的版本，但听到交响乐版还是非常激动。《射雕英雄传》是我儿时看的电视剧，记忆犹新。二十世纪八十年代初的农村，电视机很少，是个稀罕物。我记得大家像看电影一样聚集在我一个堂叔家的院子里，十四寸的电视机被围得里

---

① ［德］托马斯·曼：《多难而伟大的十九世纪》，朱雁冰译，浙江大学出版社 2013年版，第5—7页。

三层外三层。得早早去，去晚了就只能在圈外听声音了。电视剧《射雕英雄传》后来又拍了几版，但翁美玲是我心中永远的"蓉儿"，无可替代。因为我姓郭，就想自己以后兴许能像郭靖那样，也娶个姓黄的媳妇儿（实际上不是）。童年已经远去，那种看电视剧的感觉不会再有了。一切与童年有关的记忆，都只剩下回忆。

《射雕英雄传》中，郭靖和杨康的名字就取自靖康之难（又称靖康之变）。

1127年，金兵攻陷汴京，北宋灭亡。徽、钦二宗，还有大量赵氏皇族、后宫嫔妃、朝臣被押往北方。北行途中非常艰苦，据史载，"地狱之苦，无加于此"。徽、钦二宗还有马骑或牛车可坐，而其他人大多是步行，被女真骑兵像赶牛一样往前撵，掉队则遭鞭打或被杀，沿途横尸无数。嫔妃宫女经常被迫为金兵"唱新歌"，供他们淫乐，甚至会被强奸。一个地位尊贵的妃子作歌云："昔居天上兮，珠宫玉阙；今居草莽兮，青衫泪湿。屈身辱志兮，恨难雪；归泉下兮，愁绝。"抵达上京以后，徽、钦二宗被金国皇帝册封了两个极为屈辱的封号：昏德公和重昏侯。徽宗和钦宗都活到五十多岁（徽宗死于1135年，钦宗死于1156年），说明他们的基本生活条件还是有保障的，但其他宋俘就很悲惨了。据洪迈《容斋随笔·三笔》（卷三之"北狄俘虏之苦"）记：

> 自靖康之后，陷于金房者，帝王子孙，宦门仕族之家，尽没为奴婢，使共作务。每人一月支稗子五斗，令自舂为米，得一斗八升，用为糇粮。岁支麻五把，令绩为裘，此外更无一钱一帛之入。男子不能绩者，则终岁裸体，虏或哀之，则使执爨，虽时负火得暖气，然才出外取柴，归再坐火边，皮肉即脱落，不日辄死。……任其生死，视如草芥。

据《宋史》记载，北宋灭亡之前，徽宗共有子女六十六人（其中有子三十二人，有女三十四人），除了赵构（即建立南宋、杀害岳飞的宋高宗）外，其他皆被俘虏。徽宗被俘的儿子们，仅有一半比他活得久，很多在十几岁或二十几岁时就死去。徽宗心里的滋味可想而知。在长达八年的陷北期间（1127—1135），徽宗共写诗词一千多首（大多没有留存下来），其中一首曰：

> 九叶鸿基一旦休，猖狂不听直臣谋。
> 甘心万里为降虏，故国悲凉玉殿秋。

《燕山亭·北行见杏花》则是其中最有名的一首：

> 裁剪冰绡，轻叠数重，淡著胭脂匀注。新样靓妆，艳溢香融，羞杀蕊珠宫女。易得凋零，更多少、无情风雨。愁苦，问院落凄凉，几番春暮。
>
> 凭寄离恨重重，者双燕，何曾会人言语。天遥地远，万水千山，知他故宫何处。怎不思量，除梦里、有时曾去。无据，和梦也新来不做。

"易得凋零，更多少、无情风雨"可能让你想起了李煜的"林花谢了春红，太匆匆。无奈朝来寒雨晚来风"。"愁苦，问院落凄凉，几番春暮"可能让你想起了李煜的"独自莫凭栏，无限江山，别时容易见时难"。"天遥地远，万水千山，知他故宫何处"可能让你想起了李煜的"雕栏玉砌应犹在，只是朱颜改"。李煜被俘后只活了三年，而徽宗则活了八年——活得越久越痛苦。不痛苦也痛苦。

3. 端王

本来，赵佶做皇帝的希望并不大。他是宋神宗第十一子，登基之前的封号是端王。

在宋朝，皇子待遇优厚，享有一系列特权（如拥有大批扈从，衣装佩戴华贵至极），但多是象征性的，他们一般不会被授予实际政治权力，更不允许统兵。皇子如果野心勃勃，就有可能对继位者（太子）或政局造成威胁——我们可以想一想康熙时期的九子夺嫡——危害国家秩序稳定。

皇子（和宗亲）要证明自己没有野心，一个方法是纵情酒色，越放荡，皇帝和太子越放心；另一个方法是钻研学问和艺术，于是宋朝出现了大批宗室画家。徐建融等人合著的《绝世风雅：宋代的宗室绘画》一书列举了三十六人，我此处只列举比较重要的十一人：

赵元俨，太宗子，擅画竹鹤。

赵惟城，太祖孙，擅画荻浦鱼虾。

赵宗汉，太宗三世孙，擅画芦雁。

赵令穰，太祖五世孙，擅画山水、江湖小景。

赵孝颖，太宗五世孙，擅画花鸟。

赵佶，太宗五世孙，擅画花鸟、山水、人物。（徽宗）

赵楷，徽宗子，擅画墨花。

赵桓，徽宗子，擅画人物。（钦宗）

赵构，徽宗子，擅画人物、山水、竹石。（高宗）

赵伯驹，太祖七世孙，擅画青绿山水。（近现代有著名画家叫张伯驹，1898—1982）

赵孟頫，太祖十一世孙，画家、书法家，创"赵体"书，与欧阳询、颜真卿、柳公权并称"楷书四大家"。他生活在宋末元初时期，受元世祖忽必烈赏识，曾任兵部郎中、翰林学士承旨、荣禄大夫等职。

徽宗的两个叔叔——赵颢和赵頵（神宗之弟），就致力于学问和艺术。赵颢精通书法和音乐，还热衷于收藏善本图书。赵頵擅长书画，在医学上也很有造诣，编过一本名为《普惠乘闲集效方》的医书。徽宗的姑父（神宗的妹婿）王诜也是一位卓越的画家和书法家，绘有《渔村小雪图卷》和《烟江叠嶂图》。后者描绘的是浩渺空旷的大江之上，空灵的江面与雄伟的山峦形成虚实对比，苏轼特别欣赏此画，曾为之题诗《书王定国所藏烟江叠嶂图》（共二十八句），其中有几句：

> 江上愁心千叠山，浮空积翠如云烟。
> 山耶云耶远莫知，烟空云散山依然。
> ……
> 桃花流水在人世，武陵岂必皆神仙。
> 江山清空我尘土，虽有去路寻无缘。

王诜看后，作诗唱和。苏轼又唱和，王诜再次赋诗回应。这已是文坛佳话。两百多年后，赵孟頫为配王诜的《烟江叠嶂图》，书写过苏轼的长诗。他还仿王诜，画了一幅《重江叠嶂图》。

王诜和苏轼一样，是典型的文人，他们的画属于文人画。文人画是士大夫闲暇时秉游戏精神所作，是一种去除了功利心的、不太严肃的自我表达，很多画作的标题都是"戏作"或"戏画"。《宣和画谱》如此评价苏轼的朋友文同："凡于翰墨之间，托物寓意，则见于水墨之戏。"米芾之子米友仁认为一幅佳作应反映画家的心灵："子云以字为心画，非穷理者，其语不能至是。画之为说，亦心画也。自古莫非一世之英，乃悉为此，岂市井庸工所能晓？"文人画看重的是"气""韵""意"，而非纯粹的技法。画院体（学院派）太重技法，匠气比较重，米友仁将他们贬称为"庸工"。

年少的赵佶在王诜的直接影响下开始研习书画，并觉悟到一个人即使没有成为专业画家，也能画出意蕴深远的高雅作品。

4. 蹴鞠

也是因为王诜，喜欢踢球（蹴鞠）的赵佶发现了同样喜欢踢球的高俅。一次，王诜派高俅给端王送篦刀：

> 值王在园中蹴鞠，俅候报之际，睥睨不已。王呼来前询曰："汝亦解此技邪？"俅曰："能之。"漫令对蹴，遂惬王之意，大喜，呼隶辈云："可往传语都尉，既谢篦刀之况（贶），并所送人辍留矣。"

赵佶看高俅球踢得好，直接留下他陪自己玩。《水浒传》对这段史事进行了改编，高俅送的不是篦刀，而是玉龙笔架和两个镇纸玉狮子：

> 那高俅见气球来，也是一时的胆量，使个鸳鸯拐，踢还端王。……

那端王且不理玉玩器下落，却先问高俅道："你原来会踢气球？你唤做甚么？"高俅叉手跪覆（复）道："小的叫高俅，胡踢得几脚。"……才踢几脚，端王喝彩，高俅只得把平生本事都使出来，奉承端王，那身分（份）模样，这气球一似鳔胶黏在身上的。端王大喜，哪里肯放高俅回府去，就留在宫中过了一夜。次日，排个筵会，专请王都尉宫中赴宴。……入席饮宴间，端王说道："这高俅踢得两脚好气球，孤欲索此人做亲随，如何？"王都尉答道："殿下既用此人，就留在宫中服侍殿下。"端王欢喜，执杯相谢。

很快，高俅就因赵佶登基为帝，走上人生巅峰，最后官至太尉。但高俅之所以能爬至高位，绝非仅仅是球踢得好。《水浒传》说高俅"浮浪破落户子弟……自小不成家业，只好刺枪使棒，最是踢得好脚气球"。在真实历史中，高俅做过苏轼的"小史"（秘书、书童），是苏轼推荐给王诜，王诜又推荐给赵佶的。据南宋王明清《挥麈录》记载："高俅者，本东坡先生小史，笔扎颇工。东坡自翰苑出帅中山，留以予曾文肃，文肃以史令已多辞之，东坡以属王晋卿（王诜）。"既然高俅被苏轼和王诜看重，说明其绝非平庸之辈。《水浒传》虽对高俅的形象做了"黑化"改编，但仍然承认他"颇能诗书词赋"。一个给苏轼做秘书的人不可能不懂诗书词赋。

宋朝文官选拔制度严格，没有进士出身是很难跻身高层的。徽宗为了提拔高俅，就把他放到军队里历练，走武官之路。《南渡十将传》卷一记："先是高俅尝为端王邸官属，上即位，欲显擢之。旧法，非有边功，不得为三衙。时（刘）仲武为边帅，上以俅属之，俅竟以边功至殿帅。"但高俅绝非只是去镀金，因为边功不是可以随便虚报的。高俅的运气也太好了，当时宋军在边疆确实打了胜仗。1104 年，刘仲武镇压叛宋的青唐吐蕃首领赵怀德，使其复降。1108 年，童贯和刘仲武成功招降洮州（今甘肃南部）境内的羌王子臧征仆哥。高俅都参与其中。边功成为高俅快速晋升的资本。《东京梦华录》卷七"驾幸临水殿观争标锡宴"记载了高俅主持的军队竞标比赛，虽说水军实战能力不一定行，但最起码看着虎虎生威（南宋水军实战很厉害，否则蒙古铁骑将更早跨过长江灭宋）。在真实历史中，率军剿灭梁山的是张叔夜，高俅并未前往，但《水浒传》虚构了高俅率水军攻打梁山的情节，或与《东京梦华录》的记载有关。

让擅长踢球的高俅担任中国足球队主教练，如何？

那打败阿根廷队和巴西队，拿个世界杯冠军都是小菜一碟！但前提是，队员个个是高俅的水平，且像德国人那样擅于打配合战。

谁能解释清楚为何中国足球越踢越"拉胯"？若能，让宋徽宗写十幅瘦金体送他。

我从不看中国足球赛，只爱梅西。梅西运球能一次越过五个人，太帅了！我是一个不可救药的英雄主义者。

5. 大晟

赵佶当上皇帝带有很大的偶然性。他是神宗第十一子，且生母是地位不高的陈美人（后追封为钦慈皇后）。但神宗前十子只有两个活下来，其他均夭折了。赵佶出生时实际上只有两个哥哥，即五岁的赵煦（宋哲宗）和只比赵佶大几个月的赵佖。哲宗八岁即位，十六岁亲政（之前由祖母太皇太后高氏临朝听政）。哲宗是一位好强有为的皇帝，派兵收取了青唐地区（今青海西宁一带），发动两次平夏城之战，迫使西夏臣服。但天不假年，哲宗二十三岁就病逝了，其唯一的儿子赵茂在他死前夭折。于是，帝位只能由哲宗的弟弟继承。申王赵佖眼睛不好，向太后提请由端王赵佶即位。（太后曰："申王病眼，次当立端王，兼先皇帝曾言：'端王生得有福寿。'"）

1100 年，赵佶登基为帝，次年改年号为"建中靖国"。他很快就表现得像一个艺术家皇帝。1102 年，他以重振传统为名，改革乐制，建立了大晟府。大晟府负责为旧乐器调音、制造编钟、编写新乐等。1105 年，新乐首次在宫廷宴会上登场。据《宋史》记载，当众臣向徽宗祝酒时，一群鹤飞来，在空中盘旋良久，似在表达对新乐的欣赏。为纪念这一罕见的祥瑞，赵佶还特意绘了一幅《瑞鹤图》。有乐曲自然需要有词，于是出现了大晟词人创作群体。大晟府网罗了一批懂音乐、善填词的艺术家，周邦彦是其中最杰出的一位，代表作为《苏幕遮·燎沈香》：

> 燎沈香，消溽暑。鸟雀呼晴，侵晓窥檐语。叶上初阳干宿雨，水面清圆，一一风荷举。
>
> 故乡遥，何日去？家住吴门，久作长安旅。五月渔郎相忆否？小楫轻舟，梦入芙蓉浦。

"燎沈香"，嗅觉。"消溽暑"，触觉。"鸟雀呼晴"，听觉。"侵晓窥檐语"，视觉。简直把夏日刚醒来的感觉和观察写绝了！步出户外，看到的是"叶上初阳干宿雨，水面清圆，一一风荷举"，王国维赞美这句"真能得荷花之神理者"。上阕写的是景，下阕写的则是情。由眼前景象牵引出乡愁，空间想象从"长安"（首都之意，实指汴京）拓展至"吴门"（周邦彦是杭州人，"吴"泛指吴越之地）。又到夏日，不知家乡的朋友会想念自己吗？在梦中（涵括白日梦），我划着一只小船，闯入西湖的荷花塘中。由眼前的荷花想到故乡的荷花，一股淡淡的哀愁悄悄涌出。

"水面清圆，一一风荷举"是名句，显示出周邦彦的语言功力。

再如《玉楼春·桃溪不作从容往》之"人如风后入江云，情似雨馀黏地絮"，《少年游·朝云漠漠散轻丝》之"朝云漠漠散轻丝，楼阁淡春姿"，《浪淘沙慢·晓阴重》之"弄夜色、空余满地梨花雪"，《解语花·上元》之"相逢处、自有暗尘随马"，皆清丽而简洁。周邦彦还有一首《少年游·并刀如水》很有名，写的是他与名妓李师师、徽宗之间的"三角恋"。

> 并刀如水，吴盐胜雪，纤手破新橙。锦幄初温，兽香不断，相对坐调笙。
>
> 低声问：向谁行宿？城上已三更。马滑霜浓，不如休去，直是少人行！

据《大宋宣和遗事》和南宋张瑞义《贵耳集》的记载，一次，徽宗去李师师处，没想到被周邦彦占了先。周邦彦听说徽宗至，赶紧藏到床下。徽宗给李师师带来了江南刚上贡的橙子，两人你侬我侬。他们的对话都被床下的周邦彦听了去，写成《少年游·并刀如水》一词。李师师后来当着徽宗的面唱这首词，徽宗问是谁所作。得知是周邦彦后，徽宗大怒，命人捉拿周邦彦。周邦彦被押出城门时，李师师前去送行，这时徽宗刚好去找李师师，她自然不在。待李师师回来，徽宗怒问她去哪里了。李师师据实回答。徽宗问："有词否？"李师师奏云："有《兰陵王》词。"徽宗曰："唱一遍看。"李师师奏云："容臣妾奉一杯，歌此词为官家寿。"

曲终，徽宗大喜，复召周邦彦为大晟乐正。

记载不可信。徽宗不大可能因为一首词改变决定。周邦彦确实担任过大晟乐正，但和李师师的美言并无关系，他是靠实力赢得徽宗青睐的。而且，周邦彦胆子再大，也不可能与皇帝抢女人。此外，皇帝的人身安全问题也不可能如此草率，他不可能一个人出行，越是微服私访，安全工作越要做到极致。皇帝肯定有贴身侍卫，侍卫肯定要检查房间，徽宗的床下绝不可能藏人。

有一个说法更不靠谱，说是徽宗为了见李师师更加方便一些，还特意找人挖了地道。开封的宋城遗址中确实有地道留存，但恐怕并非某些考古专家所推断的那样，是徽宗和李师师约会所用的地道。堂堂皇帝，有必要如此吗？王国维也否定"三角恋"的历史真实性，但他的理由是时间不符。在十一世纪七八十年代的词中就出现过的一个歌妓，怎么可能在三十年后仍为徽宗所迷恋呢？徽宗不可能喜欢一个半老徐娘。确实，张先（死于 1078 年，当时徽宗尚未出生）有一首《师师令·香钿宝珥》，晏几道、秦少游也都写过李师师：

《师师令·香钿宝珥》

香钿宝珥，拂菱花如水。学妆皆道称时宜，粉色有、天然春意。蜀彩衣长胜未起，纵乱云垂地。

都城池苑夸桃李，问东风何似。不须回扇障清歌，唇一点、小于珠子。正是残英和月坠，寄此情千里。

《生查子·远山眉黛长》

远山眉黛长，细柳腰肢袅。妆罢立春风，一笑千金少。

归去凤城时，说与青楼道。遍看颍川花，不似师师好。

《一丛花·年时今夜见师师》

年时今夜见师师，双颊酒红滋。疏帘半卷微灯外，露华上、烟袅凉飔。簪髻乱抛，偎人不起，弹泪唱新词。

佳期谁料久参差。愁绪暗萦丝。想应妙舞清歌罢，又还对、秋色嗟咨。惟有画楼，当时明月，两处照相思。

这可能是另一个"师师"。甚至，在宋朝，叫"师师"的歌妓可能不止两个，"师师"应该是当时歌妓常用的一个共名。只是，我们由于熟知与徽宗有关系的李师师，而容易把所有的"师师"都视作一个人。

6. 瘦金

徽宗和李煜政治命运相似，书法风格也颇相似。《宣和画谱》曰："李氏能文，善书画，书作颤笔樛曲之状，遒劲如寒松霜竹，谓之金错刀。""金"指金属，是青铜或黄金。"金错"又称"错金"。先秦工艺流行"错金"，即用金银丝在器物（容器、车器、兵器、漆器、铜镜、符节等）表面镶嵌成花纹或铭文。和金错刀一样，徽宗的瘦金体同样离不开"金"。瘦金体以瘦长的线条构成，用法瘦劲，舒展遒丽，像器物上的金银丝一样锋芒毕露（它露锋而非藏锋），蒋勋称之为"走在危险边缘的美，使人爱恋，也使人害怕"。台北故宫博物院藏有徽宗的《秾芳诗帖》（绢本，纵27.2厘米，横265.9厘米）。

舞留化筆
蝶功獨造

秾芳诗帖（局部）

秾芳依翠萼，焕烂一庭中。

零露沾如醉，残霞照似融。

丹青难下笔，造化独留功。

舞蝶迷香径，翩翩逐晚风。

在中国诸书法大家中，我认为徽宗的瘦金体最个性化，给我留下的印象也最深。

个性是艺术的生命，缺乏个性不可能触及真理或缔造伟大的艺术。我有改编自裴多菲的诗：生命诚可贵，爱情价更高；若为个性故，两者皆可抛。从某种意义上说，个性和自由是同义词，此处的自由非指法律意义上的自由，而指存在意义上的自由、个性意义上的自由。帕斯捷尔纳克说："团体总是庸才们的庇护所，只有独自探索的个人才能追求真理。"麦克斯·施蒂纳说："一个人自呱呱坠地那一刻起，就力图从所有其他一切事物混杂在一起的世界混乱中找出自己，获得自己。"徽宗是一个有灵性的悟者，他意识到自己在文治武功方面不大可能成为——更不用提超越——秦皇汉武、唐宗宋祖（尽管他曾试图有所为，比如说，他决意联金灭辽，就是想完成太祖太宗没有完成的收回幽云十六州的夙愿），故而只能在艺术领域找出自己，找出那个与众不同的、唯一的自己。

徽宗的瘦金体是锋利的匕首，像鲁迅的身躯、鲁迅的笔，又像伊凡雷帝和斯大林的可怕目光。伊凡雷帝（1530—1584）是俄罗斯第一位沙皇，极具政治能力和手腕，使俄罗斯走向强大。但他为人非常暴戾，又被称为"恐怖的伊凡"。他曾一怒之下，杀死自己的儿子。（俄罗斯大画家列宾有名画《伊凡雷帝杀子》）伊凡雷帝是斯大林最喜欢的历史人物之一。斯大林说："伊凡雷帝可是个顶天立地、富于谋略的大公。""伊凡雷帝为人凶残这无可否认，但你要找出他这样做的缘由啊……"徽宗为人不凶残，相反，他很温和。但他的书法，线条中藏着一股隐隐杀气。

徽宗的瘦金体让我想到林黛玉的尖酸刻薄、绵里藏针，让我想到苦命的卡夫卡。卡夫卡的文笔冷峻得像暴露在寒冬里的金属，被一块尖锐的石头刮擦而过，那声音令人难以忍受，头痛欲裂，"是可忍，孰不可忍"，但这就是卡夫卡所感知的现实世界。卡夫卡曾说："为了原谅自己的软弱，我把周围世界写得比实际的强大。这当然是欺骗，我是法学家，因此，我不能摆脱恶。"卡夫卡的软弱是作为人的软弱。然而作为一个艺术家，他无比强大，因为他敢承认自己是一个被世界遗弃的甲虫。和卡夫卡一样，徽宗早早地跨入艺术之门，却没有资格和能力进入城堡所象征的现实世界，被阻在政治和法律之门外，因此遭到政治家、法律家甚至史家的嘲笑，这是必然的。

徽宗的瘦金体像肖斯塔科维奇的音乐："这不是音乐，这是高电压的神经电流。"

徽宗的瘦金体像马勒的音乐，"复调的升华、声学的新奇性与形式上的严谨相结合""伟大的、多种形象的大自然的葬歌"。我曾告诉女儿，以后我死了，墓碑刻字务必用瘦金体。

蒋勋对徽宗瘦金体的评价太到位，我就不再多舌。他说：

> "瘦金体"其实是非常"西方"的美学，长久压抑个人放肆性可能性（的）民族，会害怕"瘦金体"。"瘦金体"是交错着美与毁灭的魔咒。"瘦金体"不藏锋、不妥协，宁为玉碎，在整个帝国殉亡的边缘，书写下"翩翩逐晚风"的美丽诗句。

7. 丹青有约

徽宗的统治是腐朽的，他下令筑造了大宋帝国最大的园林工程艮岳（又称华阳宫，费时近五年），"括天下之美，藏古今之胜"——你肯定想到了《水浒传》写到的花石纲。为庆祝艮岳建成，徽宗撰文曰："朕万机之余，徐步一到，不知崇高富贵之荣……玩心惬志、与神合契，遂忘尘俗之缤纷，飘然有凌云之志，终可乐也。"从民众或政治的角度看，徽宗属于"玩物丧志，嗜石误国"，但在他本人看来，这种对奇花异石、瑞兽珍禽的嗜好是在向极致之美致敬，是在人间仿造天界，是一种可欲的"贪婪"。而且，徽宗还要把眼前和心中的极致之美画下来，而这成就了他在艺术史上的不朽。政治与艺术、腐朽与不朽之间的辩证法，就是如此不可思议。

在徽宗的《瑞鹤图》中，白鹤在黛青色的天空中翻飞，格外分明，高雅灵动。

十八鹤在飞，两鹤立于左右鸱尾①之上。有动有静。

---

① 古代宫殿屋脊正脊两端的装饰性构件。外形略如鸱尾，因得此称。

《瑞鹤图》

右图左字。也只有鹤立鸡群的瘦金体字，才配得上仙鹤。神性与华贵相交融。

《芙蓉锦鸡图》

徽宗的《芙蓉锦鸡图》一派富丽堂皇。锦鸡是雉科中最华丽的种类，全世界仅有两种：红腹锦鸡和白腹锦鸡。其中，红腹锦鸡是我国特产。画中明显是红腹锦鸡，它的眼神看上去有点呆滞，但正如胡烟指出的，那并非真正的呆滞，"而是对一切司空见惯的高贵、沉默。表面的华丽，与深沉的静默之间，巨大的反差，又将人带入一种伤感之中。似乎可以看到，徽宗的内心，是很阴柔深邃的"。徽宗有一首《醉落魄·预赏景龙门追悼明节皇后》，最能反映这种心境：

> 无言哽噎，看灯记得年时节。行行指月行行说。愿月常圆，休要暂时缺。
>
> 今年华市灯罗列，好灯争奈人心别。人前不敢分明说。不忍抬头，羞见旧时月。

顾随说，曹操比陶渊明、杜甫还寂寞。但徽宗的寂寞又何尝比孟德少？徽宗高高在上，他有太多心思，"人前不敢分明说"。

徽宗的《蜡梅山禽图》，构图呈"S"形，一枝蜡梅顶天立地，贯穿画幅。艺术家的心灵是"曲"（千回百转）的，但又是顶天立地的。徽宗作品的画押都是"天下一人"，这是何等的豪迈和自信！《蜡梅山禽图》中，旁逸斜出的梅枝上卧着两只白头翁。白头翁在中国传统中是吉祥鸟，寓意白头偕老、幸福美满。但在元末诗人杨维桢笔下，它却是早熟因而孤独的象征，其《白头翁》诗曰："疏蔓短于蓬，卑栖怯晚风。只缘头白早，无处入芳丛。"徽宗是早熟的艺术天才。画中，两只白头翁

《蜡梅山禽图》

的眼神一直延伸到画外——化外之境。徽宗的胸中，如歌德所言，"藏着

两个灵魂……一个沉溺在粗鄙的爱欲里""另一个却拼命想挣脱凡尘，飞升到崇高的先人的净土"。当代诗人苏奇飞有一首《宋徽宗赵佶〈蜡梅山禽图〉》，他是徽宗的知音，诗曰："我要建立另一个/坚不可摧的帝国/只需一株蜡梅，两只山雀就够了。"但我还是最喜欢徽宗自己在画上的题诗：

> 山禽矜逸态，梅粉弄轻柔。
> 已有丹青约，千秋指白头。

徽宗是一片永恒的海洋，一件变化的织品，一个热烈的生命。他早已与"丹青"和"千秋"签下魔鬼契约。

顶笠披蓑李清照

1. 才女之累

用"才女"这个现在变得略带贬义的词来形容李清照并不太合适，但我实在找不到更好的词。美国斯坦福大学汉学讲座教授艾朗诺（Ronald Egan）有一本书《才女之累：李清照及其接受史》，称李清照为中国最优秀的女诗人，说"她的名声至少在中国是其他任何女作家所难以俦匹的"。对这一评论，我心有戚戚。孟子曰：五百年必有圣人出。但才女，准确地说是大才女，一千年都未必能诞生一个。林徽因是不能和她比的，张爱玲或许可以；简·奥斯汀是不能和她比的，伍尔芙或许可以。目前所见的李清照作品并不多（《宋史·艺文志》说她有文集七卷、词集六卷，大都散佚了，非常可惜），但有词、有诗、有文，还有文学理论（即《词论》）——放到今天，应该在北大中文系教授文学理论和词学美学史。

我常想，出了如此一个奇女子，大宋何其幸哉，中国何其幸哉。大唐诗坛若缺了杜甫，会塌下半边天；大宋词坛若缺了李清照，会塌下一大半天！这样说太夸张——我是故意的。只是莫要忘了，在名家辈出的大宋词坛，她是唯一能与欧阳修、苏东坡、辛弃疾等顶尖文豪平起平坐的女子。妇女能顶半边天，李清照是一个人顶起了半边天。希腊神话中有个擎天巨神叫阿特拉斯，李清照就是大宋词坛的女阿特拉斯，是我心中永远的女神。"何须浅碧轻红色，自是花中第一流"说的正是她自己。

无可否认，李清照之有才，与出身书香门第有关。其父李格非为苏东坡门生、"苏门后四学士"之一，曾任郓州（今山东东平县）教授、京东提刑、礼部员外郎，著有《礼记说》《洛阳名园记》等。李格非是一位颇有见地的学者，尝言："文不可以苟作，诚不著焉，则不能工。且晋人能文者多矣，至刘伯伦《酒德颂》、陶渊明《归去来辞》，字字如肺肝出，遂高步晋人之上，其诚著也。"《宋史》有其传，评曰："格非苦心工于词章，陵轹直前，无难易可否，笔力不少滞。"（中国当代有作家叫格非，是清华大学的教授。）李清照的母亲是曾任翰林学士、御史中丞的王拱辰的孙女，"亦善文"（《宋史·李格非传》）。叔本华说："孩子的意志（性格）遗传自父亲，智慧遗传自母亲。"无疑，李清照从父母那里继承了优良的基因，家教肯定也不差。但出身和家教只是必要条件，而且如叔本华所言，"各人特有的个性究竟如何形成，我们还无法说明，正如我们亦无法解释热恋男女那种特殊的激情一般"。比李清照父母优秀的父母多了去了，但他们并未生出一个像李清照那样的女儿来。天才乃上天的恩赐，李清照只是偶然降生在一个书香门第之家，即使她诞生在农夫的马棚里（像耶稣那样），也仍是天才。

在"女子无才便是德"的传统时代，女子懂点儿诗书、相夫教子，会受到肯定和赞誉，但若是远远超越一般男性文人、个性极张扬甚至不羁的大才，就不会被看好，甚至有可能受到诅咒。林黛玉刚进贾府，被问起可曾读书，她只是说："不曾读书，只上了一年学，些许认得几个字。"但李清照就没那么低调了，她有一首《渔家傲·天接云涛连晓雾》：

> 天接云涛连晓雾，星河欲转千帆舞。仿佛梦魂归帝所。闻天语，殷勤问我归何处。
>
> 我报路长嗟日暮，学诗谩有惊人句。九万里风鹏正举。风休住，蓬舟吹取三山去！

"闻天语，殷勤问我归何处"，这已是在和上天对话，暗示人间没有够格的对话者，乃屈原的境界（屈原著有《天问》）。"学诗谩有惊人句"，谩，徒然之意。写诗就算有好句和惊人句又如能如何呢？这是在感慨没有知音。"九万里风鹏正举"，化自李白《上李邕》之"大鹏一日同风起，扶摇直上九万里"。李清照自视为人间大鹏、词中李白——想一想大鹏何等逍遥、李白何等狂傲（"天生我材必有用"）。如此锋芒，必然深深刺痛那些自以为是的庸碌文士。

除了狂傲，李清照还是个不羁的才女。四十八岁那年（丈夫赵明诚病逝三年后），李清照再嫁张汝舟。婚后不久发现所嫁非人，"以桑榆之晚节，配兹驵侩之下才"，毅然举报丈夫的违法事宜以及家暴行为，坚决与之离异，这段婚姻只维持了"十旬"（一百天）。在提倡"贞女不更二夫""饿死事小，失节事大"的时代，作为士大夫之女的李清照再嫁后又迅速离婚的举动是非常惊人的。南宋王灼《碧鸡漫志》卷二评曰：

> 易安居士，京东路提刑李格非文叔之女，建康守赵明诚德甫之妻。自少年便有诗名，才力华赡，逼近前辈，在士大夫中已不多得。

若本朝妇人，当推词采第一。赵（明诚）死，再嫁某氏，讼而离之，晚节流荡无归。作长短句，能曲折尽人意，轻巧尖新，姿态百出。闾巷荒淫之语，肆意落笔，自古缙绅之家能文妇女，未见如此无顾籍也。

"才力华赡""轻巧尖新""荒淫之语，肆意落笔""无顾籍"（没有顾忌、不要脸），这就是当时一个正统文士对李清照的看法，尽管有所肯定，却也有极其恶毒的评价，类似十七世纪英国诗人罗伯特·古尔德对女诗人的嘲讽：

> 当她们的诗才穷尽以后，
> 无法换得面包、奶酪、醇酒，
> 她们化身妓女，满足所需，
> 稍加暗示，便会任人驾驭；
> 妓女同女诗人达成协议，
> 约定我就是你，即此即彼。

他直接将女诗人视同妓女、放荡的代名词。王灼说李清照"晚节流荡无归"，似乎放荡不羁的女人就活该如此。

王灼的评价还让我想到伍尔芙笔下的一位名叫冯·X的男性教授，他正在撰写一本题为《论女性心理、道德和体格之低劣》的名著，"他的表情说明他正在激愤地工作，正用他的笔在纸上冲锋，似乎正在追杀某种害人虫，而且，甚至当他杀了它之后，他仍觉得意犹未尽；他要不断杀下去。即使这样，好像还是不足以消除他的怒气"；让我想到自杀的奥地利天才奥托·魏宁格对女人的否定，"女人是没有头脑的""女人除了性欲什么也不是""女人不具备天才的意识""绝对意义上的女性丝毫不具备个性和意志，丝毫没有价值感或爱情，因此，她就不能拥有更高的、超验的生命"。奥托·魏宁格将女性划分为母亲型和妓女型，否定女性独立存在的意义。

或许，被誉为世界上最后一个科学先知的尼古拉·特斯拉（2021 年的世界首富埃隆·马斯克是他的拥趸）才是李清照这样的天才女子和独立女性的知音，他说："女性展示出来的心智能力，完全可以与男性的精神成果和成就相媲美。……摆脱了传统的束缚之后，女性的进步将震惊全人类。"

2. 争渡，争渡

在 1101 年嫁给赵明诚之前，待字闺中的李清照就已表现出高超的修辞技巧和想象力，"自少年便有诗名"。

《点绛唇·蹴罢秋千》

蹴罢秋千，起来慵整纤纤手。露浓花瘦，薄汗轻衣透。

见有人来，袜划金钗溜，和羞走。倚门回首，却把青梅嗅。

袜划，指未穿鞋而以袜践地之意。李煜《菩萨蛮·花明月暗笼轻雾》："划袜布香阶，手提金缕鞋。"讲的是李煜与小周后偷偷约会的情景（当时大周后在病中，尚未逝）。"袜划金钗溜"，少女因为急着躲开，头上的发钗滑落下来。"溜"一般用来形容人偷偷走开或进入，这里用来形容金钗，极妙。"和羞走"，三字传神。詹安泰《读词偶记》评曰："女儿情态，曲曲绘出，非易安不能为此。求之宋人，未见其匹，耆卿、美成尚隔一尘。"柳永（耆卿）和周邦彦（美成）都低了一个层次。《金瓶梅》（绣像本）用字也极传神，如第三十七回"西门庆包占王六儿"：

> 西门庆见妇人说话乖觉，一口一声只是爹长爹短，就把心来惑动了，临出门上覆他："我去罢。"妇人道："再坐坐。"西门庆道："不坐了。"

三句九字，勾魂帖，定情书。"我去罢"，留恋不舍。王六儿听懂了弦外之音，于是回应"再坐坐"，不露声色。"不坐了"，不想走，却又无可奈何，无限惆怅。尤其是"罢"字，意味无穷。

《如梦令·常记溪亭日暮》

常记溪亭日暮，沉醉不知归路。
兴尽晚回舟，误入藕花深处。
争渡，争渡，惊起一滩鸥鹭。

李清照这首小词追忆一次游玩经历，清新活泼，手法是白描的，意境却甚美。"争渡"叠用，很有画面感，急奋而可爱。我想起小时候和小伙伴一起出去玩，在田野里越跑越远。玩得太开心，忘了时间，等天黑下来才意识到该吃饭了，爸妈叫不应肯定着急，我就对小伙伴大喊："快跑，快跑，回家要挨骂，说不准还会被揍一顿。"我在武汉读大学时，经常晚上和老乡一起到外边喝酒。一次，我刚回到校园，忍不住想吐，就赶紧往人少处跑，结果呢，"误入草坪深处，呕吐，呕吐，惊起情侣无数"。

唐圭璋据宋代陈景沂《全芳备祖》卷十一所引易安词认为，"常"为"尝"字之误。他说："常为经常，尝为曾经，作'常'必误无疑。"我不赞同。李清照是一个敏感的少女，为何她就不能常常记起一次玩得很开心的经历呢？

《如梦令·昨夜雨疏风骤》

昨夜雨疏风骤，浓睡不消残酒。

试问卷帘人，却道海棠依旧。

知否，知否？应是绿肥红瘦。

这首小词化用了韩偓《懒起》中的诗句："昨夜三更雨，今朝一阵寒。海棠花在否？侧卧卷帘看。"韩偓的作品是晚唐著名诗人中最女性化的。李清照还有一词写海棠（"长记海棠开后，正伤春时节"），是在丈夫刚刚病逝后，彼时她情绪低落，不如这首明亮。

"残酒"且"浓睡不消"——李清照喝了很多酒？我读大学时以为女生不喝酒或不怎么喝酒，后来发现有些女生比男生还能喝。女生越是至情至性，就越喜欢喝酒。有些女生会在自己喜欢的男生面前喝醉，不醉就装醉。

"知否，知否？应是绿肥红瘦"是名句。绿，指海棠叶；红，指海棠花。宋代陈郁《藏一话腴》评："李易安工造语，《如梦令》'绿肥红瘦'之句，天下称之。余爱赵彦若《剪彩花》诗云'花随红意发，叶就绿情新’。‘绿情’‘红意’，似尤胜于李云。”我的意见相反。“花随红意发，叶就绿情新”太直白，像散文，远不如“绿肥红瘦”。唐代僧人齐己《寄倪署郎中》一诗有句“红残绿满海棠枝”，“红残绿满”和“绿肥红瘦”意思一致，但论炼字和想象力，就比后者差远了。

伍尔芙在讽刺某些书籍对女性作家根深蒂固的偏见时说过一句：“它们是借着情绪的红光而不是在真理的白光照耀下写出来的。”我读至此，脑中突然冒出“红肥白瘦”一词。但这个词易让人联想到猪肉，不好，不好，且表现力也比不上“绿肥红瘦”。诗不是散文，应少说理、多表现。

3. 妇唱夫随

杨慎《词品》曰：“宋人中填词，李易安亦称冠绝。使在衣冠，当与秦七、黄九争雄，不独雄于闺阁也。”“秦七”指秦少游，“黄九”指黄庭坚。在杨慎看来，李清照丝毫不比“衣冠”士人差。

《醉花阴·薄雾浓云愁永昼》

薄雾浓云愁永昼，瑞脑消金兽。佳节又重阳，玉枕纱厨，半夜凉初透。

东篱把酒黄昏后，有暗香盈袖。莫道不销魂，帘卷西风，人比黄花瘦。

关于此词有一则趣事。李清照把词寄给丈夫赵明诚（他当时在外做官，两人暂时分离），赵明诚忍不住拍腿叫好，但又不服，在好胜心驱使之下，他闭门谢客，废寝忘食三昼夜，写成五十首词。他将李清照之词夹在其间，请友人陆德夫鉴赏。陆德夫把玩再三，说："只三句绝佳。"赵明诚忙问是哪三句。答曰："莫道不销魂，帘卷西风，人比黄花瘦。"

妻子比丈夫的才华还高，是不是一种悲哀？李清照知道自己比丈夫的才华高吗？若不知道，也就不是李清照了。就像张爱玲若不清楚自己的才华比胡兰成高，也就不是张爱玲了。但那时，女子终归要嫁人，找不到比自己才华更高的，就只能找一个懂自己的（如张爱玲）或门当户对的（如李清照）。还有一则记载，讲的是"易安每值天大雪，即顶笠披蓑，循城远览以寻诗，得句必邀其夫赓和，明诚每苦之也"。李清照逢大雪必出门寻诗、求唱和，而赵明诚却以之为莫大的苦事。赵明诚不浪漫，缺乏作诗的心情和才华。这已不是夫唱妇随，而是妇唱夫随了。尽管有夫婿相伴，李清照却倍感孤独。

女子天生慕强。现在的女性越来越优秀，却找不到合适的男友或对象，这不是女性——而是男性——的悲哀。一个女博士、女硕士可能不太愿意找一个连《湖心亭赏雪》都没读过，或连张岱和伍尔芙的名字都没听说过的低学历男性（纵使他富有），这涉及文化品位甚至三观是否相合的问题。

"易安雪中寻诗"发生在赵明诚担任江宁知府期间（1128—1129）。1129年二月，江宁御营统治官王亦妄图发动叛乱，被下属发觉，下属将此事上报给赵明诚，但赵明诚并未放在心上（他忙着把玩自己收藏的金石字画），也没有采取应对举措。于是下属自行布置，以防不测。王亦果然发动叛乱，但被事先做好准备的下属击败。事后，下属找赵明诚汇报情况，却发现赵明诚早已吓得弃城而逃。失职的赵明诚被罢官。赵明诚在关键时刻的怯懦、没有骨气和担当让李清照深感失望，这样的男人不可能给女人安全感。她就此冷淡疏远了赵明诚。一天，两人行经乌江项羽自刎处，李清照面对一江大水，随口咏出千古名篇《夏日绝句》（又名《乌江》）：

> 生当作人杰，死亦为鬼雄。
>
> 至今思项羽，不肯过江东。

这是对赵明诚，也是对南宋朝廷的嘲讽。赵明诚听后羞愧难当，不久后抑郁而死。幸好如此（这样说似乎没有同情心），否则，真不知李清照该如何面对他。李清照还有一首《咏史》，写得也是慷慨激昂：

> 两汉本继绍，新室如赘疣。
>
> 所以嵇中散，至死薄殷周。

继绍，继承之意。新室指王莽篡汉建立的新朝。"新室如赘疣"，是否认王莽新朝的合法性（此诗本旨是斥责金人扶植的伪齐、伪楚政权）。嵇中散即嵇康，曾作《与山巨源绝交书》，其中有言："每非汤武而薄周孔。"李清照像嵇康一样，瞧不上商汤、周武王、周公、孔子这些正统的贤君和先圣，当然，更看不上赵明诚那样的怯弱文人和士大夫。此处可见李清照之不羁、大气和超越性。朱熹评李清照《咏史》曰："如此等语，岂女子所能。"不错，李清照只是长了个女儿身而已，就像武则天，实则比男人更像男人。武则天有诗《腊日宣诏幸上苑》（《催花诗》）：

> 明朝游上苑，火急报春知。
>
> 花须连夜发，莫待晓风吹。

女皇洞察万物、吞吐宇宙的气概展露无遗。武则天是政界的李清照，李清照是词坛的武则天。李清照没写诗赞武则天，是一大遗憾。

柯勒律治说，睿智的头脑是雌雄同体的。伍尔芙说，纯粹男性化或女性化的头脑都不能创造，"如果你是男性，头脑中女性的一面应当发挥作用；而如果你是女性，也应与头脑中男性的一面交流"。李清照和武则天都能与自己头脑中男性（雄性）的一面交流，而且交流得很充分，展示得也很充分——两人都是女王，领域不同罢了。而我们一般人，尽管也是雌雄同体，却不够雄，亦不够雌，亦即说不够睿智、缺乏创造性。是啊，多少人凭着单纯而甘美的热忱在庸庸碌碌中过尽一生。

4. 中兴碑上今生草

李清照诗，充满阳刚之气的除了前述《夏日绝句》《咏史》外，还有：

《题八咏楼》

千古风流八咏楼，江山留与后人愁。

水通南国三千里，气压江城十四州。

八咏楼在宋婺州（今浙江金华），与双溪楼、极目亭同为婺州名胜。唐代严维《送人入金华》诗曰："明月双溪水，清风八咏楼。"

王璠评曰："仅仅四句，气势何等开朗雄俊！那（哪）里有半点脂粉女子习气？"

你或许想到了孟浩然的《望洞庭湖赠张丞相》："气蒸云梦泽，波撼岳阳城。欲济无舟楫，端居耻圣明。"

李清照《打马赋》有句"木兰横戈好女子，老矣不复志千里，但愿相将过淮水"，表达了像花木兰那样上阵杀敌的愿望。但李清照身为一个弱女子，"欲济无舟楫"，只能"端居耻圣明"，以南宋朝廷为耻。

> 胡兵忽自天上来，逆胡亦是奸雄才。（《浯溪中兴颂诗和张文潜·其一》）

李清照这里不是为安禄山翻案，而是提醒我们，要认真审视那些为正统史观所不齿甚至一棍子打死的逆臣、奸雄。须知，奸雄亦是雄，胜过窝囊的文人（如赵明诚）和为一己苟活而勒死心爱女人的皇帝（我是指唐玄宗）。

安禄山乃多族混血之人，"安"显示其祖源为不花剌（今乌兹别克斯坦），"禄山"在粟特语中的本义是"光"，暗示安禄山是光之子。当然，这样说带有政治神话色彩，但历史上哪一个开国皇帝不是自带神话？历史总是与神话纠缠在一起。

金人也是"胡"，亦有"奸雄才"。宋和金，实为南北朝。李清照的视野已经超越了狭隘的民族立场。

> 君不见惊人废兴传天宝，中兴碑上今生草。（《浯溪中兴颂诗和张文潜·其二》）

此句仿李白《将进酒》之"君不见黄河之水天上来，奔流到海不复回"。王朝兴废又算得上什么呢？在无情的时间与宇宙面前根本不值一提。（中兴碑已经"生草"）兴盛不会永远持续，每一代人肩负的时间也就十几年，很难超过二十年（拿破仑也只兴盛了二十年）。黄仁宇、沃勒斯坦和杉山正明都提醒我们用大历史和长时段的眼光进行观察。杉山正明说："所谓观察历史，实际上不是指在每一个'瞬间'去捕捉难以捕捉的'时光'，而是在某一时间'长度'当中试图将其捕捉。其'长度'，确实可长可短。如果非要探寻地球生命生存的痕迹，就将引出四十多亿年壮观悠久的故事。如果是人类（即智人，与我们同种的人）的历史，则有十万年的'长度'。"

在长时段面前，唐朝国祚二百八十九年，两宋三百多年，都只是一瞬间。强大的唐朝不过是一个"瞬间帝国"。

5. 任宝奁尘满

李清照《词论》曰，"词别是一家，知之者少""晏元献、欧阳永叔、苏子瞻，学际天人，作为小歌词，直如酌蠡水于大海，然皆句读不葺之诗尔。又往往不协音律者"。李清照是把诗与词、诗与学分开的。在她看来，晏殊、欧阳修和苏轼虽然都是大学问家，但作"小歌词"就不行了，他们的词只不过是句子不整齐、音律不协的诗而已。李清照对诗词的定位仍然是传统的，即"词媚诗庄"，诗格近乎阳刚，词体偏于柔美。李清照写诗时像男人，写词时是女人。

《减字木兰花·卖花担上》

卖花担上。买得一枝春欲放。泪染轻匀。犹带彤霞晓露痕。

怕郎猜道。奴面不如花面好。云鬓斜簪。徒要教郎比并看。

《凤凰台上忆吹箫·香冷金猊》

香冷金猊，被翻红浪，起来慵自梳头。任宝奁尘满，日上帘钩。生怕离怀别苦，多少事、欲说还休。新来瘦，非干病酒，不是悲秋。

休休，这回去也，千万遍《阳关》，也则难留。念武陵人远，烟锁秦楼。惟有楼前流水，应念我、终日凝眸。凝眸处，从今又添，一段新愁。

"卖花担上。买得一枝春欲放"，在卖花人的担子上（今天是花店或花摊），买得一枝含苞欲放的花。"怕郎猜道。奴面不如花面好"，怕男人说自己不如花好看。"云鬓斜簪。徒要教郎比并看"，将花插在云鬓间，让他看一看，到底是哪个更漂亮。这是自信，也是希望讨得男人的赞语，哪个女人不喜欢被恋人肯定呢？"任宝奁尘满"，因为男人不在，懒得化妆，所以化妆盒落满灰尘。这非常有小女人的心思。俗语道，女为悦己者容。《诗经·卫风·伯兮》曰："自伯之东，首如飞蓬。岂无膏沐？谁适为容！"倘若"悦己者"不在、无法看到，何必化妆呢？恋爱中的女人特别有魅力，既因为爱情的滋润，亦因为更注重打扮了。现在说某某是"女汉子"，意思是没有女人味。我觉得，并不存在真正的"女汉子"，一旦遇到真爱，"女汉子"也会变得温柔起来，认真收拾自己。

宋朝时没有智能手机，异地恋或暂别的夫妻没法进行视频对话。那时的女子也不需要到银行、公司或政府上班，没有社交需要，不需要保持公众形象，因此，"起来慵自梳头""任宝奁尘满，日上帘钩"也就再正常不过了。女人赖在床上不起，八成会思春、想男人。李清照词深受晚唐诗人韩偓影响，韩偓诗《懒起》中有一句"春心动几般"，或许正是李清照懒起时的真实写照。

赵明诚在外做官，为何不带走李清照，以致李清照独忍相思苦，"新来瘦""终日凝眸"？按说两人没有孩子，也没有老人需要照顾，一起出行很方便。我怀疑赵明诚是"渣男"——不羁放纵爱自由。但他的"不羁"与李清照的前述"不羁"是两码事。有些人写李清照（诗词欣赏或传记），总是极力渲染赵李夫妻关系如何鱼水谐和，简直是天造地设的一对，不愿直面或回避我此处提出的合理怀疑，不愿提赵明诚弃城事件之后李清照对他的失望和疏远，不愿提、甚至否定李清照在丈夫死后再婚的事。李清照在丈夫死后再婚，未必没有对赵明诚失望的因素。再者，她毕竟是一个女人，对爱情仍抱有幻想，期待真爱、悦己者。只是命运弄人，现实太残酷。

简·奥斯汀《傲慢与偏见》说："有钱的单身汉总要娶位太太，这是一条举世公认的真理。"我们同样可以说，才貌兼具的女子总想找一个爱她懂她悦她的男子，否则就会"冷冷清清，凄凄惨惨戚戚"。但才高如李清照者，其爱欲是很难如愿的。还是简·奥斯汀睿智，干脆一辈子不结婚。

若是大才女，就要耐得住寂寞和世人的冷嘲热讽。

世界吻你以痛，你仍要报之以歌。掸走宝奁上的灰尘，把晚来急风、梧桐细雨、点滴黄昏，统统塞进去。

6. 乱世佳人

李清照词，可以 1127 年为界分前后两个阶段。之前，芳馨俊逸，即使写离别和相思，也有一份淡淡甜蜜在其中。但南渡之后，其词风变得悲哀沉痛起来，这与大时代和个人命运变迁有关。如：

> 感月吟风多少事，如今老去无成。谁怜憔悴更凋零。（《临江仙·庭院深深深几许》）
>
> 凉生枕簟泪痕滋。起解罗衣聊问夜何其。（《南歌子·天上星河转》）
>
> 满地黄花堆积。憔悴损，如今有谁堪摘？（《声声慢·寻寻觅觅》）
>
> 病起萧萧两鬓华，卧看残月上窗纱。（《摊破浣溪沙·病起萧萧两鬓华》）
>
> 今年海角天涯，萧萧两鬓生华。（《清平乐·年年雪里》）
>
> 物是人非事事休，欲语泪先流。闻说双溪春尚好，也拟泛轻舟。只恐双溪舴艋舟，载不动许多愁。（《武陵春·春晚》）

如何看待李清照的哀伤和自怜？如果结合她这个时期豪健风格的诗（前文已多有列举，再如"南来尚怯吴江冷，北狩应知易水寒""但说帝心怜赤子，须知天意念苍生"），就能意识到她并非一味消极，而更近乎陈子昂《登幽州台歌》和张爱玲作品中的苍茫之感。张爱玲《我看苏青》一文写道：

> 她走了之后，我一个人在黄昏的阳台上，骤然看到远处的一个高楼，边缘上附着一大块胭脂红，还当是玻璃窗上落日的反光，再一看，却是元宵的月亮，红红地升起来了。我想着："这是乱世。"晚烟里，上海的边疆微微起伏，虽没有山也像是层峦叠嶂。我想到许多人的命运，连我在内的，有一种郁郁苍苍的身世之感。"身世之感"普通总是自伤、自怜的意思罢，但我想是可以有更广大的解释的。将

来的平安，来到的时候已经不是我们的了，我们只能各人就近求得自己的平安。

李清照号"易安"，一个易安的女子。既然南宋朝廷都能在临安临时安定下来，她又如何不能？她知自己所处的乃是乱世，个人力量十分微弱，只能被时代裹挟着往前走。但在和平时期以及在盛世，难道个人就能操控一己命运了吗？不也是被裹挟着往前走？"郁郁苍苍的身世之感"是一种苍凉美学，是李商隐所言的"夕阳无限好"，是李清照所言的"人老建康城"——建康（南京）就是一座特别苍凉的城市，它经历和见证了太多的兴衰，"吴宫花草埋幽径，晋代衣冠成古丘"（李白《登金陵凤凰台》），"六朝旧事随流水，但寒烟衰草凝绿"（王安石《桂枝香·金陵怀古》）。李清照酷爱欧阳修"庭院深深深几许"一句，作为一个心灵深邃的女子，她有旷达的一面，凡事看得开，她自己也曾说"慧则通，通则无所不达"（《〈打马图经〉序》）。

李清照与斯嘉丽（美国小说《飘》的女主角，《飘》又译作《乱世佳人》）尽管同为乱世佳人，同有旷达的一面，但精神气质迥然不同。和李清照一样，斯嘉丽也经历了战争（南北内战）和生离死别，但她身上始终洋溢着一股欢快、青春和乐观的气氛——就像美利坚这个国家，无法给人以苍茫之感。这和其太年轻、历史太短有关吧。出生于英国的物理学家弗里曼·戴森初到美国时有一个非常敏锐的观察，他说美国人"似乎都太年轻和太天真了，虽然他们大多数都比我大。他们经历了战争，却没有留下伤疤""他们缺乏生命的悲剧感，而对于我这一代的欧洲人，这一悲剧感是根深蒂固的"。欧洲古老，中国也古老，这种古老造就了一种特别的苍凉感和生命悲剧感。

周虽旧邦，其命维新。古老的，未必不可以重新焕发活力。马克斯·韦伯说，一个伟大的民族并不会因为数千年光辉历史的重负就变得苍老！

美国科幻电影《星球大战》虚拟了一种强大的"原力"，还塑造了一个让我念念不忘的莱娅公主。

若以后我来拍中国的科幻大片，女主角不叫莱娅公主，叫易安居士。

真实诗人陆放翁

1. 万首诗

陆游感情丰富且长寿，又有写诗癖，自称"六十年间万首诗"（现存陆游诗九千多首、词一百多首），仅次于乾隆的三万多首。但多未必佳，乾隆的诗，好像没有一句是我们能记起来的。李清照诗词仅存八九十首，却佳作甚多。张若虚只留下两篇诗，但有"孤篇压全唐"的美誉。李白和杜甫的作品是又多又好，但他们是大天才，非一般人可及。陆游诗确实够多，但够好吗？陆游被称作伟大的爱国诗人，但他是伟大的诗人吗？

只要是个正常人，没有不爱国的，但陆游的爱国情怀尤其浓烈。他一生都梦想着雪耻御侮、收复失地，早年读书时就写下"平生万里心，执戈王前驱。战死士所有，耻复守妻孥"（《夜读兵书》）的诗句。中年入蜀后"其诗之言恢复者十之五六"（赵翼《瓯北诗话》）——如"逆胡未灭心未平，孤剑床头铿有声"（《三月十七日夜醉中作》）"忽记横戈盘马处，散关清渭应如故"（《蝶恋花·桐叶晨飘蛩夜语》）。到了晚年仍是壮心不已，"一闻战鼓意气生，犹能为国平燕赵"（《老马行》），在死前更是留下绝笔诗《示儿》："死去元知万事空，但悲不见九州同。王师北定中原日，家祭无忘告乃翁。"这种爱国情怀令人动容。如果否定他是伟大诗人，会觉得对不起他。

但我又觉得他不够伟大，最起码不如杜甫伟大。陆游的诗作中，好诗的比例是比较低的。陆游诗胜在情感充沛，但不够沉郁；有哲理，但不够深刻；浅白，因此不耐寻思，余味不够。读陆游诗，我脑海中常常浮现如下情景：一位市纪委书记或市司法局局长，非常爱国（喜欢看时政类新闻，关注的公众号大多是时政类），爱写诗（天天写，中美贸易冲突、乌克兰问题、新能源产业政策……皆入诗），爱在公开讲话时引诗词（包括自己的）、谈哲学（用通俗易懂的语言谈）。我总觉得他很亲切，却不够伟大，难道有"亲人眼里无伟人"之类的逻辑在作怪？

清代刘熙载《艺概》评其词曰："安雅清赡，其尤佳者在苏（东坡）、秦（少游）之间，然乏超然之致、天然之韵，是以人得测其所至。""测其所至"，一眼能看清其意，即缺乏含蓄蕴藉，无法抵达最高境界。这虽然是评其词，但亦可用于评其诗。晚年的陆游也意识到一己的不足，悔其少作。他在自编诗集中把三十岁以前的诗删去十分之九，在自编词集的序言中则反思道："有倚声制辞，起于唐之季世。则其变愈薄，可胜叹哉！予少时汩于世俗，颇有所为，晚而悔之。然菱歌渔唱，犹不能止。今绝笔已数年，念旧作终不可掩，因书其首以识吾过。"他不仅认为南宋词不如北宋词（"其变愈薄"），更是使劲地自我批评，这是一位诗人可贵的自觉性。

但陆游绝不是一个小诗人。判断一个诗人是否"大"，即看其诗是否已深深融入本民族语言，看其诗句是否让我们张口就来。就此而言，陆游绝对是一个大诗人（即使不是一个伟大的诗人）。如：

> 山重水复疑无路，柳暗花明又一村。（《游山西村》）
>
> 位卑未敢忘忧国。（《病起书怀·其一》）
>
> 纸上得来终觉浅，绝知此事要躬行。（《冬夜读书示子聿·其三》）
>
> 零落成尘碾做泥，只有香如故。（《卜算子·咏梅》）
>
> 文章本天成，妙手偶得之。（《剑南诗稿·文章》）
>
> 夜阑卧听风吹雨，铁马冰河入梦来。（《十一月四日风雨大作·其二》）

南宋有很多重要诗人（词人），如尤袤、吴文英、王沂孙、刘克庄、张炎等，他们之所以只在诗学、词学史上重要，而和我们的生活无法发生关系，即因为他们没有名句，对民族语言无甚特别贡献。诗是一种语言的创造，诗人是不需要被承认的立法者（雪莱最早说"诗人是未被承认的立法者"；奥登则挖苦道，"不被承认的立法者"描述的是秘密警察，不是诗人）。但丁之于意大利语，莎士比亚之于英语，普希金之于俄语，李白、杜甫之于汉语，都充当了"大立法者"的角色。

2. 写诗的技艺

陆游经常谈论如何写诗，放到今天，他是一个近乎完美的诗歌学教授。陆游六十七岁时有一首诗，总结自己的创作经验：①

---

① 这首诗的白话译文参考了《陆游诗词选译》（张永鑫、刘桂秋译注，凤凰出版社2011年版，第188—191页）一书。

《九月一日夜读诗稿有感走笔作歌》

我昔学诗未有得，残余未免从人乞。

力屏气馁心自知，妄取虚名有惭色。

四十从戎驻南郑，酣宴军中夜连日。

打球筑场一千步，阅马列厩三万匹。

华灯纵博声满楼，宝钗艳舞光照席。

琵琶弦急冰霰乱，羯鼓手匀风雨疾。

诗家三昧忽见前，屈贾在眼元历历。

天机云锦用在我，剪裁妙处非刀尺。

世间才杰固不乏，秋毫未合天地隔。

放翁老死何足论，广陵散绝还堪惜。

"我昔学诗未有得，残余未免从人乞。"这是说我早年写诗没什么真切的心得和体验，不免从前辈大家那里乞讨零碎润饰我的诗篇。实际上，很多诗人都有类似经历。如《诗经·郑风·子衿》中的句子"青青子衿，悠悠我心"，曹操直接搬入其《短歌行·其一》。曹操《短歌行·其一》中的"对酒当歌"，欧阳修搬入其《渔家傲·对酒当歌劳客劝》，柳永搬入其《蝶恋花·拟把疏狂图一醉》。欧阳修《蝶恋花·庭院深深深几许》中的"庭院深深深几许"，李清照搬入其《临江仙·庭院深深深几许》。晚唐韩偓《五更》中的"一生赢得是凄凉"，柳永搬入其《少年游·一生赢得是凄凉》。借用前人的句子——陆游所言的"从人乞"——并无不可（最好是进行创造性改编），亦不影响诗人的诗词是好诗好词（如果它们本身是好诗好词的话）。某些诗句就是在被抄袭、被借用中逐渐经典化的。南宋刘克庄认为陆游和辛弃疾"一扫纤艳，不事斧凿，高则高矣，但时时掉书袋，要是一癖"。书袋不是不可以"时时掉"，关键在于能否"掉"得好，辛弃疾就比陆游"掉"得好。毛主席也"掉"书袋，但其诗词气象，无人可比。

"力屠气馁心自知，妄取虚名有惭色。"我内心明白自己写的诗笔力弱、内容浅，盛名难当，这使我羞愧汗颜。陆游太谦虚了！美国诗人埃兹拉·庞德就特别爱摆诗人的架子，爱嘲笑别人。威廉·卡洛斯·威廉斯说庞德"荒唐可笑"，而自己"宁愿采取科学家式的谦卑和谨慎"。陆游同样有着科学家式的谦卑和谨慎。中国人喜欢谦谦君子，其实没有人不喜欢谦谦君子，大家都讨厌狂傲、爱摆架子的人。但过于谦虚往往是一种隐隐的骄傲（陆游有这个嫌疑）。才高者最好把狂傲藏在心里。如果藏不住，狂也没什么，比狷好。子曰："不得中行而与之，必也狂狷乎！狂者进取，狷者有所不为也。"狂傲的人真实，过于谦虚者往往虚伪（陆游绝不虚伪）。

"诗家三昧忽见前，屈贾在眼元历历。"在某个瞬间，陆游突然领悟了作诗的诀窍（诗家三昧），屈原贾谊的境界清清楚楚地呈现在他眼前。太史公在《史记》中把屈原和贾谊合传，故陆游将二人并列。陆游此处所言，有灵光乍现、醍醐灌顶的意味，就像打坐参禅。当然，陆游不是靠打坐或闷在书斋，而是在"阅马酺宴""打球筑场""宝钗艳舞"中突然领悟诗法的，也就是说要深入生活。

"天机云锦用在我，剪裁妙处非刀尺。世间才杰固不乏，秋毫未合天地隔。"要写出像云锦般的精彩诗篇全在自己，生活素材的构思绝非单靠尺量裁剪，人间杰出的诗人本来有千万，但生活体验即使只有丝毫之差，便可能犹如天地相隔。面对丰富多彩却又大同小异的生活，每个人的体验都是不一样的，有的人有感并写下诗篇（如陆游）；有的人有感却也只是有感而已（享受那种诗意的感觉，却无意或没有能力写成文字）；有的人则完全无感，活得很糙但也很快乐，"阅马酣宴"之后呼呼大睡。即使同为有感的诗人，写诗亦无定法，没有尺子可以作为标准。

"放翁老死何足论，广陵散绝还堪惜。"我陆放翁总会老死的，那不算什么，如果伟大的诗篇像《广陵散》那样失传才真叫遗憾。据《晋书·嵇康传》，嵇康善弹《广陵散》，秘不授人。后遭谗被害，临刑索琴弹之，曰："《广陵散》于今绝矣！"今存《广陵散》曲谱，最早见于明代朱权编印的《神奇秘谱》（1425）。电视剧《大明王朝1566》中出现了《广陵散》一曲：浙江首富沈一石是个擅奏《广陵散》的儒商，他为了保住杨公公和芸娘，赶在锦衣卫到来之前自焚，并留一词，末句为"一曲广陵散，再奏待芸娘"。1566年时是有《广陵散》曲谱的，可见编剧刘和平的严谨。

《广陵散》固然没有绝，但中国史中不知有多少艺术瑰宝失传了（敦煌莫高窟的发现让其中一部分重见天日）。以季振宜编的《唐诗》和胡震亨编的《唐音统鉴》为基础，由曹寅（曹雪芹的祖父）奉旨刊刻的《全唐诗》肯定不全。比如说张若虚，《全唐诗》只收录他的《春江花月夜》和《代答闺梦还》，一个杰出的诗人一辈子不可能只写这两首诗吧？《全唐诗》只收录王之涣六首诗（其中有《登鹳雀楼》），他也不可能只写过这六首诗吧？比利时科学家、1977年诺贝尔化学奖得主普里戈金说："我们都承认，倘若莎士比亚、贝多芬、梵高刚出生就死去，则没有其他人能取得他们所取得的成就。"幸好他们的作品没有失传——尤其是梵高的，须知，他的作品生前只卖出去一幅；其他的，一不小心就有可能被当作废纸扔进垃圾堆。

关于如何写诗著文，陆游还说："文章本天成，妙手偶得之。"但一位杰出的诗人和作家不会坐等灵感上门，灵感有时需要主动寻找。陆游留下九千多首诗（这还不算那些没有传下来的），有不少诗肯定是通过主动寻找、苦吟得来的。很多人总以为诗人只要喝点儿酒，大笔一挥，诗就成了。哪有那么简单！若真的如此，那写诗也太容易了。诗文既靠"天成"（灵感），亦靠打磨、炼字。陆游说"广陵散绝还堪惜"，他是有神圣使命感的，希望通过诗篇延续生命——个体的生命，民族文化的生命。如奥登所言，诗人"试图在时间中延长他们自己的存在""他真实的想法其实不是像浮士德一样永远地活着，而是希望借助诗歌死后重生"。

陆游大概是没有门生（苏东坡门生很多，且多有文名），只好把写诗的心得和技艺传授给儿子：

示子遹

我初学诗日，但欲工藻绘；

中年始少悟，渐若窥宏大。

怪奇亦间出，如石漱湍濑。

数仞李杜墙，常恨欠领会。

元白才倚门，温李真自郐。

正令笔扛鼎，亦未造三昧。

诗为六艺一，岂用资狡狯？

汝果欲学诗，工夫在诗外。

这是一篇很深刻的诗论。"我初学诗日，但欲工藻绘。"年轻的时候写诗，往往追求华丽的辞藻，缺乏实际内容，即有文无质。"无质"的

"文"其实谈不上是真正的"文",最起码和"言之无文,行而不远"的"文"不是同一个"文"(鲁迅用词并不华丽,却文采斐然)。"文"和"质"皆不可缺,文质彬彬,然后君子。

"中年始少悟,渐若窥宏大。怪奇亦间出,如石漱湍濑。"到了中年才有所领悟,逐渐窥探到诗歌的宏大境界。怪笔奇句偶尔写出,如同顽石受湍流冲刷。人到中年,经过了岁月和词语的冲刷,偶尔能写出几个好句子了。这是谦辞。海子死得太早(二十五岁自杀),顾城也是刚近中年就死了(三十七岁自杀),兰波十九岁以后不再写诗。他们的诗歌精致细腻,亦有哲思,但不够宏大深沉。和数学家、音乐家往往早慧早成不同,宏大深沉的诗往往在中年以后才写得出。但丁在《神曲·地狱篇》篇首说:"在人生的中途,我发现自己迷失了正路,走进一片幽暗的森林。"人生的中途即中年。但丁是走出幽暗的森林,才写出伟大诗篇的。(但丁四十多岁时开始写《神曲》)歌德的《浮士德》,第一部出版时他五十九岁,第二部出版时他八十二岁(逝世前一年)。

"数仞李杜墙,常恨欠领会。"李白、杜甫像数仞高墙,我常恨自己领会不深。

"元白才倚门,温李真自郐。正令笔扛鼎,亦未造三昧。"元稹、白居易只能算依靠门边(登堂而未入室),温庭筠、李商隐就更不足道了,连他们的扛鼎之作也没有达到"三昧"的境界。"郐(kuài)",周朝时的一个小国。据《左传·襄公二十九年》记载,吴国的季札曾到鲁国观赏乐舞,鲁国为他演奏了雅、颂及各诸侯国的歌诗、乐曲,季札都一一评论,但从郐国以下就不再评论了。后用"自郐以下""自郐无讥"比喻不足挂齿、不屑一谈的事物。当然,陆游过于贬低了"元白温李"了,他们也是大诗人,不比陆游差,尽管不像李白、杜甫那么伟大。

"诗为六艺一，岂用资狡狯？"诗为六艺之一，严肃而庄重，哪里是为了狎乐呢？更不可视作儿戏。狡狯，儿戏、游戏之意。

"汝果欲学诗，工夫在诗外。"如果你真要学诗，功夫要到诗外锤炼。现在有些写诗的人只读诗、写诗，这样是写不好诗的。文学院的学生只学文学，这样也是学不好文学的。除了读诗和文学，还要去研读政治、历史、物理、生命科学以及元宇宙等。但这样要求未免太高，大部分人注定只能在狭窄的专业小圈子里打转。陆游还在另一首给儿子的诗中说："古人学问无遗力，少壮工夫老始成。纸上得来终觉浅，绝知此事要躬行。"（《冬夜读书示子聿》）学问和读书十分必要，且要从年轻时就开始下苦功，这样老了才能有所成（大器晚成）。但只读书是不够的，还要深入生活、沉入生活，出淤泥而不染，我们需要更脏的手、更干净的心，如此才有可能写出好诗。

但陆游的七个儿子没有一个成为诗人的。

可见有其父未必有其子。作诗虽然是一门技艺，却不像做兰州拉面、煮胡辣汤那样可以传授。

3. 真实诗人

顾随说陆游"虽非伟大诗人，而确是真实诗人""他忠于自己，故可爱""一个诗人有时候之特别可爱，并非他作的诗特别好、特别高，便因他是我们一伙儿。""一伙儿"这个词好，特别亲切。读陆游诗词，不能只读他那几首名篇（尤其是《示儿》），否则你会觉得他太忧国忧民，太沉重了。多读他别的诗词，你就能时时感受到他的真实、可爱、亲切。即使写忧国忧民之诗，陆游也显得特别真实，不给人矫作之感，不像现在有些人嘴里喊着爱国，却暗地里移民美国或新加坡。

《木兰花·立春日作》

三年流落巴山道，破尽青衫尘满帽。身如西瀼渡头云，愁抵瞿唐关上草。

春盘春酒年年好，试戴银幡判醉倒。今朝一岁大家添，不是人间偏我老。

因为蜀道难，陆游没有带家人，而是独自到四川夔州上任（做通判）。"流落""破""尘""愁"等字可看出他的窘迫。陆游像杜甫一样真实，如实描绘自己的丑态。杜甫《述怀》诗曰："麻鞋见天子，衣袖露两肘。"安史之乱后，杜甫穷得连像样的鞋子和衣服都没有了，上朝时穿麻鞋，上衣露出两肘。

"试戴银幡判醉倒"，古代风俗，立春日（陆游这首诗写于立春），士大夫之家剪彩为小幡（小旗儿），或悬于家人之头，或缀于花枝之下，"银幡"即银制的幡、讲究的幡。"判"，与"拼"同，拼却之意，犹如今天的口语"豁出去"，"判醉倒"即喝酒豁出去了，大不了大醉一场。

"今朝一岁大家添，不是人间偏我老。"这是一句大白话、大实话，却被陆游写成诗了。

《乌夜啼·檐角楠阴转日》

檐角楠阴转日，楼前荔子吹花。鹧鸪声里霜天晚，叠鼓已催衙。

乡梦时来枕上，京书不到天涯。邦人讼少文移省，闲院自煎茶。

这首词写于陆游"摄事汉嘉"时，汉嘉即嘉州（今四川乐山）。

"檐角楠阴转日"让我想起晚唐段成式的小词《闲中好·闲中好》："闲中好，尘务不萦心。坐对当窗木，看移三面阴。""楼前荔子吹花"是说荔枝熟了，可以吃了。（再次证明唐宋时巴蜀一带产荔枝，又见本书"天地之间一东坡"一章）

"鹧鸪声里霜天晚，叠鼓已催衙。"州县所属官吏，有定期齐集到衙署参见州牧、县令的例行公事，谓之"衙参"。催衙，即用敲鼓的方式催促、提醒有关官吏不要忘了衙参之事。北宋张耒《县斋》诗云："暗书五更鸡报晓，晚庭三叠鼓催衙。"

"乡梦时来枕上，京书不到天涯。"上班时不忙，午觉能多睡会儿，梦中难免思乡。上班太闲就难免寂寞和胡思乱想。嘉州距离京城（杭州）太远了，京城好友的书信和朝廷的调令都盼不到。就像今天远离权力中心的干部，总想调回市里、省城或北京，但又看不到希望，只能无奈地等待。

"邦人讼少文移省，闲院自煎茶。"四川民风淳朴，诉讼很少。偶尔有来往公文，移送一下即可。实在闲得无聊，那就在院子里煎茶（泡茶）喝吧。陆游在乐山的小日子过得还是挺惬意的，公事不多，经常吃吃荔枝、喝喝茶。以前经济社会发展缓慢，公务员比较闲，"一杯茶，一支烟，一张报纸看半天"。现在情形则大不相同，公务员事务日益繁忙，有开不完的会、写不完的材料。但纵使再忙，该喝茶也得喝茶，可以"自煎"或到茶馆（现在的茶馆很多，成都的尤其多）。

《诉衷情·当年万里觅封侯》

当年万里觅封侯，匹马戍梁州。关河梦断何处？尘暗旧貂裘。

胡未灭，鬓先秋，泪空流。此生谁料，心在天山，身老沧洲。

陆游曾在南郑（今陕西汉中，当时是抗金前线）有过一段军旅生涯，他豪情满怀、意气风发，但个人的力量改变不了历史大势，终归是"胡未灭，鬓先秋"。心虽然在天山（西北边防），但身已老，只能归隐山阴（今浙江绍兴），居于镜湖之滨。陆游时刻不忘报国，因此他的爱国诗词尤其令人动容。

《沁园春·孤鹤归飞》

孤鹤归飞，再过辽天，换尽旧人。念累累枯冢，茫茫梦境，王侯蝼蚁，毕竟成尘。载酒园林，寻花巷陌，当日何曾轻负春。流年改，叹围腰带剩，点鬓霜新。

交亲零落如云，又岂料如今余此身。幸眼明身健，茶甘饭软，非惟我老，更有人贫。躲尽危机，消残壮志，短艇湖中闲采莼。吾何恨，有渔翁共醉，溪友为邻。

《生查子·还山荷主恩》

还山荷主恩，聊试扶犁手。新结小茅茨，恰占清江口。

风尘不化衣，邻曲常持酒。那似宦游时，折尽长亭柳。

"王侯蝼蚁，毕竟成尘"这句具有超越性。陆游诗词中此类句子很少见。陆游更多是儒家之风，不如陶渊明恬淡，不如苏轼旷达。

"换尽旧人""交亲零落如云"，很多亲友故旧都不在了。或已逝，或距离很远而无法相见。

"幸眼明身健，茶甘饭软"，幸亏自己眼神尚好，身体也还很结实。茶是甜的，饭是软的。陆游有过军旅生涯，心态和身体都很好（尤其是牙口很好），所以长寿，活到了八十五岁。很多老战士都很长寿。中华人民共和国开国将帅中，有七十二位活过了百岁。

"非惟我老，更有人贫"，我的日子过得不宽裕，老了还没钱。一个人，一个国家，最怕的是未富先老。君子忧道亦忧贫。辛弃疾看陆游日子不宽裕，主动提出帮他修一座新宅子，陆游婉拒了，他为此还写了一首诗：

《草堂》

幸有湖边旧草堂，敢烦地主筑林塘。

漉残醅瓮葛巾湿，插遍野梅纱帽香。

风紧春寒那可敌，身闲昼漏不胜长。

浩歌陌上君无怪，世谱推原自楚狂。

其实陆游是有退休金的，虽然钱不是很多。陆游五十多岁时，以"主管成都府玉局观"的虚职领取"祠禄"（即道观地产收入的一部分，这是当时南宋朝廷给退休官员发退休金的一种方式），用以维持生活。

"短艇湖中闲采莼""吾何恨，有渔翁共醉，溪友为邻"。过上了惬意的隐居生活，还有什么不满足的呢？"聊试扶犁手"，还能试着扶犁耕田。"新结小茅茨，恰占清江口"，搭建了茅草房子，恰好紧靠江口，风景美极了。"风尘不化衣，邻曲常持酒"，故乡民风淳朴，没有城里的不良习气，还能和邻居经常喝喝小酒——恬淡自然，有点陶渊明的味道了。但最后却突然来了一个转折——"那似宦游时，折尽长亭柳"，陆游又有点怀念"宦游时"。陆游虽然讲自己"真个闲人"（《风入松·十年裘马锦江滨》），"翛然一饱西窗下，天地有闲人"（《乌夜啼·从宦元知漫浪》），但他是个不想闲、也闲不住的"闲人"。

陆游是个做事的人、实干家，他嘲笑只知空谈的儒家知识分子："笑儒冠、自来多误"（《谢池春·壮岁从戎》），"自古。儒冠多误"（《真珠帘·山村水馆参差路》）。

陆游不可能像陶渊明那样享受田园生活，他只是"聊试扶犁手"，试试而已。嘉泰二年（1202），七十七岁的陆游受朝廷征召入京，担任同修国史、实录院同修一职，主持编修孝宗和光宗《两朝实录》和《三朝史》，不久又兼任秘书监。就像现在一些老干部希望发挥余热，闲不住，闲着会难受。据说有一些退休干部受不了"人走茶凉"的闲居日子，一夜之间白了头（从花白变全白）。要我说，退休干部不要只是喝茶、养鸟、带孙子，应该学一学晚年的陆游去读史、写史，或学一学晚年的博尔赫斯，他到了八十多岁还在写诗、出版诗集。博尔赫斯八十多岁时写道：

> 我应该赞美和感谢时光的每一个瞬息。
>
> 我的食粮就是世间的万物。
>
> 我承受着宇宙、屈辱、欢乐的全部重负。
>
> 我应该为损害我的一切辩解。

我的幸与不幸无关紧要。

我是诗人。

"我是诗人"，这句简洁的诗肯定会为陆游所喜。但博尔赫斯的另一句话，陆游肯定不会赞同，博尔赫斯是这样说的：

在一个八十多岁的人所写的书中，第一元素火所占的比重不会很大。

陆游是一个八十多岁依旧火性的人，一个敢射虎的人①，一个心在天山永不服老的人，一个"忙日苦多"②的人，一个真实的人，一个亲切的人。

---

① 《三月十七日夜醉中作》："去年射虎南山秋，夜归急雪满貂裘。"
② 《浣溪沙·和无咎韵》："忙日苦多闲日少，新愁常续旧愁生。"

猛虎嗅薇辛弃疾

1. 细参辛字

将军可真坏啊，您可是伟人还这么好色，然而在做爱之后，他会陷入悲伤，会去没人听到的地方唱歌来安慰自己，他会唱，一月的明亮的月光，他会唱，看看你窗下刑场上的我多哀伤，在那些毫无凶兆的十月里，他是如此确信他的人民爱他……祖国是最好的发明。

这是马尔克斯的小说《族长的秋天》中的一段，让我想起另一位将军辛弃疾。

人出生在何种时空之下纯属天定，无法自择。拿破仑出生在 1769 年的科西嘉岛，而就在一年前，这个岛在法理上还属于意大利热那亚共和国（彼时意大利尚未统一）。热那亚共和国将该岛卖给了法国，于是，差一点儿做了意大利人的拿破仑成了法国人。这位"科西嘉怪物"最终登上法兰西第一帝国的皇帝宝座，将法国带至历史巅峰，从而为今日反对

"乳法"（乳法是对法国的蔑称，因其在"二战"中的糟糕表现）的人提供了最佳反驳材料：拿破仑曾把普鲁士（德国）摁在地上摩擦。

辛弃疾出生于1140年的山东东路济南府历城县（今济南市历城区），当时，北方在金国统治之下，他的祖父辛赞还是大金国的官员（先后任谯县县令和开封知府）。但辛家"身在金营心在宋"，不愿做金国人。辛赞给孙子取了"弃疾"这个比拟"去病"（霍去病）的名字，就寄托了"驱除鞑虏"、收回失地的梦想。辛赞时时对儿孙辈进行抗金教育，还让十几岁的辛弃疾随进京（燕京）汇报工作的官吏两赴首都，沿途考察地形，为以后谋图大业做准备。辛弃疾成人后，率义军南渡，报效大宋。辛弃疾在献给南宋皇帝的《美芹十论》中回忆道："大父臣赞，以族众拙于脱身，被污虏官，留京师，历宿亳，涉沂海，非其志也。每退食，辄引臣辈登高望远，指画山河，思投衅而起，以纾君父所不共戴天之愤。尝令臣两随计吏抵燕山，谛观形势，谋及未遂，大父臣赞下世。"

人出生的时空固然无法自行选择，但可以根据政治认同改变国籍归属。"祖国是最好的发明"，祖国是可以想象、发明和建构的。出生于美国的诗人托马斯·斯特尔那斯·艾略特就认为自己在心理上是个英国人，毅然加入英国国籍。当然，用今天的祖国概念来对镜金宋与英美并不太准确，金宋都属于中华。

顾随说辛弃疾不是伟人，是英雄——尽管是一个好色的英雄（辛弃疾妻妾众多）。

陆游的诗句"圣时未用征辽将，虚老龙门一少年"（《建安遣兴·其六》）可用来形容辛弃疾。陆游和辛弃疾是好朋友（陆游长辛弃疾十五岁），两人一个鼻孔出气。陆游另有长诗赞辛弃疾：

《送辛幼安殿撰造朝》

稼轩落笔凌鲍谢，退避声名称学稼。

十年高卧不出门，参透南宗牧牛话。

功名固是券内事，且茸园庐了婚嫁。

千篇昌谷诗满囊，万卷邺侯书插架。

忽然起冠东诸侯，黄旗皂纛从天下。

圣朝仄席意未快，尺一东来烦促驾。

大材小用古所叹，管仲萧何实流亚。

天山挂旆或少须，先挽银河洗嵩华。

中原麟凤争自奋，残虏犬羊何足吓。

但令小试出绪余，青史英豪可雄跨。

古来立事戒轻发，往往谤夫出乘罅。

深仇积愤在逆胡，不用追思灞亭夜。

"稼轩落笔凌鲍谢"，辛弃疾的诗才凌驾在鲍照和谢灵运之上。鲍照和谢灵运是南北朝时期的著名诗人。杜甫《春日忆李白》："清新庾开府，俊逸鲍参军。"鲍参军即鲍照。辛弃疾《沁园春·灵山齐庵赋》："似谢家子弟，衣冠磊落；相如庭户，车骑雍容。"谢家即南朝谢安、谢灵运家族。

"大材小用古所叹，管仲萧何实流亚。"辛弃疾不仅有诗才，还有纵横天下的文韬武略，和管仲、萧何不相上下，但"大材小用"了。和叫嚣"天生我材必有用"的李白不同，辛弃疾是真有帅才，亦是干吏。

"但令小试出绪余，青史英豪可雄跨。"只要辛弃疾你分出一点儿余力，小试身手，那青史上多少英雄豪杰便被你轻松超越。诸葛亮是"虽得其主，不得其时"（《三国演义》第三十七回），而辛弃疾是既不得其主，又不逢其时，没有施展才华的机会。

辛弃疾两度被罢官，被迫归隐达近二十年。但他和陆游一样，不想闲着，想做事。辛弃疾姓"辛"，辛劳是他的天命和使命，他无法像荷尔德林那样自在地享受面包和葡萄酒，仰望柔媚的湛蓝天空，以及诗意地栖居。辛弃疾有一首《永遇乐》，副标题为"戏赋辛字送茂嘉十二弟赴调"（辛茂嘉是辛弃疾的族弟），阐释起"辛"字的丰富含义来，拿自己的姓开涮：

> 烈日秋霜，忠肝义胆，千载家谱。得姓何年，细参辛字，一笑君听取：艰辛做就，悲辛滋味，总是辛酸辛苦。更十分、向人辛辣，椒桂捣残堪吐。
>
> 世间应有，芳甘浓美，不到吾家门户。比著儿曹，累累却有，金印光垂组。付君此事，从今直上，休忆对床风雨。但赢得、靴纹绉面，记余戏语。

大意是咱们辛家人啊（实则在说自己），注定艰辛、悲辛、辛酸、辛苦、辛辣，总之，"芳甘浓美"和咱们没关系——"不到吾家门户"。"比著儿曹，累累却有，金印光垂组。付君此事，从今直上，休忆对床风雨。但赢得、靴纹绉面"，咱们辛家人宁愿不要"金印累累"（金印指黄金铸造的官印），也绝不趋炎附势，整天皮笑肉不笑（《归田录》卷二："作三司使多年，强笑多矣，直笑得面似靴皮"），那样有损辛家的刚直门风。但这只是辛弃疾赋闲时的激愤之言，实际上，他有强烈的金印情结，金印在他的词中反复出现：

直须腰下添金印，莫教头上欠貂蝉。(《最高楼·庆洪景卢内翰庆七十》)

金印明年如斗大，貂蝉却自兜鍪出。(《满江红·贺王帅宣子平湖南寇》)

黄金腰下印，大如斗。(《一枝花·醉中戏作》)

金印明年如斗。向中州锦衣行昼。(《水龙吟·玉皇殿阁微凉》)

金印累累佩陆离，河梁更赋断肠诗。(《定风波·自和》)

除非腰佩黄金印，座中拥、红粉娇容。(《金菊对芙蓉·重阳》)

只将绿鬓抵羲娥，金印须教斗大。(《西江月·画栋新垂帘幕》)

辛弃疾念念不忘金印，不仅是为了享受荣华富贵，更是想做事。不做大官，不掌金印，没有决策权，如何有一番作为？江弱水说：“跟绝大多数中国文人不一样，辛稼轩不尚清高，而重事功，思想最接地气。”清高，尤其是假清高，是文人常犯的毛病。辛弃疾很真实，退隐时心情郁闷就发牢骚，但若有掌金印的机会也绝不含糊。他多次退隐后又都出山，说明他时刻准备跃马江湖道。诸葛亮说：淡泊明志，宁静致远。辛弃疾是大才，他淡泊时、功利时都“明志”，宁静时、躁动时都“致远”。辛弃疾是和柳永、荷尔德林、诺瓦利斯迥然不同的一类诗人。

2. 青兕，抑或猛虎？

辛弃疾有“人中青兕”的美名。据《宋史·辛弃疾传》载：

耿京聚兵山东，称天平节度使，节制山东、河北忠义军马，弃疾为掌书记，即劝京决策南向。僧义端者，喜谈兵，弃疾间与之游。及在京军中，义端亦聚众千余，说下之，使隶京。义端一夕窃印以逃，京大怒，欲杀弃疾。弃疾曰："丐我三日期，不获，就死未晚。"揣僧必以虚实奔告金帅，急追获之。义端曰："我识君真相，乃青兕也，力能杀人，幸勿杀我。"弃疾斩其首归报，京益壮之。

义端看到追他的辛弃疾何以如此惊恐？因为他看到的不是一个人，而是一头迅猛的"青兕"。青兕（sì）是古代的一种瑞兽，状如犀牛而不是犀牛，逢天下将盛而现身。《山海经·海内南经》曰："兕在舜葬东，湘水南，其状如牛，苍黑，一角。"《西游记》第五十回，唐僧师徒四人为兕大王所阻（兕大王为太上老君所骑青牛下凡成精），搬来的天兵也都着道儿了，最后请来太上老君才将其降伏，书中对兕大王形貌有一番描写："独角参差，双眸幌亮。顶上粗皮突，耳根黑肉光。舌长时搅鼻，口阔版牙黄。毛皮青似靛，筋挛硬如钢。比犀难照水，象牯不耕荒。全无喘月犁云用，倒有欺天振地强。两只焦筋蓝靛手，雄威直挺点钢枪。细看这等凶模样，不枉名称兕大王！"

辛弃疾并不是常见画像中身材瘦削的俊逸美男子，而是肤硕体胖、长相有点凶恶（像兕）。辛弃疾的好友陈亮（即陈同甫，辛弃疾那句有名的"醉里挑灯看剑，梦回吹角连营"，即出自《破阵子·为陈同甫赋壮词以寄之》）所作的《辛稼轩画像赞》曰："眼光有棱，足以照映一世之豪；背胛有负，足以荷载四国之重。"刘过《龙洲集》卷八《呈辛稼轩》诗曰："精神此老健于虎，红颊白须双眼青。"青眼、眼光有棱、虎背熊腰，可见辛弃疾气场，他看上去并不像个"善茬儿"。

虎、兕均为猛兽，经常并称。如《论语·季氏》"虎兕出于柙"，《红楼梦》第五回贾元春的判词最后一句为"虎兕相逢大梦归"（据《脂砚斋重评石头记（己卯本）》，己卯为乾隆二十四年（1759）；通行本写为"虎兔相逢大梦归"，有误。贾元春死于两派政治势力的恶斗中，虎和兕才称得上棋逢对手，虎和兔显然不是）。古籍里形容地势险恶，多言"其上多犀兕虎熊之类"。

辛弃疾是青兕也好，是猛虎也罢，总之，绝非常人。

他凶悍起来，杀人不眨眼；温柔起来，比夏夜的晚风还温柔，可谓"心有猛虎，细嗅蔷薇"。

有的诗人，其诗比其人出名，比如说西格夫里·萨松。你可能从未听闻过他的名字，但他的诗句"心有猛虎，细嗅蔷薇"你肯定听说过。自从余光中将他的"In me the tiger sniffs the rose."译为"心有猛虎，细嗅蔷薇"以来，这句诗便在汉语界广传开来，至于其作者，我们反而陌生。西格夫里·萨松（1886—1967）和辛弃疾一样当过兵，参加过大战（第一次世界大战），经受过血与火的洗礼。如今，他的遗稿，包括第一次世界大战期间的笔记、信件、诗作以及给妻子的情书，连同他的梦、脚印和影子，都悄悄隐居在剑桥大学图书馆（他年轻时就读于剑桥大学）。

我本来想把写辛弃疾的这一章题为"青兕嗅薇辛弃疾"，但觉得怪怪的，还是用"猛虎嗅薇辛弃疾"吧。①

---

① 江弱水用"当猛虎细嗅蔷薇"来形容辛弃疾。江弱水：《指花扯蕊：诗词品鉴录》，商务印书馆 2020 年版，第 156 页。

3. 嗅薇·佩声闲

《江神子·宝钗飞凤鬓惊鸾》

　　宝钗飞凤鬓惊鸾。望重欢，水云宽。肠断新来，翠被粉香残。待得来时春尽也：梅着子，笋成竿。

　　湘筠帘卷泪痕斑。佩声闲，玉垂环。个里柔温，容我老其间。却笑将军三羽箭，何日去，定天山？

　　上阕"宝钗飞凤鬓惊鸾"一句，"飞""惊"，有动感。想必女子的神采非同寻常。我想到《红楼梦》中"风流灵巧"的晴雯。"望重欢，水云宽"，期盼再次欢好，但隔着重重水云，距离甚遥。"肠断新来，翠被粉香残"，自从你第一次来，我几欲肠断。温存过的翠被一直舍不得洗，刚开始还能闻到粉香，但我们分开已久，现在连香味也没有了。这是非常纤细敏锐的感觉。何逊《嘲刘郎诗》："稍闻玉钏远，犹怜翠被香。"李商隐《夜冷》："西亭翠被余香薄，一夜将愁向败荷。""待得来时春尽也：梅着子，笋成竿"，待你再来时，恐怕春天已尽，梅花已落并结满了子，竹笋也长成竹竿了。

　　下阕用了很多典故。"湘筠帘卷泪痕斑"，湘筠，即湘竹。《博物志》："尧之二女，舜之二妃，曰湘夫人。舜崩苍梧，二妃追至，哭帝极哀，泪染于竹，故斑斑如泪痕。"再次见到你真好，亲亲你的斑斑泪痕。"佩声闲，玉垂环"，你轻盈走动，玉佩声和衣裳垂下的玉环，都令我陶醉。"闲"字极妙，两人相见，过上闲适的日子，心满意足，连玉佩声都是闲逸的。"个里柔温，容我老其间"，有的版本写成"个里温柔"，但后者未免太平直了，甚至有点俗气，"柔"放"温"前有新鲜感。《飞燕外传》："是夜进合德，帝大悦，以辅属体，无所不靡，谓为温柔乡。谓嬺曰：'吾老是乡矣，不能效武皇帝求白云乡也。'"赵飞燕是汉成帝的皇后，以美貌著称，"环肥燕瘦"讲的便是她和杨玉环。"却笑将军三羽箭，何日去，定天山"，讲的是唐代名将薛仁贵。《新唐书·薛仁贵传》："时九姓众十余万，令骁骑数十来挑战，仁贵发三矢辄杀三人，于是虏气慑，皆降。……军中歌曰：'将军三箭定天山，壮士长歌入汉关。'"失意时自然要躺在温柔乡，不躺在温柔乡又能去哪里呢？但一辈子就此过去会甘心吗？辛弃疾真的笑话薛仁贵？不，他胸怀大志，是有理想的人，他无时无刻不想"定天山"。

辛弃疾笔下的女子是动感的、神采飞扬的，或许身材也够火辣。同时她又是粉香、纤柔、梨花带雨的，让人忍不住回味她的味道，想使劲疼惜她。她本就是一个让人欲罢不能的可人儿！"宝钗飞凤鬓惊鸾"——静中之动。"佩声闲，玉垂环"——动中之静。"水云宽"——空间在流动。（"宽"可解作形容词，亦可解作动词，变宽、拉远之意）"翠被粉香残""梅著子，笋成竿"——时间在流动。"却笑将军三羽箭，何日去，定天山"——思绪在涌动。

辛弃疾此词，绮丽、清雅、奇崛而又刚健，把一个大英雄的柔情和壮志写绝了。

顾随评此词"写柔情用健笔""写柔情不用《红楼》笔法而用《水浒》笔法""以画李逵的笔调画林黛玉"。这一评价，也绝了。

4. 嗅薇·行也思量

辛弃疾与陆游同样深情，但有很大不同。先说陆游。他受母亲逼迫，休掉深爱的妻子唐婉。一次，两人在沈园邂逅，陆游留词《钗头凤·红酥手》：

> 红酥手，黄縢酒，满城春色宫墙柳。东风恶，欢情薄。一怀愁绪，几年离索。错、错、错。
>
> 春如旧，人空瘦，泪痕红浥鲛绡透。桃花落，闲池阁。山盟虽在，锦书难托。莫、莫、莫！

不久，唐婉病逝。唐婉是陆游一生的痛，即使四十年后，陆游仍念念不忘，想起唐婉就无限伤感。他有《沈园》二首：

其一

> 城上斜阳画角哀，沈园非复旧池台，
> 伤心桥下春波绿，曾是惊鸿照影来。

其二

> 梦断香消四十年，沈园柳老不吹绵。
> 此身行作稽山土，犹吊遗踪一泫然。

"曾是惊鸿照影来"是名句。三年后，陆游又写《菊枕》诗：

> 采得黄花作枕囊，曲屏深幌闭幽香。
>
> 唤回四十三年梦，灯暗无人说断肠。

陆游虽然深情，但不免有些软弱、窝囊，母命并非不可违，何必休妻！

我有点生陆游的气，你是"妈宝男"吗？"东风"虽"恶"，但人可以屹立不动。"错、错、错"，怪谁错了呢？自己没有责任吗？"莫、莫、莫"，早干吗去了？正因此，我总觉得陆游的深情有那么点矫作，有点表演的色彩。他固然是深情，却好像在通过表现深情为自己年轻时的错误决定赎罪、忏悔甚至辩解：我休妻并不等于不深情哦！（同样写《忏悔录》，托尔斯泰比卢梭真诚，陆游处于二者之间。）

辛弃疾没有直面过类似陆游的困境，纵使有，我相信他的抉择肯定也不一样。就精神底色言，陆游终究还是个文人，而辛弃疾是大侠、英雄，他不会拘囿于"孝"的礼教。与陆游的哀伤、幽怨和忏悔不同，辛弃疾的深情表达特别静气，特别有人情味，如他的这首《一剪梅·记得同烧此夜香》：

> 记得同烧此夜香，人在回廊，月在回廊。而今独自睡昏黄，行也思量，坐也思量。
>
> 锦字都来三两行，千断人肠，万断人肠。雁儿何处是仙乡？来也恓惶，去也恓惶。

想从前，我们一起焚香、浴香，互诉衷肠，不知不觉间，月光悄悄照在你我身上。而今只剩下我独自挨到黄昏，行也好，坐也罢，总是忍不住回味过去的时光。"行也思量，坐也思量""来也恓惶，去也恓惶"，字词重复，很有电影画面感，像一个孤独老者在怀念年轻时的燃情岁月——背景音乐是应该放 *The Ludlows*（1994 年美国电影《燃情岁月》的主题曲）。辛弃疾还有一首《临江仙·手捻黄花无意绪》，意境相似，但更细腻：

> 手捻黄花无意绪，等闲行尽回廊。卷帘芳桂散余香。枯荷难睡鸭，疏雨暗池塘。
>
> 忆得旧时携手处，如今水远山长。罗巾浥泪别残妆。旧欢新梦里，闲处却思量。

手里捻着黄花，却无心欣赏，百无聊赖，在回廊上来回走个不停。因为帘子卷起，桂花余香向室内弥散。枯荷凋零，连一只鸭子都遮不住了，稀疏的小雨使整个池塘、整个天空都暗下来。在雨中漫步，情不自禁忆起我俩携手漫步的地方，而如今水远山长、天各一方。想到这儿，我怎能不涕泪沾巾？残妆都快擦没了。旧欢时时入新梦，一旦闲下来就忍不住思念他。"旧欢新梦里，闲处却思量"，写出一往情深之人的无奈。辛弃疾表面写女人，实为写自己。张爱玲说，一个男子真正动了感情的时候，他的爱较女人的爱伟大得多。

胡适说辛弃疾"才气纵横""情感浓挚""无论做长调或小令，都是他的人格的涌现"。

"涌"字用得好，有喷涌而出之感。辛弃疾人格伟大崇高，人与词合一了。我不太喜欢胡适，但他对辛弃疾的评价，我无一字不同意。

5. 嗅薇·初破芽

《鹧鸪天·代人赋》

陌上柔桑破嫩芽，东邻蚕种已生些。平冈细草鸣黄犊，斜日寒林点暮鸦。

山远近，路横斜，青旗沽酒有人家。城中桃李愁风雨，春在溪头荠菜花。

"陌上柔桑破嫩芽"，辛弃疾观察真细腻，桑条破芽都被他捕捉到了，我们似乎看到小芽有点害羞，却又努力向空中伸展。"东邻蚕种已生些"，有了食物，邻居家的蚕宝宝也开始生长了。"平冈细草鸣黄犊，斜日寒林点暮鸦"，平冈、细草、黄犊、斜日、寒林、暮鸦，完全是一幅写意画。如果单看"斜日寒林点暮鸦"会觉得色调悲凉，但有"平冈细草鸣黄犊"在前，就中和了悲凉感，尤其是"细草"，有一派生机的春天之感。一暖一凉，极具张力。诗人虽有淡淡哀愁，但也只是淡淡的。唐代刘长卿《长沙过贾谊宅》"秋草独寻人去后，寒林空见日斜时"，基调就完全是悲凉的，乃悲秋之感。

"山远近，路横斜，青旗沽酒有人家。"山，时远时近，时近时远，走过山路的人能理解这种感觉。路横横斜斜，不好走，有点累了，这时突然"青旗沽酒有人家"，太好了！有地方喝酒歇脚了。"城中桃李愁风雨，春在溪头荠菜花"，辛弃疾此处把情和意注入景，城里人忙忙碌碌，蝇营狗苟，常因失意愁苦，哪比得上田野之乐呢？顾随说"稼轩词专写景的多糟，其写景好的，多在写情作品中""（稼轩）感情丰富，力量充足，他哪有心情去写景"，确乎如此！"城中桃李愁风雨，春在溪头荠菜花"一语颇具现代性。现在城里人去农家乐放松、游览山水，就是为了从工作压力和人际应酬中暂时摆脱出来。

俞陛云评此词曰："稼轩集中多雄慨之词，纵横之笔，此调乃闲放自适，如听雄筋急鼓之余，忽闻渔唱在水烟深处，为之意远。"辛弃疾"意远"，有时太远，湮没了情和景。本来是"嗅薇"的，结果成了与《采薇》对话的哲人，如下面这首《鹧鸪天·有感》：

> 出处从来自不齐，后车方载太公归。谁知寂寞空山里，却有高人赋采薇。
>
> 黄菊嫩，晚香枝，一般同是采花时。蜂儿辛苦多官府，蝴蝶花间自在飞。

"出处从来自不齐"，万物出处不齐，是反用庄子的"齐物论"（"天地与我并生，而万物与我为一"）。同为老人，姜太公辅佐武王伐纣，伯夷、叔齐却不食周粟，采薇而食，饿死在首阳山。鲁迅故事新编《采薇》讽刺过伯夷、叔齐。但伯夷、叔齐和姜太公一样，有自己的信仰和行事原则。辛弃疾是想做太公而不得，只好安慰自己去做伯夷、叔齐那样的高人。"黄菊嫩，晚香枝"，本来是人赏花、蜂蝶采花时，但到了辛弃疾笔下，"蜂儿辛苦多官府，蝴蝶花间自在飞"，又成了情感的抒发、哲理的议论。杜甫《江畔独步寻花·其六》之"留连戏蝶时时舞，自在娇莺恰恰啼"是真自在，辛弃疾是看似自在，实则不够自在，毕竟，他再自在，仍是一头猛虎。

6. 老男孩

《南歌子·新开池戏作》

散发披襟处，浮瓜沈李杯。涓涓流水细侵阶。凿个池儿，唤个月儿来。

画栋频摇动，红蕖尽倒开。斗匀红粉照香腮。有个人人，把做镜儿猜。

你能想象一个虎背熊腰的山东大汉披头散发地坐在小池边，对着水镜里的自己痴痴傻笑吗？他竟然还想把月儿从水里唤出来！那痴心，那傻样，有点像贾宝玉。贾宝玉"看见燕子，就和燕子说话；河里看见了鱼，就和鱼说话；见了星与月亮，不是长吁短叹，就是咕咕哝哝的"。（《红楼梦》第三十五回）贾宝玉只是多情公子，而辛弃疾是大英雄，率真起来更率真，可爱起来更可爱。

《西江月·遣兴》

醉里且贪欢笑，要愁那得工夫。近来始觉古人书，信著全无是处。

昨夜松边醉倒，问松我醉何如。只疑松动要来扶，以手推松曰去。

别人调戏姑娘，辛大爷却调戏起松树来。醉醺神态，活灵活现。

人喝多酒以后容易狂。孟子说，尽信书则不如无书。孟子加了个"尽"作为限定词，辛弃疾则直接取消这个限定词，说"信著全无是处"。

当然，这是借酒装疯、耍狂，写这首词的时候人已经醒了。"以手推松曰去"表明辛弃疾性格中的倔强。

《清平乐·村居》

茅檐低小，溪上青青草。醉里吴音相媚好，白发谁家翁媪？

大儿锄豆溪东，中儿正织鸡笼。最喜小儿亡赖，溪头卧剥莲蓬。

"亡赖"即无赖，可爱、可喜之意。这首小令充满童趣。只有充满童趣的人才能发现童趣，恰如眼中有美的人才能发现美。

小孩子最可爱，长大了往往不可爱了，甚至变得很世俗。辛弃疾有一首《最高楼》，前有小序，曰"吾拟乞归，犬子以田产未置止我，赋此骂之"。时任福建安抚使的辛弃疾有辞官归隐之意，却遭到儿子的强烈反对，理由是钱没攒够，尚未置办田产。当儿子的总想让当大官的爹多弄点儿钱，现在不是也有这样的儿子吗？也确实有当爹的这么做了，使劲捞钱，买了一堆房子，结果进了班房，把贪的钱又都全吐出来。辛弃疾赋词《最高楼》乃是为了敲打儿子：

吾衰矣，须富贵何时。富贵是危机。暂忘设醴抽身去，未曾得米弃官归。穆先生，陶县令，是吾师。

待葺个园儿名"佚老"，更作个亭儿名"亦好"，闲饮酒，醉吟诗。千年田换八百主，一人口插几张匙。便休休，更说甚，是和非。

"富贵是危机",不要以为当上大官、富贵了就了不起,官场实际上步步惊心、处处危机,太多人是"眼看他起朱楼,眼看他宴宾客,眼看他楼塌了"。"千年田换八百主",财富永不停止地流转,富不过三代,第一代创业,第二代未必能守业,第三代简直就是败家子了。"一人口插几张匙",攒那么多钱和财产干吗,一个人又能吃多少、享用多少?辛弃疾告诉儿子"陶县令,是吾师",让他要像陶渊明那样恬淡。

有趣的是,与辛弃疾的儿子一样,陶渊明的儿子也很不争气。陶公有一首《责子》,抒写自己的无奈:

《责子》

白发被两鬓,肌肤不复实。

虽有五男儿,总不好纸笔。

阿舒已二八,懒惰故无匹。

阿宣行志学,而不爱文术。

雍端年十三,不识六与七。

通子垂九龄,但觅梨与栗。

天运苟如此,且进怀中物。

陶渊明有五个儿子,都不喜欢纸笔。老大阿舒已经十六岁,懒惰无比。老二阿宣快十五岁了,不爱学习(孔子有言"吾十有五而志于学")。老三阿雍、老四阿端十三岁了(孪生兄弟或异母所出),却连"六"和"七"都分不清。最小的通子九岁了,却只贪吃。"天运苟如此,且进怀中物。"既然天运如此,我还是畅饮杯中酒吧。陶渊明是真潇洒。

虎父犬子，辛弃疾和陶渊明也没办法。

辛弃疾是一位可爱的老男孩，但他是返璞归真，而他那个不争气的儿子是长不大的"啃老族"。

7. 倦客新丰

《满江红·倦客新丰》

倦客新丰，貂裘敝征尘满目。弹短铗青蛇三尺，浩歌谁续？不念英雄江左老，用之可以尊中国。叹诗书万卷致君人，翻沉陆。

休感慨，浇醽醁。人易老，欢难足。有玉人怜我，为簪黄菊。且置请缨封万户，竟须卖剑酬黄犊。甚当年寂寞贾长沙，伤时哭。

明卓人月、徐士俊《古今词统》卷一二评此词"有经史气，然非老生常谈"。

现在诗人的问题是不通经史，纵使诗中有情致和故实（李清照认为秦少游词"专主情致，而少故实"），但思想不深，缺乏"历史—时间"维度，给人的感觉不够厚重，因此称不上大诗人。诗人可不可以同时是哲人和史家呢？艾略特担心"过多的学问会使诗人的敏感性变得迟钝或受到歪曲"，但他也强调，"诗人应该加强或努力获得这种关于过去的意识，而且应该在他整个创作生涯中继续加强这种意识"。对于辛弃疾这样才气纵横的大诗人而言，学问与诗、情致与理智早就不分甚至合一了，一切皆为供其驱策的材料而已。学问家是"我注六经"，诗人是"六经注我"。

辛弃疾这首词，里边有太多典故，我只谈"倦客新丰"。

十几年前，我看电视剧《贞观长歌》时，就对马周印象很深。后读李贺诗《致酒行》之"吾闻马周昔作新丰客，天荒地老无人识"，深感共鸣。（难道我也"天荒地老无人识"？）马周小时是孤儿，家境贫寒，但他好学，终尔成大才。他在去长安的途中投宿新丰，客店老板待他比小商贩还不如，但他"命酒一斗八升，悠然独酌"，对周围人的冷眼不以为意。他后来给中郎将常何做门客，代常何上书谈论政治得失，被李世民发现并委以重任，历任监察御史、谏议大夫等职，死后陪葬昭陵。

　　"天荒地老无人识"讲的是马周落寞时。马周是幸运的，邂逅了明主，而辛弃疾就没那么幸运了。辛弃疾写"倦客新丰"，他自己何尝不是一位倦客？辛弃疾此词从"倦客新丰"起，以"寂寞贾长沙"终（贾谊被贬长沙），那该是一份怎样的寂寞心！寂寞和孤独感时时侵袭着辛弃疾，且看其词：

> 把吴钩看了，栏杆拍遍，无人会，登临意。（《水龙吟·登建康赏心亭》）
>
> 无说处，闲愁极。（《满江红·暮春》）
>
> 谁共我，醉明月。（《贺新郎·别茂嘉十二弟》）
>
> 一点凄凉千古意，独倚西风寥廓。（《念奴娇·赋雨岩》）
>
> 孤负寻常山简醉。独自。（《定风波·山路风来草木香》）
>
> 高歌谁和余，空谷清音起。（《生查子·独游雨岩》）
>
> 古来三五个英雄。（《浪淘沙·山寺夜半闻钟》）

　　"古来三五个英雄"，口气之大，唯毛主席可比——但他（们）有这个资本。古来圣贤多，英雄少。

8. 众里寻他

读辛弃疾词"众里寻他千百度。蓦然回首，那人却在，灯火阑珊处"，我不由得想到茨维塔耶娃的诗句：

> 我手里握着我的诗作——
> 几乎变成了一杯尘埃！我看到你，
> 风尘仆仆，寻觅我诞生的寓所——
> 或我逝世的府邸。
> ……
> 经历了整整的一百年啊，
> 我才最终迎来了你！

每个人一生中都在寻找，或寻找知心爱人，或寻找理想和信仰，或寻找具体的事业或工作。有的人找到了，有的人还在苦苦追寻。关键是要去"寻"，哪怕有千百度的痛；哪怕蓦然回首一场空，发现并无人在灯火阑珊处等自己；哪怕经历了一百年、一千年，也没有"迎来"那个想找的东西。

或许，唯具备"虽九死其尤未悔"的追寻精神，才能够夯实生命的存在感。

辛弃疾无缘和海德格尔、萨特、加缪等二十世纪的存在主义哲学家对话，他能想到的也就是屈原、陶渊明，也就是"古来三五个英雄"，在黄夜与他们说点儿悄悄话——有红袖在一旁添香。他"恨古人、不见吾狂耳"（《贺新郎·甚矣吾衰矣》），但他眼中的古人果真来了，他会特别谦虚、低调。他和苏东坡一样，始终对陶渊明毕恭毕敬。（辛弃疾《临江仙·莫向空山吹玉笛》："试寻残菊处，中路候渊明。"苏东坡《次韵答孙侔》："但得低头拜东野，不辞中路候渊明。"）

辛弃疾诗词中有家国和激昂，也有田园和恬淡；有金印，也有超越。辛弃疾＝屈原＋陶渊明。

曹操有虎豹骑，曾国藩有湘军，而辛弃疾则创建了飞虎军。曹操有诗，曾国藩有经史，而辛弃疾则有以经史为底色的诗词。辛弃疾＝曹操＋曾国藩。

粟裕指挥孟良崮战役，于百万军中取上将（张灵甫）首级。辛弃疾率五十人闯五万金军营地，生擒叛徒张安国（也姓张）。辛弃疾是大宋的粟裕。

魏徵有《谏太宗十思疏》，辛弃疾有《美芹十论》。辛弃疾是大宋的魏徵（可惜皇帝不把他视作铜镜）。

辛弃疾"溪边照影行"（《生查子·独游雨岩》），与自己的影子对话，因此有资格与"举杯邀明月，对影成三人"的李白讨论银河九天。李白与敬亭山"相看两不厌"，辛弃疾与青山岂止是"相看两不厌"，而是互夸对方太妩媚。（《贺新郎·甚矣吾衰矣》："我见青山多妩媚，料青山见我应如是。"）柳如是不应该嫁给钱谦益，而应该嫁给辛弃疾——辛弃疾才是真男人。陈寅恪也不应该写什么《柳如是别传》，而应该写《辛弃疾正传》——当代学人必须打破陈寅恪崇拜。

辛弃疾赠金给穷诗人刘过，是比宋江还及时的及时雨。刘过却将其作为酒钱花光，不愧是刘伶的本家。

辛弃疾"论心论相"（《念奴娇（三友同饮，借赤壁韵）》），是禅宗大师。

辛弃疾是识尽愁滋味、欲说还休的少年。

辛弃疾是渡江的天马。（《水龙吟·甲辰岁寿韩南涧尚书》："渡江天马南来，几人真是经纶手。"）

辛弃疾是补天者。（《贺新郎·同父见和再用韵答之》："看试手，补天裂。"）

辛弃疾归隐时建"停云堂"，云为之而停。

辛弃疾的诗句足以"夜裁冰"（《临江仙·钟鼎山林都是梦》），应放逐他至冰岛，与雷神托尔打一架。

辛弃疾是旧文学的革命者（顾随说，稼轩字法、句法为他词人所无），是中国文艺复兴的先驱之一。十二世纪以来中国文艺复兴名人录（我草拟的）：辛弃疾、吴承恩、兰陵笑笑生、曹雪芹、鲁迅、毛泽东……

辛弃疾不排斥追随者，但不承认"稼轩体"的存在。因为他知道，一旦成"体"，也就意味着僵化。

辛弃疾和基督、杨玉环、赵飞燕一样，生于尘土，归于尘土。（《摸鱼儿·更能消几番风雨》："君不见、玉环飞燕皆尘土！"）

我撰写这本关于宋词的书的过程，就是一个众里寻他的过程。寻东坡，寻易安，寻稼轩，寻找比苇草还卑微却也充满无限可能的自己。

附:逍遥斋主人词话

1

词以品格和名句兼具为最上，若此，则自然有境界。大诗人写诗时，心中并无造境与写境、有我之境与无我之境的区分。

2

诗与歌分离，是坏事，亦是好事。词本无定法，所谓诗化、赋化，庸人自扰之。

3

古今之成大事业、大学问者，必经过三种境界。"寻寻觅觅，冷冷清清，凄凄惨惨戚戚"，此第一境也。"七八个星天外，两三点雨山前"，此第二境也。"青山依旧在，几度夕阳红"，此第三境也。此等语皆非大词人不能道，遂以吾意解释诸词，易安、幼安、升庵诸居士或颔首一笑。

4

辛弃疾"细把君诗说"时，肯定记得"诗无达诂"的箴言，也赞成里尔克的如下洞察："一切言说都是误解。洞察只在艺术品之中。"辛弃疾不过是想恭维朋友两句。他毕竟红尘中人，也需要朋友，不是吗？

5

欧阳修词曰"人间自是有情痴"。其实除了情痴，还有诗痴、词痴、能量痴。比拉丁美洲还孤独的马尔克斯说："诗歌是平凡生活中的神秘能量，可以烹熟食物，点燃爱火，任人幻想。"

6

"狗吠深巷中，鸡鸣桑树颠"之狗乃隐居之狗。"老夫聊发少年狂，左牵黄，右擎苍"之狗乃怒发冲冠之狗。"知我当北还，掉尾喜欲舞"之狗乃凭忠诚而有资格与人休戚与共之狗。诗人为狗祈福，如里尔克所言，正是"由于狗的无限分担和牺牲"。苏东坡是"吃货"，唯独不吃狗肉。

7

王国维曰："沧浪所谓'兴趣'，阮亭所谓'神韵'，犹不过道其面目，不若鄙人拈出'境界'二字，为探其本也。"

王国维不免文人相轻——我这样说，亦不免文人相轻。

作为理论概念，"兴趣""神韵""境界"三者并无高下优劣之分。

8

王国维曰："客观之诗人，不可不多阅世。阅世愈深，则材料愈丰富，愈变化，《水浒传》《红楼梦》之作者是也。主观之诗人，不必多阅世。阅世愈浅，则性情愈真，李后主是也。"那，"阅世愈深，则性情愈真"的东坡和稼轩，是客观之诗人、主观之诗人，抑或"主客混一"之诗人？

9

词最初被称为"诗余"，乃文人写诗之余所填，是游戏精神的产物。

席勒说，"在人的一切状态中，正是游戏而且只有游戏才能使人称为完整的人，使人的双重本性一下子发挥出来""人应该仅仅同美进行游戏"。

可惜席勒不懂中文，否则，读宋词会使他目瞪口呆、五体投地。

儿童游戏时都是不自觉的诗人，长大后即使玩游戏，也只是自觉的雅人。何谓雅人？在茶馆品茗论道者也。

10

"和泪试严妆"：一幅美人图。给所爱的女人买衣服，要舍得花钱，让她忍不住流下幸福的泪水。

11

尼采说："一切伟大的文化时代都是政治的衰落期。"大宋从诞生的那一刻起，就是为文化而非为政治而生的。

12

尼采说："十足的女人从事文学，其情形就像一个人在犯一个小小的罪孽时一样：其行为是试探性的、顺便的和左顾右盼的，想知道是否有人注意她，从而使得有人注意她……"

宋朝四大女词人，除了李清照之外，另外三位——朱淑真、张玉娘、吴淑姬，都是十足的女人——因此配不得一个"大"字。

雍正也曾斥责年羹尧配不得一个"大"（"征西大将军"的"大"）字。年羹尧是十足的男人，不懂得要在雍正面前适当地装女人。大宋的士大夫们在填词时都装过女人。欲从政，就要先学会填词。

13

朱淑真词曰："独行独坐，独唱独酬还独卧。"五个"独"字，让人看了心疼。就连阉官看了都心疼。

14

李清照的"梨花欲谢恐难禁"简直不是诗。梅尧臣的"落尽梨花春又了"，一个"又"字，勾人无限伤心。倘若再听当代歌手韩红唱的《梨花又开放》（词：丁小齐；曲：因幡晃），双倍伤心。周晋的"一砚梨花雨"有画面感，可惜我不用砚台。

15

苏东坡绝爱秦少游"郴江幸自绕郴山，为谁流下潇湘去"一句，将其书于扇面，曰："少游已矣，虽万人何赎。"这是典型的"超人"思想。"超人"思想不可缺，"超人"言语不可有。

16

姜夔词曰："高柳垂阴，老鱼吹浪，留我花间住。""高柳垂阴"太平，"老鱼吹浪"太怪，"留我花间住"太低俗。

17

苏东坡《水龙吟·次韵章质夫杨花词》之"似花还似非花"，词好、意亦好，朦胧而深刻。一花一世界，看花即看世界。

18

姜夔词曰："有翠禽小小，枝上同宿。"让我想起林风眠的禽鸟画。林风眠的两任妻子都是欧罗巴美女，欲长久"枝上同宿"而不得，终成孤家寡人。林风眠诗曰："犹忆青丝魂已断，谁知白发共难期。"艺术家不仅需要红袖添香，还需要同世的知音交流，如木心在回忆林风眠时所言："一个艺术家虽然有足够多的历史上的先辈可以景仰追随，模仿遵循，但也需要与同代而不同辈的活着的艺术家交往，否则，就有孤独感，甚至悲惶烦躁，以致沮丧颓隳。"

19

"红袖添香"一词出自赵彦端《鹊桥仙·送路勉道赴长乐》："留花翠幕，添香红袖，常恨情长春浅。"

林风眠的悲剧在于：欧洲的红袖添不了中国的香。

李清照的卓越在于，自己给自己添香。"薄雾浓云愁永昼，瑞脑销金兽。"

20

姜夔之"二十四桥仍在，波心荡、冷月无声"，甚有时间感（中国式科幻小说的一个场景）；"数峰清苦，商略黄昏雨"，前句代入感过度，后句写冷雨，却有温暖之感（盖因黄色属于暖色调）；"高树晚蝉，说西风消息"，堪媲美苏东坡之"高处不胜寒"，却更有人间味。静安先生评此三句"虽格韵高绝，然如雾里看花，终隔一层"，不知其"隔"字何由出耶？

21

"生年不满百，常怀千岁忧。昼短苦夜长，何不秉烛游？""我住长江头，君住长江尾。日日思君不见君，共饮长江水。""天似穹庐，笼盖四野。天苍苍，野茫茫，风吹草低见牛羊。"皆属于席勒所言的"素朴的诗"。

22

席勒将"感伤的诗"分为三类：讽刺诗、牧歌诗、哀歌诗。

"暖风熏得游人醉，直把杭州作汴州。"讽刺诗也。

"明月别枝惊鹊，清风半夜鸣蝉。稻花香里说丰年，听取蛙声一片。"牧歌诗也。但已勉强，两宋时几乎无西北边疆，词中不见牧场寥廓景象。

至于哀歌（如里尔克《杜伊诺哀歌》），宋词中完全不见。

苏东坡《江城子·乙卯正月二十日夜记梦》之"十年生死两茫茫"，确乎哀伤，然非哀歌。屈大夫《离骚》近乎哀歌。老杜《秋兴八首》无哀歌的基调，有哀歌的气魄。

23

里尔克《杜伊诺哀歌》第一首："美不是什么/而是我们恰好可以承受的恐怖的开始/而我们之所以这样赞许它是因为它安详地/不屑于毁灭我们。每一位天使都是可怕的。"桃园三结义时的桃花，赵佶北行所见之杏花，欧阳修泪眼所问之无名花（"泪眼问花花不语"）都宁静得不屑于摧毁我们。

24

我不曾从宋词中领略到恐怖之美，亦不曾看到天使。我的感觉太不锐敏了。

25

若不曾"空床卧听南窗雨"，便没有资格说懂诗。若读不懂"谁复挑灯夜补衣"，便没有资格对二十一世纪的爱情说三道四。

26

贺铸《青玉案·凌波不过横塘路》之"彩笔新题断肠句"，太直白，不好；"一川烟草，满城风絮"，不写愁而愁绪布满城市天空，好。

27

贺铸《西江月·携手看花深径》："欲寄书如天远，难销夜似年长。""似"改为"比"，或许更佳。

鲍照《代淮南王》之"愿逐明月入君怀"，贺铸《掩萧索/浣溪沙》将之改为"愿随明月入君怀"。"随"比"逐"少了份强志（老子曰：强行者有志），多了份温柔。"逐"，似刚还柔；"随"，似柔还刚。

28

贺铸《踏莎行·杨柳回塘》："当年不肯嫁东风，无端却被秋风误。"此句毫无道理，又好像把道理说尽。贺铸《小梅花》："觉来珠泪，滴向湘水深。""滴"字妙，细腻动人；若为"洒"，则太粗。

29

程俱《贺方回诗集序》称贺铸"饮酒如长鲸""仪观甚伟""戏为长短句，皆雍容华丽"。既高且帅，酒量惊人，文采斐然，今日"社交牛人"的前提条件贺铸都充分地具备了，他稍加历练就是外交家的好人选。

30

陆游"有气而乏韵"（王国维语）。魏文帝曰："文以气为主。"

看来陆游更适合作文，而非写诗。可充任国防科技大学的战略学教授。

31

学诗的第一步是模仿。东施效颦，倘若效仿得好，未尝不可以蜕变成南施、北施，或西南施、西北施，即使仍比不得西施之美。

既然丑小鸭能变成白天鹅，东施为什么不可以变？《安徒生童话》好就好在想象力诡谲和诗意盎然。

32

诗界四狂：李白（"我本楚狂人"）、杜甫（"自笑狂夫老更狂"）、苏轼（"嗟我本狂直"）、辛弃疾（"恨古人不见吾狂耳"）。

33

辛弃疾具有惊人的科学直觉。他在《木兰花慢·可怜今夕月》中提出一个疑问："飞镜无根谁系？"月亮没有根，是谁把它系在那里的？

牛顿答曰：万有引力。爱因斯坦答曰：时空曲率。

理查德·费曼曾批评诗人对物理学不感兴趣，"对四百年来科学家所揭露自然的奥妙不曾表现出赏识的感情"。他指出，科学与神秘感并不冲突，科学并没有把美赶走，是诗人以为科学把美赶走了。

34

同是写海棠，世人皆知李清照之"绿肥红瘦"，鲜知吴文英之"红朝翠暮"。"绿"比"翠"自然，但"红朝翠暮"的时空感更强。至于写色，蒋捷《一剪梅·舟过吴江》之"红了樱桃，绿了芭蕉"的妙处于二者之间。

35

木心的俳句"带露水的火车和带露水的蔷薇虽然不一样"，颇具宋词精神。

伊凡·蒲宁写道："我目力之好，可以看到七重天上昂星团的全部七颗星星；听力之佳，可以在夜里听到旷野上旱獭的吱吱声；嗅觉之灵，可以闻到铃兰的幽香和古籍的书卷气，并为之心醉神迷……"这段也颇具宋词精神。

木心和蒲宁像纳兰容若一样，"以自然之眼观物，以自然之舌言情"（王国维语）。

36

纳兰性德《浣溪沙·谁念西风独自凉》之"当时只道是寻常"，我年轻时只道这一句是寻常。

37

辛弃疾是宋代的堂吉诃德吗？鲁迅是近代的堂吉诃德吗？堂吉诃德是西班牙的辛弃疾吗？

斯宾格勒说，所有类比都是片段的、任意的、暂时的，"不是对历史形式做真正深刻的领悟，而只是对其做诗意的或巧妙的表达"。

是故，诗和史诗无法取代历史和叙事的功用。

38

一个德国人能用《如梦令》和《更漏子》做什么呢？

一个印度人能用《史记》和《南唐书》做什么呢？（斯宾格勒说："在印度文化中，我看到了一种全然非历史的心灵。"）

一个中国人能用《西方的没落》做什么呢？

39

我们可不可以说，晏殊的"小园"和"高楼"是佛教空间观的反映？"时间的连续以空间要素的连续为前提，眼睛通过这些要素游走于其间。"（斯宾格勒语）

40

大国国运有兴衰循环，而文体一旦衰落，往往就彻底衰落下去了，直至泯灭——连回光返照都不会有。

41

风月、花鸟、梅妻、鹤子、荡妇、鄙词、俚语、李煜、千古、文心、心电图、图灵、恒星托儿所……皆为诗人之奴仆——大诗人之奴仆。

42

枯藤老树昏鸦——1883 年西伯利亚的一只黑黢黢的昏鸦，活像一段烧焦的木头。

小桥流水人家——《一千零一夜》中的一处天堂。

古道西风瘦马——"上帝之鞭"阿提拉的瘦马，虽瘦，却也曾纵横欧亚大陆。

断肠人在天涯——断肠人：马致远、秦少游、晏几道、本雅明、奥威尔——不包括苏东坡。

43

陈克《菩萨蛮·绿芜墙绕青苔院》之"蝴蝶上阶飞"，实写也。

庄周之梦蝶，幻写也。

本雅明写蝴蝶，实幻之间也。本雅明《柏林童年》："我越是调动自己的每一根肌肉纤维去贴近那小动物，越是在内心将自己想象成一只蝴蝶，那蝴蝶的一起一落就与人类的一举一动越发相似，最后将这只蝴蝶擒获就仿佛是我为了回归人形不得不付出的唯一代价。"

44

波德莱尔是发达资本主义时代的抒情诗人，柳永是发达商品经济时代的抒情词人，两人皆穿行于象征之林，那些熟悉的眼光（"盈盈秋水"）注视着他们。

45

陈克《临江仙·四海十年兵不解》从战事写起，以"别愁深夜雨，孤影小窗灯"作结，与李清照《永遇乐·落日熔金》从"中州盛日"写起，以"不如向、帘儿底下，听人笑语"作结，有异曲同工之妙。寥寥数语，写尽十年心境。凄凉之中有淡然、宁静。十年前，我丢失了一个世界，而就在昨夜的窗下，我获得一个新世界。

46

读秦少游《八六子·倚危亭》"春风十里柔情"，我看到了秦少游、李清照和艾米莉·狄金森心里的风。

47

王国维《蝶恋花·满地霜华浓似雪》之"满地霜华浓似雪。人语西风，瘦马嘶残月"，《浣溪沙·山寺微茫背夕曛》之"试上高峰窥皓月，偶开天眼觑红尘。可怜身是眼中人"，既有古典的风骨，又有现代的高致，可谓近代词的极峰。

"满地霜华"，愁满地也。"西风"，欧风美雨也（静安先生拥有"开放的心灵"，汲纳西学甚有力）。"瘦马"，言自也。"残月"，帝国末日、文明末日、宇宙末日也。

"试上""偶开"，何其谦逊！"高峰""天眼"，何其孤傲！

静安先生是一位孤独天才，又是一位痛苦天才，即叔本华所言的："一个人越具超凡的智慧，越有清晰的认知，他就越痛苦。天才者，最痛苦之人也。"

静安先生在知命之年自沉于昆明湖鱼藻轩。他并非不知叔本华本人属于快乐天才，但他就是快乐不起来。

48

叔本华说："我们应该用平凡的字词说出不平凡的东西。"这是夜半挑灯的陆放翁几乎抵达的境界。几乎。

49

王国维说："《红楼梦》之主人公，谓之贾宝玉可，谓之'子虚''乌有'先生可，即谓之纳兰容若，谓之曹雪芹，亦无不可也。"我们同样可以说，易安词中的主人公，谓之易安可，谓之"子虚""乌有"女子可，即谓之蔡文姬、崔莺莺，亦无不可也。"善于观物者，能就个人之事实而发见人类全体之性质。"

50

纳兰性德的《金缕曲·亡妇忌日有感》不若苏东坡的《江城子·十年生死两茫茫》知名，却也同样感人。（巧合："亡妇"与"王弗"谐音。王弗，苏东坡妻也）尤其是"滴空阶、寒更雨歇，葬花天气"一句，别有一番高致。纳兰性德葬的是花，是清泪，是天尽头的香丘。（曹雪芹《葬花吟》："天尽头，何处有香丘？"）

51

陈与义《临江仙·夜登小阁忆洛中旧游》之"杏花疏影里，吹笛到天明"，近乎阮籍《咏怀》之"夜中不能寐，起坐弹鸣琴"；"古今多少事，渔唱起三更"近乎杨慎《临江仙·滚滚长江东逝水》之"白发渔樵江渚上，惯看秋月春风"。陈廷焯《白雨斋词话》称其"笔意超旷，逼近大苏（东坡）",堪谓美誉之至。只可惜其词乃"闲登小阁看新晴"后写就,若临江畅发,或将更上一层楼。吾似太苛责矣。

52

史达祖《喜迁莺·月波疑滴》之"自怜诗酒瘦"即使称不上警句,亦为一佳句。注意:是诗酒瘦而非人瘦。

53

和凝《长命女》"强起愁眉小"一句,好就好在脱离语境会生出歧义。是因锁紧眉头而使得眼眉显得比平时小呢,还是忧虑自己眼眉小呢?好句不只属于原词（或原诗）,自有其独立生命在。

54

和凝（898—955）这个名字很有诗意。"和气吹绿野"（李世民《咏雨·其三》）,"凝魂空荐梦"（杜牧《为人题赠二首》）。和凝是诗人,有宫词百首,也是一位法医学家,编著有《疑狱集》。

《长命女》为唐教坊曲。当代作家阿城指出,"（唐朝崔令钦撰的）《教坊记》所记载的歌舞,多是由西亚传来,教坊内外的艺人,也多有西亚人。看唐长安地图,西域人社区之大,有如观今之纽约、洛杉矶的族裔社区""唐诗的兴亡与当时的西亚音乐有关,胡人的音乐大概有现在摇滚乐的意思"。

55

燕乐（宴乐）为词的一个起源,可追溯至古中亚和古南亚地区的音乐,如波斯乐、天竺乐。沈括《梦溪笔谈》卷五记:"自唐天宝十三载（754）,始诏法曲与胡部合奏。自此乐奏全失古法,以先王之乐为'雅乐'，前世新声为'清乐'，合胡部者为'宴乐'。"词牌"婆罗门引"显然与燕乐（古代中南亚音乐）有关，其中偶有佳句，如辛弃疾《婆罗门引·龙泉佳处》之"怅高山流水，古调今悲"，张之翰《婆罗门引·赋赵相宅红梨花》之"枝上雨、都是啼痕"，吴文英《婆罗门引·风涟乱翠》之"正碧云不破，素月微行"。

56

蒋捷《虞美人·听雨》写听雨三阶段——"少年听雨歌楼上""壮年听雨客舟中""而今听雨僧庐下"。张潮《幽梦影》谈读书三阶段："少年读书，如隙中窥月；中年读书，如庭中望月；老年读书，如台上玩月。"木心谈爱情三阶段（境界）："爱情，亦三种境界耳。少年出乎好奇，青年在于审美，中年归向求知。老之将至，义无反顾。""三"真是一个特别的数字——和"十三"一样。

57

顾随诠解蒋捷《虞美人·听雨》，"后半阕是泄气了。好仍然好，可惜落在中国传统里了""'老年……悲欢离合总无情'，一切不动情，不动心，解脱、放下，凡事要解脱、要放下。其实人到老年是该解脱、放下，但生于现代，解脱也解脱不了，放也放不下，不想扛也得扛，不想干也得干"。

其实人到老年也不该"不动情，不动心"，还得像姜太公一样奋斗不息。曹操《求贤令》说"今天下得无有被褐怀玉而钓于渭滨者乎"，讲的就是姜太公。曹操用人不拘一格，乱世当如此。

俗话说，要有精神气。人有追求老得慢。"知足常乐""放下我执"

"远离颠倒梦想"之类的话有时最害人。（有时）

58

蒋捷《贺新郎·秋晓》之"秋太淡，添红枣"，有一股淡淡的热烈感。

鲁迅《秋夜》："在我的后园，可以看见墙外有两株树，一株是枣树，还有一株也是枣树。"更淡，因此也更热烈。

59

顾随欣赏蒋捷《少年游·枫林红透晚烟青》"二十年来，无家种竹，犹借竹为名"一句，我更欣赏此词另一句"春风未了秋风到"，有平行宇宙的视界。

60

蒋捷《贺新郎·兵后寓吴》："问邻翁要写《牛经》否？翁不应，但摇首。"

蒋捷真好玩儿，但他显然问错了对象，他应问苏格拉底，而非邻翁。苏格拉底或答："吾要《牛虻经》，汝能写否？"

问我也是可以的，我将应之曰："吾要《牛魔王经》，汝能写否？"

61

"废池乔木"怎会"犹厌言兵"？姜夔的反战主义未免太幼稚，一切伤感的反战主义都未免太幼稚了。

62

兰波说："精神上的搏斗和人间的战争一样暴烈。"

若欲搏斗，不要只找"壮志饥餐胡虏肉"的岳武穆，还要找对重整人间乾坤失去兴趣的哈姆雷特。

63

词语破碎之处是"伟大的日子"（德国诗人格奥尔格曰"伟大的日子里，我就是精神上的世界之主"），是"城春草木深"，是"郁孤台下清江水"，是"铁骑满郊畿"，是宋徽宗的新帝国。

64

无名氏《九张机·四张机》（"鸳鸯织就欲双飞。可怜未老头先白。春波碧草，晓寒深处，相对浴红衣"），词一般，唱出来却特别动听（顾嘉辉作曲；甄妮、罗文演唱）。音乐乃飞翔的诗。木心说"东方无音乐""东方的音乐越听人越小，世界越小"，难道是指《四张机》之流？

65

木心说"现代艺术是竹花"，此语盖源于静安先生"若云间诸公，则彩花耳"乎？（"云间诸公"指明末云间派诸位词人，如陈子龙、夏完淳等。）

66

王国维说："政治家之眼，域于一人一事。诗人之眼，则通古今而观之。"此诚为诗人之言。

拥有诗人之眼的政治家和拥有政治家之眼的诗人一样罕见——我说的不是大宋朝，而是现在。

67

改编自日本中岛美雪《ひとり上手》（译为《习惯孤独》）的《漫步人生路》（郑国江填词、邓丽君演唱）词曰："越过高峰，另一峰却又见。"填词人大概读过五代女诗人王丽真的《字字双》，中有"夜长路远山复山"一句。一语道尽人生。

68

杨慎说李清照《声声慢·寻寻觅觅》十四个叠字"乃公孙大娘舞剑手"，慧眼也。李清照填此词时连天地都为之久低昂。

69

陆游《鹊桥仙·一竿风月》："卖鱼生怕近城门，况肯到红尘深处？"到过红尘深处的人才有资格说这样的话。

70

毛滂《临江仙·都城元夕》"酒浓春入梦，窗破月寻人"一句，前半句自然而不奇崛，后半句奇崛而不自然。

71

与其说"少年情事老来悲"（姜夔《鹧鸪天·正月十一日观灯》），不如说"少年情事老来忆"。

与其说"少年不识愁滋味"（辛弃疾《丑奴儿·书博山道中壁》），不如说"少年不辞愁滋味"。

与其说"少年心性消磨尽"（王之道《玉楼春（和李宜仲）》），不如说"少年心性一夜尽"。

72

元好问之"诗句欲成时，满西山风雨"，张养浩之"诗句欲成时，满地云撩乱"，皆不若无名氏之"诗句欲成时，没入苍烟丛里"。

73

赵汝茪之"冷泉亭下骑驴"，陆游之"细雨骑驴入剑门"，元好问之"骑驴漫与行人语"，他们所骑既非黔之驴，亦非马克斯·韦伯调侃过的驴子。有人问马克斯·韦伯的研究领域，他答道：我不是驴子，没有专门的领地。

74

1909 年，马克斯·韦伯在一次演讲中说道："这个世界将由那些小齿轮居住，这些人的双眼紧盯着一个小职位，并努力追求一个更高的小职位。"这不就是对今日"社畜"的神预言吗？"社畜"最好的自我放松法是秉怀古之情，游览杜牧、东坡和稼轩游览过的赤壁，说不准还能邂逅他们，"何妨人道，圣时同见三杰。"

75

1935 年，鲁迅在致山本初枝的信中说："我是散文式的人，任何中国诗人的诗，都不喜欢。只是年轻时较爱读唐朝李贺的诗。他的诗晦涩难懂，正因为难懂，才钦佩的。现在连对这位李君也不钦佩了。"但鲁迅绝非诗歌之敌，既因为他讲过"诗歌不能凭仗哲学和智力来认识，所以感情已经冰结的思想家，即对于诗人往往有谬误的判断和隔膜的揶揄"（鲁迅是感情从未冰结的大思想家），更因为他的《野草》就是一部顶尖的诗词集，李贺、陆游、稼轩若看到肯定钦佩不已。

"我的心分外的寂寞""然而现在没有星和月光"（鲁迅《野草·希望》）不也是李贺在七夕之夜的心灵状态吗？

"待我成尘时，你将见我的微笑！"（鲁迅《野草·墓碣文》）不也是陆游在咏梅时所说的吗？

"茅屋，塔，伽蓝，农夫和村妇，村女，晒着的衣裳，和尚，蓑笠，天，云，竹……"（鲁迅《野草·好的故事》）不也是稼轩在蛰隐时所见的吗？

76

欧阳修谈作文之道："世人患作文字少，又懒读书，每一篇出，即求过人，如此少有至者。疵病不必待人指摘，多作自能见之。"

眼高手低是人的通病，但有些人眼与手的距离尤其大。

没有后劲，即使一鸣惊人，也只是诗界过客——非"百代之过客""百岁真过客"之"过客"。

自己的疵病，自己寻之。当局者未必迷，旁观者未必清。或曰，当局者清，旁观者迷。

77

苏东坡"春衫犹是，小蛮针线，曾湿西湖雨"一句，亦可解作：侍妾缝制的春衫把西湖雨都打湿了。

78

白居易诗云："樱桃樊素口，杨柳小蛮腰。"擅艳词的宋人不曾写出可与之媲美的句子。

79

苏东坡"待浮花浪蕊都尽，伴君幽独"一句，好像说的是歌德。歌德风流一生，最终却娶了制花女工伍碧丝。这位年轻的打工妹、"大自然的尤物"，具有伟大的献祭精神，她让歌德明白：身边的女人可以随时变，但真正能使他惦念的唯她一人。"有声当彻天，有泪当彻泉。"她像守护孩子一样守护德国最伟大的诗人。在共同生活十八载后，歌德给了她妻子的名分。

80

"玉露初零，金风未凛，一年无似此佳时"，说的是四十岁的男人。男人四十一枝花。

"金风玉露一相逢，便胜却人间无数"说的是天上的爱情，属于没有年龄的男人，比如说那位"天南地北单飞客"。

81

舒亶《虞美人·寄公度》之"芙蓉落尽天涵水，日暮沧波起"有杜诗的气魄："浮生只合尊前老，雪满长安道。"前半句俗，后半句佳——让我想起李白。

82

李之仪《谢池春·残寒销尽》"且将此恨，分付庭前柳"一句，不如改为"且将此情，分付庭前柳"。"恨"字用力过猛，改为"情"仍不够好，但若改为"爱"则显得伧俗。文不尽意如此。一叹。

83

南宋俞成《萤雪丛说》记载，宣和画院出过一道名为"踏花归去马蹄香"的考题，一考生画一群蝴蝶飞逐马后，最后夺魁。"踏花归去马蹄香"略带脂粉味，不如周邦彦的"相逢处、自有暗尘随马"。

84

叶梦得"我亦多情无奈、酒阑时"一句甚好，好在是长句，宋词多是短句。

日本流行音乐中的填词多长句，音节和起承丰富，韵味悠扬，沉而不郁，多有一种莫名的少年感，耐听——我觉得耐听。

85

章良能之"旧游无处不堪寻。无寻处，唯有少年心"，刘过之"欲买桂花同载酒，终不似，少年游"，颇有中年人为赋新词强说愁的意味。

86

木心咏兰波曰："兰波的天才模式是贴地横飞的伊卡洛斯。"

史达祖咏燕曰："爱贴地争飞，竞夸轻俊。"

能直接咏人就直接咏人，借他物咏人，易流于轻浮——史达祖就是这样。

87

兰波《醉舟》诗曰："至此我浸入了诗的海面/静静吮吸着群星的乳汁/吞噬着绿色地平线，惨白而疯狂的浪尖/偶尔会漂来一具沉思的浮尸。"这种意象是宋词无论如何也表达不出的。

88

"唐诗幽深，宋词蕴藉，元曲明朗，这意味着当代人写诗必须兼具幽深、蕴藉和明朗三种特质。"

"这也太难了吧？"

"我就是随便说说，莫当真。"

89

秦少游之"山抹微云，天连衰草"是词也而通画理，"碧水惊秋，黄云凝暮"是词也而通时空之理，皆神笔。

90

论表现力，秦少游之"西窗下，风摇翠竹，疑是故人来"，不若李益之"微风惊暮坐，临牖思悠哉。开门复动竹，疑是故人来"。"西窗下"三字有画蛇添足之嫌。"风摇翠竹"已是敏锐听觉，何必辨其来自西窗或东窗下哉？

91

每读易安诗、稼轩词和博尔赫斯小说，我就有"疑是故人来"之感。

谁无故人？就连孔乙己也有。

谁不曾拥抱夜月？夜月面前，豪富与农夫平等，诗人与奴隶平等。诗人也是奴隶——无臭无味的时空的奴隶。

92

周汝昌说："词就是词，是按谱制词，是音乐文学，是演唱'节目'，离开这一条本根讲词，是不通的村学究见解，无助于浚发灵智，培灌文藻。"此乃"村学究见解"乎？尽管并非"不通"。

93

老杜诗曰："映阶碧草自春色，隔叶黄鹂空好音。"大晏词曰："池上碧苔三四点，叶底黄鹂一两声。"

同是写寂寞，老杜多议论，大晏重表现。老杜使力，大晏不使力。

"自""空"二字，情见和知解俱佳，撞人心扉，但稍感用力过猛。但不猛就不是老杜了。老杜是有十分力气，使出十二分来。

94

顾随说："人之聪明写作时不可使尽。陶渊明十二分力量只写十分，老杜十分力量使十二分，《论语》十二分力量只使六七分，有多少话没说；词中大晏、欧阳之高于稼轩，便因力不使尽。"

这是顶尖高手之间的比较，且仅就使力程度而言。并非真的说老杜不如陶公，稼轩不如晏、欧。

若仅有三分力量（指小诗人、小词人），不全部使出，岂不更糟？张三和李四无所谓使力不使力。

95

王安石喜谈佛理，"愿我速登无上觉，还如佛坐道场时""愿我六根常寂静，心如宝月映琉璃"简直不是诗。其《桂枝香·金陵怀古》之

"千里澄江似练，翠峰如簇""六朝旧事随流水，但寒烟衰草凝绿"不谈佛理，而自有"无上觉"在其中。

96

欧阳修词曰"雨声滴碎荷声"，实在是奇。我想到德国小说《西线无战事》，里边是大炮声敲碎了雨声。

97

宋词很少写兔，张元幹《贺新郎·送胡邦衡待制》之"千村孤兔""梦绕神州路"就显得特别珍贵。可改编为短篇小说《一只孤兔的帝国梦》。

98

顾随说："千古英雄志士，定是登高望远不得；登了望了，那满腔经济学问、见识抱负，便要一起'发作'，弄得不可开交。"我们同样可以说，学问太盛的人定是谈诗论词不得，谈了论了，那满腔经济学问、见识抱负，便要一起"发作"，给人以不是谈诗论词之感，使读者不免失望，甚至骂一句"完全扯淡"。

99

刘克庄偶有佳句，如"溪雨急，浪花舞"。"老眼平生空四海""少年自负凌云笔"则未免叫嚣。"若对黄花孤负酒，怕黄花、也笑人岑寂"有自嘲精神。

100

"姑苏城外寒山寺，夜半钟声到客船"是从船中听寺，"又听，数声柔橹"（吴文英《喜迁莺·福山萧寺岁除》）是从寺中听船。除夕之夜寄居寺庙该是何等的孤独寂寞，但听到的橹声仍是"柔"的，可见梦窗之温柔、多情和悲悯，并未沉溺于自我的哀伤中。

101

吴文英词曰"愁草瘗花铭""瘗玉埋香，几番风雨""步荒苔、犹认瘗花痕"，这是活着时写给自己的安魂曲吗？吴文英词曰："何处合成愁？离人心上秋。"吴文英的浪漫和感伤仍是小家气子的，夏多布里昂的才是大气（贵族气），他的厚厚三大卷《墓中回忆录》我一直没机缘读完。夏多布里昂在《墓中回忆录》结尾部分写道，"明天的景象已与我无关；它呼唤着别的画家：该你们了，先生们""我还能做的只是在我的墓坑旁坐下，然后勇敢地下去，手持带耶稣像的十字架，走向永恒"。

102

夏多布里昂曾缅怀大艺术家在伟大时代的生活："查理五世在提香面前摆了三回姿势。他替他收拾画笔，为他让出散步道的右侧，正如弗朗索瓦一世守在临终的列奥那多·达·芬奇。"吴文英肯定羡慕提香和列奥那多·达·芬奇，这位可怜的词人长期寄人篱下（给权贵当门客），最后困踬而死。死于何时、死于哪里，今天的我们一无所知。怪不得他要在生前写安魂曲给自己——年事只应梦中休。

103

"有明月，怕登楼"——吴文英未免太纤弱了。他应该像夏多布里昂一样到美洲冒险（去不了美洲可以去高丽），在罗马废墟中流连（去不了罗马可以去罗布泊）。

同是抒发历史沧桑感，吴文英《瑞龙吟·赋蓬莱阁》用典太多，词意晦涩，试比较夏多布里昂的句子："我一步步往上走，城市也在我下面渐渐展开。历史的交织，人的命运，王国的毁灭，福音的意图，纷纷涌上我的记忆，与我的个人命运的回忆混为一体；探索过一座座死去的废墟之后，我又被召去目睹一座座活着的废墟。"

我差点忘了夏多布里昂的《墓中回忆录》是散文体。

吴文英的词意晦涩是可以原谅的，毕竟他写的是诗而非散文。其实没什么是不可以原谅的。世事皆可原谅。

104

夏多布里昂有的句子很有吴文英的味道，如"风推着我，睡意蒙眬中，梦换了一个又一个，天也换了一方又一方""忧郁得像个影子""我听见的最后一个声音是一片树叶落下和一只灰雀鸣叫"。

105

李白"忽闻岸上踏歌声"，白居易"忽闻水上琵琶声"，苏东坡"忽闻江上弄哀筝"……各有各的"忽闻"。

柳永"依约丹青屏障"，苏东坡"依约是湘灵"，王沂孙"依约初破暝"……各有各的"依约"。

岳飞"惊回千里梦"，陆游"惊回万里关河梦"，倪瓒"惊回一枕当年梦"……各有各的"惊回"和"梦"。

诗词成千上万，却离不开几个关键词——几个永远也说不完的关键词。

106

秋瑾《满江红·小住京华》词曰："算平生肝胆，因人常热。俗子胸襟谁识我？英雄末路当折磨。莽红尘何处觅知音？青衫湿！"不错，俗子怎能读懂秋瑾？得李清照、武则天和伊丽莎白女王才行。

107

2021 年，北宋王希孟的《千里江山图》被编排成舞蹈诗剧《只此青绿》（共七个篇章：展卷、问篆、唱丝、寻石、习笔、淬墨、入画）——绘画动起来、飞起来了。王希孟绘成图时年仅十八岁，他在几年后病逝，比纳兰性德还不幸。他死时"山色江声共寂寥，汉唐陵树晚潇潇"。

108

草书是飞扬的音乐。书稼轩词当用草书，但稼轩留下的唯一墨宝却是行楷（《去国帖》）。

109

书欧公词当用行书，书二晏词当用小篆，书徽宗词当然只能是瘦金体。

110

就谈论爱欲而言，管道昇《我侬词》的短短几十个字不次于柏拉图《会饮篇》中的长篇大论。

东方式爱欲是合二为一，西方式爱欲是分一为二。

111

柳永的《雨霖铃·寒蝉凄切》能改编成一首十四行诗吗？当然可以，但那就不是《雨霖铃》了。

112

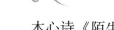

木心诗《陌生的国族》："迟暮之年的漂泊者/遥远的故国已是一个陌生国了。"黄庭坚有一个类似但更好的表达："去国十年老尽、少年心。"

113

每翻阅霍金、卡尔·萨根和保罗·戴维斯关于宇宙演变的书，我就情不自禁地想起米芾《水调歌头·中秋》中的词句："可爱一天风物，遍倚阑干十二，宇宙若浮萍。"尽管宇宙若浮萍，但每一天的风物依旧可爱。

114

黄庭坚悼秦少游词曰："人已去，词空在。"然而词不会空在。人亦未死，与词共在。

直至所有读秦少游词的人都死去，他才算彻底死去。但现在，最起码我还在读秦少游词，我还活着。

115

朱敦儒词曰："青史几番春梦，黄泉多少奇才。不须计较与安排，领取而今现在。"这话超脱，但人依旧得做青史梦，得与时间计较，否则就成了"活死人"——与秦少游、苏东坡迥然不同的另一种"活死人"。

116

毛滂词曰："一亩清阴，半天潇洒松窗午。"尽管只是一亩清阴，却足以容纳十万人乘凉。尽管只有半天潇洒，却足以穿越八千里路云和月。

117

勃朗宁夫人诗曰："我爱你用的是我在昔日的悲痛里／用过的那种激情，以及童年的忠诚。"这句诗道出了王国维、顾随和叶嘉莹诸先生对诗词的大爱，对人间的大爱。

118

影子守护影子，梦守护梦，爱守护爱，逍遥斋主人守护《逍遥斋主人词话》。

后 记

电视剧《功勋》中有一段陆杰和姚兰的对话，我久久难忘。陆杰："生活有时候是很枯燥的，诗歌可以滋润它。"姚兰："有我在上海，是不是就没那么枯燥了？"姚兰对陆杰一往情深，她的爱纯粹而热烈，但陆杰因为爱她而拒绝她。陆杰何尝不想和她一起生活、读诗、跳舞、看电影、喝咖啡……但他有研发氢弹的秘密任务在身，每天都生活在枯燥的运算之中，无法担负爱的责任。今天的我们生活得很幸福，没有了"生命中不能承受之重"，但依旧得面对生活的枯燥，仍然需要诗歌的滋润。伍尔芙说，诗人永远是我们的同时代人。东坡、易安、稼轩并不是早已逝去的宋朝人，而是就生活在我们身边，他们的所感所思所想，他们的喜怒哀乐，和我们并无什么不同。

我写这本小书，就是想让古人说现代话，让古典诗词弥散现代性的芬芳，增加与现代人的亲近感。我尝试将现代元素（如周易起名、登月、高铁和元宇宙）和现代故事（包括我自己的一些经历）糅入对宋词的解读中，东拉拉、西扯扯，而不是仅就宋词谈宋词。至于成不成功，那是另外一回事了。

我写这本小书，还因为我在开封——当年的大宋首都——已生活快二十年，不知不觉间已经变成这片神奇土地的一部分，变成大宋的一部分。步入御街，我会想到范仲淹的《御街行·秋日怀旧》，"纷纷坠叶飘香彻"；俯瞰金明池，我会想到柳永的《破阵乐·露花倒影》，"霁色荣光，望中似睹，蓬莱清浅"；登上禹王台，我会想象王安石和司马光在那里开坛授课；跨进清明上河园，我会想象张择端在桥上左顾右盼，李清照在亭廊里"薄汗沾衣透"，并情不自禁地缅怀起《东京梦华录》里的歌儿舞女。

陈寅恪说："华夏民族之文化，历数千载之演进，造极于赵宋之世。"

我对大宋没有如此高的评价，但我就是偏爱它，就像我偏爱东坡肉、鲤鱼焙面和庄子的《逍遥游》。